Nicole Lange

Göttertränc

Verliebt in einen Gott

Federtraum
VERLAG

Nicole Lange

Götterträne

Verliebt in einen Gott

Liebe Jennifer, 03.11.2020

bist du bereit für verflucht heiße Küsse, unwiderstehliche Götter und eine Menge Schlagabtausch?

Dann begleite Malina auf ihre rasante Reise ...

♡-lichst Nicole Lange

Bibliografische Information der Deutschen Nationalbibliothek:
Die Deutsche Nationalbibliothek verzeichnet diese Publikation in der Deutschen Nationalbibliografie; detaillierte bibliografische Daten sind im Internet über http://dnb.dnb.de abrufbar.

Originalausgabe

http: www.federtraumverlag.de
E-Mail : ft.verlag@gmail.com

Lektorat und Korrektorat: Jill Dolisy
Satz & Gestaltung: Jill Dolisy, Aaron Petry
Illustrationen: Chloe May
Umschlagdesign: Chloe May

Herstellung: BoD – Books on Demand, Norderstedt

ISBN: 978-3-948253-03-5

Mit ganz viel Liebe für

Jill Dolisy,
Autorin Brina Capriolo,
Janine Kronshage,
Anna Höppener,
Monika Martin

& Nadine Marga

Vorwort

Die Idee, in einer Geschichte viele unterschiedliche Götter aufeinanderprallen zu lassen, spukte mir schon seit zehn Jahren durch den Kopf. Odin trifft auf Hades und Poseidon? Loki auf ägyptische Götter? Wer weiß? Die Fantasie ist grenzenlos.

Um wie eine 18-Jährige denken zu können, habe ich extra meine kleine Schwester mit ständigen Nachrichten genervt, um zu erfahren, wie sie in manchen Situationen reden würde, also ist die Aussprache aus erster Hand einer 18-Jährigen.

Die Recherchen über die Götter haben großen Spaß gemacht. Und als entdeckende Schreiberin war ich stets selbst gespannt, an welche Orten es meine Protagonistin Malina verschlagen wird und womit sie sich herumärgern muss. Welche Gegend gefällt Euch am besten? Erzählt es mir auf meiner Facebookseite oder via E-Mail unter n.lange@unitybox.de.

Hast du schon meine Website entdeckt? Schau vorbei auf www.nicole-lange.com!

Und nun viel Vergnügen mit dem göttlichen Abenteuer.

Eure Nicole

1

Kleines Gefäß

Schmerz.

Wer hat dieses scheiß Gefühl eigentlich erfunden?

Irritiert sieht der Pastor mich hin und wieder an, da ich ihm hasserfüllte Blicke zuwerfe.

Den Teufel werd' ich tun, an Gott zu glauben. Er hat mir alles genommen!

Mit geballten Fäusten sehe ich zu, wie die Urne meiner Mami in das kleine Erdloch hinabgelassen wird.

Unwiderruflich.

Solch ein kleines Gefäß für eine Frau mit großem Herzen. Dazu verdammt, in der ewigen Dunkelheit gefangen zu sein. Und was bleibt mir? Kalte, herzlose Erde und ein Grabstein, der nicht annähernd erzählen kann, was für eine liebevolle Mutter sie gewesen ist.

Eine Trauerfeier am Valentinstag. Gab angeblich nur noch diesen Termin. Grausamer geht es wohl nicht, dass ich am Tag der Liebe meine Mama begraben muss.

Lara, meine beste Freundin, streichelt mir tröstend den Rücken, was ich jedoch kaum wahrnehme.

Mein Blick gleitet zu der Grabplatte meines Vaters hinüber, der vor drei Jahren, hinter dem Steuer seines LKWs, an einem Herzinfarkt gestorben ist.

Jetzt habe ich niemanden mehr. Vollwaise mit gerade einmal achtzehn Jahren.

Gott, dein Plan ist die größte Scheiße!

2

Geheimfach

„Malina, ich denke, du solltest für ein paar Wochen mit zu uns kommen, *cuore mio*. Oder vielleicht besser ganz zu uns ziehen."

Als kleines Mädchen habe ich vergnügt gequietscht, wenn Tante Bella Bettina mich *cuore mio*, mein Herz, *tesoro*, Schatz, oder *pupa*, Puppe, nannte, doch jetzt bin ich innerlich so leer und gleichgültig, dass ich kaum den Duft ihres grandiosen italienischen Essens rieche.

Teilnahmslos sitze ich auf Mamas Platz am Küchentisch und male mit dem Zeigefinger die Holzmaserung der Tischplatte nach. Vereinzelt sehe ich noch blasse Filzstiftstriche, die von meinen Kinderbildern auf das Holz geraten waren und die der Putzlappen nie gänzlich eliminieren konnte.

Nun ist das Kind in mir tot. So tot wie meine Eltern.

„Tommaso wird sich freuen, wenn du bei uns einziehst. Ein Leben in Italien wäre doch eine prima Alternative, findest du nicht? Klar, du bist jetzt achtzehn und so. Kannst selbst entscheiden. Genug Geld hat meine Schwester dir ja hinterlassen. Das Haus ist schuldenfrei. Aber … der Gedanke gefällt mir nicht, dass du hier ganz alleine lebst. Morgen holt Tommaso mich ab, bis dahin kannst du eine Nacht drüber schlafen, ob dir mein Vorschlag zusagt. Okay?"

Ich schweige.

„*Pupa*?"

Tante Bettina legt den Holzkochlöffel – Mamis Lieblingslöffel – fort, drückt mich an sich und wischt mir die stillen Tränen aus dem Gesicht.

„Ich weiß, es ist schwer. Weine ruhig. Du darfst sie vermissen. Zu jeder Zeit. In jedem Augenblick. Aber irgendwann wirst du lernen müssen, damit zu leben, *cuore mio*. Und eines Tages wird es leichter, glaub mir. Deine Mama und ich haben leider ebenfalls früh unsere Eltern verloren. Ich habe die Welt nicht mehr verstanden. Habe alles und jeden gehasst. Wir mussten zu Pflegeeltern und das war nicht immer spaßig, das kannst du mir glauben. Als ich dann mit siebzehn den Pizzabäcker Tommaso im angesagtesten italienischen Restaurant kennenlernte, bin ich mit ihm nach Italien durchgebrannt. Das Restaurant sollte ohnehin geschlossen werden, da die Inhaber ebenfalls zurück in ihre Heimat wollten. Mit achtzehn habe ich ihn dann geheiratet. Und schau mich an. Ich bin glücklich wie eh und je. Es ist also möglich, wieder glücklich zu werden."

Skeptisch wage ich es, sie anzublicken. Aufmunternd hält sie mir ihre unwiderstehliche Tomatensauce à la Tommaso vor die Nase.

Wieder zuhause angekommen, presse ich, in meinem schwarzen Satinbett liegend, das Hochzeitsfoto meiner Eltern an mich. Mamas rosafarbenes Neunzigerjahre-Brautkleid, mit Tüll *en masse* und gigantischer Vorderschleife, liegt an meinem Fußende. Meinem Kissen habe ich ein T-Shirt von ihr übergezogen, um ihren Geruch, ein Mix aus Mama und *Laura-Biagotti*, bei mir zu haben.

Der LED-Fernseher schweigt seit mehreren Wochen und gammelt auf der staubbedeckten, mintgrünen Kommode herum. Meine Klamotten häufen sich auf dem orangefarbenen Sofa und es ist ersichtlich, dass Mamas Ordnung fehlt.

Auf dem Holzoptik-Laminatboden liegen sämtliche Fotoalben unserer Familie verstreut. Ich hoffe so, ihnen nahe sein zu können, was jedoch nicht nah genug ist. Fotos können die Wärme und Lebendigkeit eines Menschen nun mal nicht ersetzen. Nein. Mit den Bildern mache ich es nur noch schlimmer. Mit einem Mal erdrückt mich die fürchterliche Leere in meinem Zuhause, worin ich vorher stets glücklich war.

Vielleicht hat Tante Bella Bettina recht. Ich muss raus aus diesem Haus, in dem ich in jeder Ecke an das erinnert werde, was einmal war und nie mehr sein wird.

In Mamis cooler, blauer Western-Look-Jeans mit großem Gürtel, schwarzem Top und Sommerstiefeln sitze ich auf meinem Gepäck und sehe zu, wie Onkel Tommaso die zig Koffer seiner Frau in den Kofferraum seines roten *Alfa Romeo Giulietta* quetscht. Bella Bettina hauste acht Wochen bei uns, um Mami und mich zu unterstützen. Die Diagnose bösartiger Brustkrebs hatte uns alle aus der Bahn und aus dem Alltag gerissen. Mit ansehen zu müssen, wie es ihr stetig schlechter ging, war kaum zu ertragen gewesen. Hilflosigkeit und Machtlosigkeit beschreiben nicht einmal annähernd mein Gefühlschaos.

Den Todeskampf meiner Mutter steckte Bettina so gut weg, wie sie konnte, doch nachts hörte ich sie heimlich weinen. Was für eine starke Frau. Ich hoffe, ich erreiche mal halb so viel wie sie.

„Malina, wir haben Februar. Zieh dir etwas Wärmeres an oder willst du krank werden?", ermahnt mich meine Tante. Ich zucke nur die Schultern.

„Soll ich dir die Haare flechten, *pupa*?"

Ich wiegle verstimmt Bettinas Hände ab.

„Ich bin doch keine Achtjährige mehr!" Mein schnippischer Ton tut mir zwar augenblicklich leid, aber ich habe keine Kraft, um gute Laune vorzutäuschen.

„Ach schade. Ich spiele so gerne an deinem langen, glänzend schwarzen Haaren herum. Mit deiner ägyptischen Schönheit kommst du ganz nach deinem Vater. Du solltest zu deinen türkisfarbenen Augen mal blauen Lidschatten und Kajal ausprobieren, anstatt immer schwarz."

Schwarz beherrscht aber zurzeit meine Seele.

„Herrgott, Malina, musst du denn wirklich so viele Fotoalben mitnehmen?", ächzt Tommaso und weiß sich keinen Rat mehr, wie er das ganze Gepäck im Auto verstauen soll.

Nenn in meiner Gegenwart bloß nicht mehr das Wort „Gott"...

Wenn ich schon die Goldkette mit dem Kreuz an Tommasos Brust baumeln sehe, könnte ich kotzen.

Eine Zeit lang habe ich an Gott geglaubt, aber seit Paps unvorhergesehenen Herzinfarkt, ist jeder Funke Glaube dahin.

Liebevoll tätschelt Bella Bettina den Rücken ihres Mannes. „Du schaffst das schon, *tesoro*."

Eins muss man ihr lassen, sie kann die Menschen grandios überzeugen und ihnen schmeicheln.

Mit einem lauten Knall fällt die Kofferraumtür ins Schloss.

„Ich mache noch mal einen Kontrollgang, ob alles zu und aus ist."

„Das hast du doch schon zweimal gemacht, Bella. Lass uns endlich los", stöhnt Tommaso, dessen gegeltes, schwarzes Haar sich langsam lichtet. Seine tabakbraunen Augen versprühen Unmut vor der langen Autofahrt nach Italien.

„Doppelt hält besser, aber dreifach ist einfach sicherer."

Wie immer hat meine Tante recht und Tommaso fügt sich. Mit einer Flasche Wasser setzt er sich hinters Steuer und wartet, dass seine *principesse* einsteigen.

Solange Bella Bettina durch das Haus flitzt, klettere ich auf den Rücksitz des *Alfa Romeos* und klammere mich an mein Silber-Medaillon, in dem ich Bilder meiner Eltern aufbewahre, und öffne ein Geheimfach hinter dem Bild meiner Mami. Lange habe ich überlegt, was ich in das kleine Fach legen könnte, doch sämtliche Erinnerungsstücke an meine Eltern waren zu groß für das murmelgroße Fach.

Wehmütig klappe ich Mamas Bild wieder zu und sehe mir ihre Fotos an. Die schwarzen Haare habe ich eindeutig von Paps geerbt, der gebürtiger Ägypter war. Im Alter von acht Jahren war er nach Deutschland gezogen.

Mein Kätzchen oder Bastet hatte er mich immer genannt, weil ich ein katzenförmiges Gesicht habe und er ein Fan von der ägyptischen Göttin Bastet war. Welch eine religiöse Mischung in meiner Familie! Tommaso, der Katholik. Mami, evangelisch. Papa, alter ägyptischer Glaube. Bella Bettina und ich? Wir scheißen drauf. Wer braucht den Humbug?

„Tommaso de Luca, fahr endlich langsamer!“ Tante Bettina krallt sich panisch an ihrem Sitz fest und wirft mir ab und an besorgte Blicke zu. „Du weißt, ich hasse diese Raserei. Du trägst für uns alle die Verantwortung, also reiß dich zusammen!“

Mein Onkel drosselt das Tempo und schaut missmutig in den Rückspiegel. Ich würde ihm gerne, wie früher, lächelnd zuzwinkern, aber mir fehlt die nötige Kraft. Die mörderisch lange Fahrt verschlafe ich so gut es mir möglich ist.

Das Februarwetter passt zu meiner Stimmung. Unaufhörlich prasselt der Regen gegen die Scheiben.

„Die Krankmeldung habe ich bei Rapsynta abgegeben, *pupa*. Deine Ausbilderin, Frau Breitling, ist sehr verständnisvoll. Die Wahl deiner Ausbildung zur Pflanzentechnologin finde ich interessant und vielversprechend, allerdings finde ich es schade, dass du dein Abi abgebrochen hast."

Ich quittiere alles mit einem *Hm* und starre aus dem Fenster. Mir ist klar, dass Bella Bettina die Alltags-Maschinerie am Laufen halten will, mir ist aber nicht nach Reden zu Mute. Wer will schon reden? Meine Mama ist tot. Da gibt es nicht mehr viel zu reden. Sie kommt nie wieder. Niemals werde ich wieder ihre Finger fühlen, wie sie durch mein langes Haar streichen. Ihr Lachen vermisse ich so sehr, dass der Schmerz wie die Nadel einer Nähmaschine mein Herz bearbeitet. Nie mehr werden wir uns mit Mehl bewerfen, wenn wir zusammen Pizzateig machen.

Fazit: Es ist nichts mehr da. Alles was ich liebe, ist tot.

Onkel Tommaso dreht das Radio lauter, offenbar um das Geschnatter seiner Frau zu mindern. Ich vermute, dass sie das Geplapper jedoch braucht, um die Trauer zu verbergen. Sie will stark für mich sein und das rechne ich ihr hoch an. Obwohl mir ihre Tränen manchmal lieber wären, immerhin hat sie ihre einzige Schwester verloren.

Wir passieren die Grenze zwischen Österreich und Italien. Interessant, wie sich das Wetter von Ort zu Ort verändert. Träge beobachte ich die Wolken.

„Habt ihr das auch gesehen?" Kerzengerade richte ich mich auf. Bella Bettina dreht sich, so weit es ihr Gurt zulässt, zu mir um.

„Was denn, *tesoro*?“

„Da glitzerte was … in … den Wolken.“ Selbst für mich klingt das total bescheuert, aber …. Ich weiß, was ich gesehen habe.

„War bestimmt ein Flugzeug.“

Schweigend presse ich mich zurück in den Sitz.

Das war ganz sicher kein Flugzeug.

3

Livorno

Vittorio seufzt hörbar erleichtert. Ich hebe neugierig den Blick, um den Grund dafür zu erfahren.

Puh, wir haben es geschafft! Auf dem Straßenschild steht Livorno.

Das schöne Livorno. Jedes Jahr habe ich, seit ich denken kann, zwei Wochen meiner Ferien bei Onkel Tommaso und Tante Bettina verbracht. Livorno liegt etwa zwanzig Kilometer südwestlich von Pisa. Die Ausflüge dorthin haben mir jedes Mal gefallen und ich warte immer noch darauf, dass der Schiefe Turm von Pisa bald das Zeitliche segnet.

Italien strahlt eine gewisse Ruhe aus, die ich mir nicht recht erklären kann. Doch wenn ich die vorüberziehende Gegend, die Küstenebene, die Gebäude und den Fluss *Arno* sehe, legen sich Wärme und Trost auf mein Gemüt.

Wir nähern uns der alten toskanischen Villa mit Meerblick nahe Bolgheri, die sich bereits seit drei Generationen im Besitz der Familie *de Luca* befindet. Meine Verwandten leben perfekt. Mein Blick schweift über den traumhaft schönen Hügel des Bolgheri-Weinanbaugebiets mit seinen Weinbergen, Wäldern und Olivenhainen bis hinunter zur Küste. Onkel Tommaso hat viel zu tun. Er und Bella Bettina haben sich ein schönes Reich aufgebaut, wobei sie jedoch viel Arbeit mit dem Weinanbau und dem Handel mit Oliven haben.

Es grenzt an ein Wunder, dass Bella Bettina über acht Wochen bei Mami und mir bleiben konnte, schließlich versinken sie tagtäglich in Verpflichtungen.

Ich höre, wie der Kies in alle Richtungen spritzt, als wir zum Stehen kommen und werde somit erfolgreich aus meinen Grübeleien über das Glitzern in den Wolken gerissen. Ich schiebe mir das Haar aus dem Gesicht, steige aus und betrachte die beeindruckende Villa mit seinen Rundbögen, Balkonen und grünen Fensterläden. Das Anwesen ist beinahe vollständig von Weinreben versteckt. Nur vereinzelt blitzt die hellgelbe Fassade hervor. Drei Nebengebäude und eine eigene Kapelle behüten das dreihundert Quadratmeter große Gebäude.

Tante Bettina legt ihren Arm um mich, schaut sich um und seufzt zufrieden.

„Die toskanische Schönheit lässt sich nicht einfach so beschreiben, nicht wahr? Man muss sie sehen. Man muss sie fühlen, schmecken, riechen und in sich aufnehmen, *tesoro*. Ich habe es nie bereut, hierhergekommen zu sein. Nichts liebe ich mehr, als dieses wunderschöne Fleckchen Erde. Auch wenn ich nicht sonderlich religiös bin, weiß ich durchaus zu schätzen, welches Glück ich habe, hier leben zu dürfen."

Sie drückt mich aufmunternd an sich und schiebt mich dann geschäftig von sich.

„Dann schnapp dir mal deine Sachen und bezieh dein Zimmer. Es ist so, wie du es letzten Sommer hinterlassen hast. Ohne das Chaos, versteht sich", quittiert sie mir augenzwinkernd und grinsend.

„Mach dich auf neues Chaos gefasst, Tantchen."

Bella Bettina stöhnt gespielt theatralisch auf und macht sich sogleich am Kofferraum des Wagens zu schaffen.

Ich lasse das Panorama noch ein wenig auf mich wirken. Das Meer grüßt aus der Ferne und glitzert ungewöhnlich strahlend. Stirnrunzelnd atme ich tief ein und werde das Gefühl nicht los, dass ich meine Umwelt anders wahrnehme als sonst. Die Schönheiten der Natur präsentieren sich mir funkelnder, heller und lebendiger, aber wie kann das sein? Wie kann alles um mich herum so strahlen, wenn ich innerlich nur Leere und eine schmerzhafte Einsamkeit empfinde?

Vielleicht drehe ich ja langsam durch und verliere meinen Verstand.

Anstatt mein Zimmer im ersten Obergeschoss anzusteuern, gehe ich durch das Wohn- und Esszimmer hinaus in den Garten. Die verschlungenen Kieswege führen zu gemütlichen Sitzgruppen. Säulen, verspielte Brunnen und kleine Teiche bereichern den romantisch angehauchten Garten mit Poolanlage. Steinbänke mit Säulenfüßen finden sich zwischen kunstvoll geschnittenen Buchsbäumen und laden zum Verweilen ein.

Ich lasse mich in einen Gartenstuhl fallen und reibe mir den Nacken, der unangenehm zwickt. Als ich es nicht mehr aushalte, zücke ich mein iPhone, schiebe mir das Haar fort und mache Fotos von meinem Nacken, um zu sehen, was mich da piesackt. Erstaunt erblicke ich, dass ich ein ungewöhnliches Muttermal auf der Haut habe. Feine, hellbraune Linien, wellenartig, aber warum zum Teufel zwickt es mich so? Es weist keinerlei Rötungen auf. Papa hat mich oft am Nacken gestreichelt. Er hatte mir jedoch nie erzählt, dass ich solch ein seltsames Mal auf der Haut habe und wer schaut sich schon jeden Millimeter seines Körpers an? Keiner.

Die Neugierde packt mich, also mache ich noch umständlich Fotos von meinem Steißbein, weil ich von Mama weiß, dass ich da interessante weiße Linien habe.

Hoffentlich sieht das keiner, wie ich meinen Hintern fotografiere.

Mein Display präsentiert mir einen weißen Kreis, der von einem Wurm umschlungen wird.

Was soll das bedeuten? Dass ich das letzte Würmchen auf Erden bin oder was? Mein Körper ist ja die reinste Baustelle. Flachbrüstig, mit eins achtzig viel zu groß, komische Male und dann diese scheiß Neurodermitis an den Händen, womit ich aussehe, als wolle meine Haut sich gleich auflösen. Mir würde ich freiwillig auch nicht die Hand geben.

Angewidert sehe ich abwechselnd auf meine Hände und meine Fotos.

„*Pupa*! Los, komm etwas essen und dann ab ins Bett mit dir. Es war eine anstrengende Fahrt."

Gerne komme ich ihrem Befehl nach.

Am nächsten Morgen hocke ich wie ein Häufchen Elend vor meinem Frühstück. Zu nichts Lust. Gleichgültig schiebe ich meine *Cantuccinis*, das traditionelle Mandelgebäck, auf meinem Teller herum.

Onkel Tommaso hat sich bereits in seine Arbeit gestürzt, also sitze ich mit meiner Tante alleine in der Küche. Fürsorglich tätschelt sie mir die Hand.

„Schlecht geschlafen, *tesoro*?"

Resigniert zucke ich mit den Schultern.

„Geht so", murmle ich.

Bella Bettina lässt mich dreißig Minuten in meiner Laune gewähren, bis sie mit der Faust auf den Küchentisch klopft. „So, *pupa*, auf geht's!"

Verständnislos blicke ich sie an.

„Komm und hilf Vittorio beim Etiketten aufkleben, bevor du mir hier in Selbstmitleid verfällst."

Tante Bettina hat ihre Fühler scheinbar überall.

Seufzend erhebe ich mich, um Folge zu leisten. In einem der Nebengebäude schlüpfe ich durch die Tür und sehe den Berg an Weinflaschen, die darauf warten, etikettiert zu werden. Hier muss alles aus Handarbeit bestehen. Das macht den *de Luca*-Wein erst zu etwas Besonderem, wie mir Onkel Tommaso schon als Sechsjährige eingeschärft hatte.

„*La mia bella*, Malina, schon di zu sehn."

„Ciao, Vittorio. Ja, ich freue mich auch, dich zu sehen. Ist lange her. Wie geht es dir?"

„*Bene, bella. Molto lavoro.*" Vittorio strahlt mich an, wobei er stets, in jedem Lächeln, einen Flirt hineinpackt.

„Ja, viel Arbeit. Das glaube ich dir aufs Wort."

Vittorio ist in Ordnung, nicht unattraktiv, aber sein Flirten kann lästig sein. Die Blicke, die er mir zuwirft, sind eindeutig zweideutig. Nie im Leben würde ich was mit einem Mann Mitte vierzig anfangen, bereits der Gedanke verursacht bei mir Übelkeit. Das anzügliche Grinsen scheint vielen Italienern im Blut zu liegen. Tommasos Mitarbeiter machen jedenfalls keinen Hehl daraus, wen sie alles attraktiv finden. Genervte Blicke von Hausmädchen, Weinleserinnen oder Gärtnerinnen begegneten mir in den vergangenen Ferien häufiger. Ich nehme es, wie immer, mit Humor, da alle Männer hier wirklich nett sind und es ihnen wahrscheinlich gar nicht bewusst ist, was für nervtötende Signale sie da aussenden.

Mit Vittorio sind noch drei Frauen mittleren Alters in bunten, zerschlissenen Arbeitskleidern und vier weitere Männer, um die fünfzig, im Raum und bekleben mit einer beachtlichen Schnelligkeit die grünbauchigen Weinflaschen.

Die Aufkleber haben eine verschnörkelte, aus einem anderen Jahrhundert stammende Schrift und sehen hübsch aus mit den Rankenmustern.

An den Natursteinwänden hängen ein Dutzend Bilder, die arbeitssame Menschen aus verschiedenen Generationen bei der Weinlese zeigen oder einfach nur die Weinplantage.

Wir sitzen auf Holzstühlen mit bunten Sitzkissen an einem alten, großen und abgewetzten Holztisch. Fünf von uns etikettieren und vier packen die fertigen Flaschen in Pappkartons oder Geschenkschachteln.

Nach drei Stunden hat Bella Bettina anscheinend Erbarmen mit mir und will mich wieder abholen.

Erstaunt bleibt sie in der Tür stehen, da sie eine lachende, völlig zugeklebte Nichte nicht erwartet hat.

Ja, wir hatten unseren Spaß. Vittorio, Giorgia, Arianna und Davide haben so viele Witze gerissen und Wettspiele gemacht, dass ich für einen Moment meine Trauer vergessen habe. Es war unschwer zu erkennen, dass ich die meiste Zeit verloren habe. Mein Gesicht ist beinahe vollständig etikettiert. Auch vor meinen Haaren wurde nicht Halt gemacht. Von meinen Armen ganz zu schweigen. Ich erwarte ein Donnerwetter, stattdessen fängt meine Tante lauthals an zu lachen, da ich scheinbar urkomisch aussehe.

Bella Bettina greift nach meiner Hand und zieht mich auf die Beine. „Na, dann wollen wir dich mal entetikettieren. Gibt es dieses Wort überhaupt?“ Bettina deutet eine wegwischende Handbewegung an. „Egal. Eins ist klar, es wird mit Sicherheit weh tun, *pupa*.“

Sie zieht mich aus dem Gebäude und dirigiert mich entschieden auf eine Steinbank. Vorsichtig zupft sie mir die Aufkleber aus dem

Haar. Während ich versuche, Schmerzenslaute zu unterdrücken, flucht meine Tante vor sich hin.

„*Porca miseria*! Was habt ihr da bloß für einen Unfug getrieben?! Wenn ich dich einmal mit Vittorio und seiner Meute alleine lasse, ist Ärger vorprogrammiert. Aber dein Italienisch hat sich sehr verbessert, *tesoro*."

Ich konzentriere mich auf den Kiesboden und zucke merklich zusammen, sobald ein neues Etikett, gespickt mit meinen schwarzen, langen Haaren, zu Boden gleitet.

„Meine hübsche ägyptische *princesa*, was habt ihr da nur angerichtet? Dein schönes Haar! Was für eine Schande! Reicht es denn nicht, dass deine Haut so angeschlagen ist? Übrigens, ich habe deine Salbe für die Neurodermitis bestellt."

Ich vermeide es, meine hässlichen Hände anzuschauen, lasse die Schelte über mich ergehen und genieße den Schmerz der sich lösenden Aufkleber. Ich stelle fest, dass Schmerz besser ist als hilflose Trauer.

„*Pupa*?" Bella Bettina hält kurz inne. Ich schiele zu ihr.

„Hm?", ist meine einzige Reaktion.

„Schön, dich mal wieder lachen zu hören." Liebevoll drückt sie mich an sich, doch bevor ich mich fallen lassen und ihre Nähe genießen kann, hat sie schon die nächsten Aufkleber von mir gerissen.

„Autsch!", entfährt es mir und ich werfe meiner Tante einen gespielt bösen Blick zu, woraufhin sie kichert und unschuldig die Achseln hebt.

Ein leises Rascheln lenkt mich ab. Ich schaue zu den Büschen neben den Gebäuden und erblicke einen kleinen Wildhasen. Fasziniert beobachte ich, wie er zutraulich näher hopst. Noch verblüffter bin ich, als der Hase mein Bein mit der Nase anstupst und sich an mich kuschelt. Vögel um uns herum werden zahlreicher und lassen sich in unserer Nähe nieder.

Selbst Bella Bettina, die mit einem widerspenstigen Etikett an den Fingern kämpft, bleibt das nicht verborgen und sie lässt verblüfft die Hände sinken.

„Du scheinst ja eine anziehende Wirkung auf die Tierwelt zu haben, *tesoro*."

„Das ist mir aber auch neu, Tante."

Ich runzle die Stirn und beäuge die zahlreicher werdenden Hasen, Vögel und Enten, die sich dazu gesellt haben. Die Sonne erscheint mir für einen Februartag zu strahlend hell und der Himmel zu blau.

Wollen mich Himmel und Sonne eigentlich verspotten? Als wenn ich auf der Sonnenseite des Lebens stehen würde. Dass ich nicht lache!

„Grundgütiger! Das artet hier ja zu einem Streichelzoo aus, *pupa*. Naja, mein Sonnenschein. Außergewöhnlichen Menschen, passieren außergewöhnliche Dinge."

Skeptisch und verstimmt blicke ich sie an, um lautstark zu protestieren: „Ich bin doch nichts Besonderes!"

Nachdenklich starrt meine Tante die Tiere vor uns an. Ihr wechselndes Mienenspiel wirkt, als suche sie in ihrem Hinterstübchen nach Antworten über das Tierszenario.

Hat sie etwa eine Vermutung?

4

Terrazzo Mascagni

„*Pupa*! Los! Aufstehen! In einer halben Stunde gibt es Frühstück und dann machen wir zwei Hübschen einen tollen Ausflug." Bella Bettina reißt mir die Decke weg. Murrend vergrabe ich mich unter meinem Kissen.

„Es ist doch noch dunkel", protestiere ich, vom Kissen gedämpft. Sekunden später springe ich erschrocken auf und ein Quieken entschlüpft meiner Kehle, bevor ich es verhindern kann. Ich sehe das bösartige Grinsen meiner Tante, die mir demonstrativ eine Gänsefeder vor die Nase hält, mit der sie gerade meine Fußsohlen bearbeitet hat.

„Du bist unmöglich, Tantchen! Wie kann man nur so gemein sein?"

Bella Bettina zwinkert mir nur zu und verschwindet murmelnd aus dem Zimmer: „Deine Aufmüpfigkeit ist mir lieber als deine stille Trauer." Auch wenn die Worte mehr für sie selbst bestimmt sind, habe ich alles verstanden. Meine Stimmung schlägt um. Ich schlinge die Arme um mich. Verzweifelt sucht mein Körper nach Geborgenheit.

Wie mir Mamis Umarmungen fehlen und ihr Geruch.

Das Klappern von Geschirr, wenn sie morgens Frühstück machte. Der Kaffeeduft, der das Haus erfüllte. Ihr sanfter Blick aus saphirblauen Augen. Dieses wunderschöne Lächeln zum Verlieben, womit sie jeden um ihren Finger wickeln konnte.

Mami. Ein Dasein ohne dich ist nicht einmal ein halbes Leben.

„Du hast geweint, bella Malina."

Warum nur klingt das so trocken aus Tante Bettinas Mund?

Sie hört auf, eine Salami zu schneiden, lässt alles liegen und zieht mich an sich. Seufzend blickt sie durch ihre mediterrane Küche, die mit vielen Kräutertöpfen bestückt ist, die einen angenehmen Duft verströmen.

„*Pupa*. Ich weiß, es ist schwer. Ich vermisse sie auch. Jeden Tag. Jede Sekunde. Aber wir müssen weitermachen. Die Zeit dreht sich weiter. Auch wenn wir stehen bleiben, holt uns die Zeit doch irgendwann ein. Lass dich nicht hängen, sonst wird es noch schwerer, aus dem Loch herauszukommen! Versprich mir, dass du kämpfen wirst. Lass dich nicht vom Sog des Pessimismus verschlingen. Du weißt, dass wir immer für dich da sind. Wir lieben dich und lassen dich nicht im Stich. Ja? Denkst du an meine Worte?"
Ich nicke nur und lasse mich auf einen Stuhl dirigieren.

Tante Bettina serviert mir Espresso und *Cornetti,* diese wundervollen, mit Marmelade gefüllten, Hörnchen mit einem Hauch Puderzucker.

„Würdest du mir zuliebe ein farbiges Shirt tragen, anstatt immer nur schwarz?"

Ich zucke die Schultern. „Weiß nicht." Lustlos spiele ich an meinem Frühstück herum. „Warum mussten wir so früh aufstehen?"
Bella Bettina trocknet sich die Hände an einem mit Oliven bedruckten Küchenhandtuch ab und setzt sich mit dampfender Tasse Kaffee zu mir an den Tisch.

„Ich möchte dir etwas Wunderschönes zeigen. Iss rasch auf! Wir müssen gleich los."

Gespannt setze ich mich auf den Beifahrersitz des *Alfa Romeos*.

Wo wir wohl hinfahren?

Es dämmert bereits und dieser Umstand scheint meine Tante in Stress zu versetzen, da sie ordentlich aufs Gaspedal tritt. Mit quietschenden Reifen kommt sie auf einem Parkplatz zum Stehen. Wie eine Olympiasportlerin springt sie aus dem Auto und scheucht mich zur Eile an.

„Schnell, *pupa*! Komm!"

Ich stolpre hinter ihr her und wir gelangen auf einen bemerkenswert geschwungenen Weg, der aus schwarz-weißen Fliesen besteht und von Säulengeländer umgeben ist. Exquisite Sitze laden zum Verweilen ein, um die herrliche Aussicht zu bewundern. Bella Bettina breitet die Arme aus.

„Ich präsentiere dir ein architektonisches Meisterwerk entlang der Küste. Die *Terrazza Mascagni*! Im Jahre 1925 erbaut. Dort, in der Mitte, siehst du einen schönen kreisförmigen *Tempietto*. Und jetzt sieh aufs tyrrhenische Meer hinaus, *pupa*!"

Ok, jetzt kapiere ich die Eile und was sie vorhatte. Der Sonnenaufgang ist unglaublich! Einfach fantastisch!

Bella Bettina schmiegt sich an mich und ich fühle, wie die Ruhe in sie zurückkehrt.

„Ist dieser Anblick nicht atemberaubend, *tesoro*?"

„Es ist …" Ich spüre, wie mein Rachen trocken wird, meine Stimme wegbleibt, und krächze leise, aber ehrfurchtsvoll: „… überwältigend." Und ich meine das auch so.

Die Sonne küsst das Meer. Der Tag erwacht. Das Farbenspiel am Himmel kann durch Worte nicht aussagekräftig genug beschrieben werden. Solch eine Schönheit muss ich mir bewusst machen, sie in mir aufsaugen für wachsende Lebensenergie.

Ich schließe die Augen. Die Sonnenstrahlen streicheln mein Gesicht. Tante Bettinas Arm auf meinem Rücken stützt mich. Dieser Morgen schenkt mir tatsächlich Trost. Ich lausche in mich hinein. Es ist, als könnte ich ein Glockenspiel hören, vermischt mit dem Meeresrauschen. Ich bin wie verzaubert.

„Es ist wunderschön", flüstere ich, um den Zauber nicht zu durchbrechen. Wir kuscheln uns aneinander. Ich fühle mich mit meiner Tante verbundener als jemals zuvor. Gemeinsam lassen wir unseren Tränen freien Lauf.

„Woher kommt nur die Musik, Tante?"

Bella Bettina löst sich von mir und sieht mich erstaunt an.

„Musik?"

„Hörst du das nicht?"

„Nein."

Verwirrt sehe ich von ihrem Hast-du-noch-alle-Tassen-im-Schrank-Blick weg und schaue lieber aufs Meer.

Wieso höre ich Musik und sie nicht? Ist ja unheimlich. Lässt mich die Trauer halluzinieren?

Ich schließe erneut die Augen und höre die Klänge einer mir fremden, aber zauberhaften Melodie.

„Ich hole mal unser zweites Frühstück aus dem Auto, *pupa*. Köstliche *Tramezzini* mit Mortadella, Salami oder Mozzarella. Dazu Cappuccino und die leckeren *Cantuccini*, die du so magst."

Bella Bettina reißt mich aus der schönen Melodie und ich öffne träge die Augen.

„Selbst für gewöhnliche Weißbrotscheiben finden die Italiener eine tolle Bezeichnung. *Tramezzini*. Vermisst du nicht manchmal deutsches Vollkornbrot?"

„Oh, doch. Ich vermisse viele deutsche Gerichte. Hin und wieder koche ich Grünkohl mit Kohlwurst und Kartoffeln. Was glaubst du, wie viele Gläser Grünkohl ich über die Grenze geschmuggelt habe." Bella Bettina lacht und zwinkert mir schelmisch zu. Ich kann nicht anders und stimme mit ein. Es tut gut, befreit zu lachen. Es lindert für einige Sekunden den Schmerz im Herzen.

„Suchst du uns ein schönes Plätzchen, solange ich das Essen hole? Dann bis gleich, *pupa*."

Beschwingt läuft sie Richtung Wagen. Ich sehe meiner Tante noch kurz nach, wie sie von Joggern überholt wird, und wende mich wieder dem Meer zu. Die Verkehrsgeräusche werden zunehmend lauter. Gesprächsfetzen von anderen Passanten dringen an mein Ohr und ich wünsche mir die schöne Musik zurück.

Der Blick auf das Wasser kann mich mit einem Mal nicht mehr beruhigen. Etwas stimmt nicht. Ich fühle mich … so …. Als ob mich jemand beobachtet.

Fragend sehe ich mich um. Mir fällt ein Mann auf, der im *Tempietto* steht und mich tatsächlich beobachtet.

Ein eigenartiges Kribbeln breitet sich in meinem Körper aus. Ich schnappe nach Luft. Etwas zieht mich magisch zum offenen Säulentempel. Ich verstehe die Welt nicht mehr. Mein Körper zwingt mich förmlich zu diesem Mann.

Verdammt! Was ist hier los? Ich kenne den Mann doch gar nicht!

Gut schätzen konnte ich bisher nicht, dennoch vermute ich ihn auf Mitte dreißig. Er ist nicht unattraktiv mit seinen braunen, kurz geschnittenen Haaren, den treu wirkenden Augen und den schwarzen Lederklamotten, aber ich werde das Gefühl nicht los, dass mein Innerstes nicht wegen des Mannes kribbelt. Wie mechanisch gehe ich auf ihn zu. Er scheint mich zu erwarten, was mir Angst einjagt. Als ich unsicher vor ihm stehen bleibe, schließt er die Augen und sieht erleichtert aus. Die Melodie erklingt erneut in meinem Kopf, doch dieses Mal euphorischer, wie ein Siegesklang. So wie der Fremde sich genüsslich hin und her wiegt, bilde ich mir ein, dass er dieselbe Musik in seinem Inneren hören kann. Plötzlich greift er nach meiner Hand. Adrenalin saust durch meine Eingeweide. Schockiert sehe ich ihn an, unfähig etwas zu sagen oder mich zu bewegen, doch der Fremde lächelt zufrieden.

„Du bist die Richtige."

Seine Stimme haut mich beinahe aus den Stiefeln. Sie schenkt mir eine Vertrautheit, die unmöglich ist. Ich kenne diesen Kerl überhaupt nicht, nein, wirklich nicht. Kann mich jedenfalls nicht erinnern, ihm jemals begegnet zu sein. Trotzdem fühlt sich seine Nähe an, als wären wir seit Urzeiten miteinander verbunden. Ein Klingen schwingt in seiner Stimme mit, als würde sein Sprechen von einem leisen Glockenspiel begleitet. Perplex starre ich in seine baumrindenfarbigen Augen.

Eine Traurigkeit legt sich über seinen Blick, dann drückt er mir etwas in die Hand.

„Ich kann diese Verantwortung nicht mehr tragen. Es tut mir leid! Viel Glück, Mädchen."

Ich bin unfähig, etwas zu sagen. Der Typ dreht sich um und verlässt den *Tempietto*. Erschrocken schlage ich mir die rechte Hand vor den Mund. Er hat dasselbe wellenartige Mal wie ich im Nacken. Langsam öffne ich meine linke Hand. Ein Glitzerstein präsentiert sich mir, ein tränenförmiger Diamant. Nicht größer als eine Johannisbeere. Der Stein strahlt Wärme aus und ich höre die Musik noch deutlicher in meinem Inneren, als würde … *Nein, das ist doch verrückt!* Als würde der Diamant seine Freude ausdrücken wollen? Er sieht so rein und kostbar aus. Ehrfurcht nimmt von mir Besitz. Ich fühle mich zunehmend kräftiger. Versorgt das Kleinod mich etwa mit Energie?

Warum drückt der Kerl mir das in die Hand? Und wo zum Teufel will er auf einmal hin?

Ich laufe ihm hinterher. Er geht ans Säulengeländer, klettert darauf, dreht sich mir zu, zieht eine kleine Pistole aus seiner Lederjacke und drückt sich den Lauf an die Schläfe.

„Es tut mir leid", flüstert er. Bevor ich ihn erreichen kann, um ihn von diesem Wahnsinn abzuhalten, zerreißt ein Knall die morgendliche Stille und er stürzt vor meinen Augen ins Meer.

5

Schockstarre

Wie gelähmt verharre ich an Ort und Stelle. Ich bin nicht fähig, zum Geländer zu gehen, um zu sehen, wo sein Körper geblieben ist. Augenzeugen kommen herbeigerannt. Wildes Gerede umgibt mich, was mich allerdings nicht richtig erreichen kann. Viel zu wahnwitzig und realitätsfern erscheint mir das eben Erlebte. Mein Hirn will nicht wahrhaben, was ich gesehen habe.

Allmählich zerquetscht meine Faust den Glitzerstein. Eine Welle von Verlustempfindungen spült durch meinen Körper.

„Malina! Was ist passiert?! Geht es dir gut?!"

Ich registriere meine Tante kaum. Meine Füße wagen einen Schritt nach dem anderen zum Säulengeländer.

Der Mann hat das Meer verfehlt. Sein Körper liegt auf den Felsen. Schnell wende ich den Blick ab. Sirenengeräusche nähern sich. Bella Bettina klammert sich an ihrem Flechtkorb, in dem unser zweites Frühstück liegt, und fragt andere Passanten, was geschehen ist. Das Gemurmel kommt mir wie ein Summen vor. Meine Tante zieht mich über die eindrucksvollen Fliesen zum Parkplatz und bugsiert mich ins Auto. „Lass uns von hier verschwinden! Es sind ja genug Leute da, die eine Zeugenaussage machen können. Ach Herrgott, *pupa,* ich wollte, dass du einen fantastischen Vormittag erlebst und nun solch eine Tragödie! Warum muss dieser Mann sich in aller Öffentlichkeit das Hirn rauspusten? Bekloppter Irrer! Jetzt kann ich zusehen, wie ich dich wieder aufgepäppelt kriege."

Wütend tritt sie das Gaspedal durch und prescht vom Parkplatz. Meine Faust umschließt noch immer den kleinen Stein. Ich will nicht wagen, ihn vor Bella Bettina anzusehen.

An der Villa angekommen, wiegle ich die Fürsorge meiner Tante ab, verziehe mich in mein Zimmer und lasse mich auf mein Bett fallen.

Auf meinem Bett starre ich fassungslos auf meine Faust. Meine Finger haben sich verkrampft und es fällt mir schwer, sie zu öffnen. Mit meinen rechten Fingern massiere ich die linke Hand, bis ich den Glitzerstein freilegen kann.

Meeresrauschen wechselt sich mit raschelnden Blättergeräuschen in meinem Kopf ab. Die Verzauberung kehrt zurück, erwärmt mich und lässt den grausamen Vorfall in den Hintergrund rücken, als würde eine eigenmächtige Energie mich ablenken und aufmuntern wollen. Fasziniert sehe ich mir den tränenförmigen Diamanten an.

Warum hat er mir den gegeben? Und was hat er bloß damit gemeint, dass ich die Richtige bin? Was kann so schlimm sein, dass er sich umgebracht hat?

Ich beiße mir unschlüssig auf die Unterlippe und schaue auf das funkelnde Kleinod in meiner Hand.

Was mache ich denn jetzt damit?

Mein Blick wandert suchend durch mein Zimmer. Die Schubladen scheinen mir kein geeigneter Aufbewahrungsort zu sein.

Aber wohin mit dem Stein?

Instinktiv fasse ich an mein Medaillon.

Könnte der Diamant etwa …? Unglaublich!

Er passt perfekt in mein Geheimfach im Medaillon. Wie für ihn gemacht.

Klasse! Jetzt bin ich beruhigt und der Glitzerstein ist gut aufgehoben.

6

Lara

Tante Bettina klopft an meine Tür.

„*Pupa*? Bist du gewillt zu telefonieren? Lara ist dran, weil du dein Handy schon länger nicht mehr angerührt hast.“ Fix lasse ich das Medaillon unter mein T-Shirt wandern.

„Ja, äh … ok. Komm rein“, stammle ich vor mich hin und hoffe inständig, dass Bella Bettina mein Gemüt versteht und keine Fragen stellt. Sie betritt mein Zimmer, hält mir schweigend das schnurlose Telefon hin. Ich nehme es an und schenke meiner Tante ein schwaches Lächeln. Sie verlässt den Raum und schließt nickend die Tür.

Während ich das Gespräch beginne, lasse ich den Blick durch mein Zimmer gleiten und überprüfe, ob mein kleines Zitronenbäumchen Wasser benötigt.

„Hallo, Lara.“ Seltsam beschwingt werfe ich mich auf mein verschnörkeltes Stahlbett mit gelbem Betthimmel und schaue auf die abwechselnd altrosa und hellblau gestrichenen Wände, bis mein Blick an einem Foto von mir und Lara hängen bleibt, das an unserem Schulabschluss entstanden war.

„Hey, Olive, wie geht es dir?“ Ich rümpfe die Nase. An den Spitznamen will ich mich nicht gewöhnen, weil ich Oliven verabscheue.

„Wie es einem als Vollwaise eben geht“, erwidere ich tonlos.

Schweigen.

„Ich habe dir viele WhatsApp-Nachrichten geschickt." Lara klingt nicht vorwurfsvoll, eher sachlich.

„Sorry, mein Handy ist noch immer aus."

„Ja, das habe ich mir gedacht. Weißt du, wann du zurückkommst? Mama hat vorgeschlagen, dass du eine Weile bei uns wohnen kannst."

„Nie im Leben! Auch wenn es bei euch heimelig und kuschelig ist, aber dann muss ich mir das Beten am Tisch ja antun und die Versuche deiner Mama ertragen, mich zum Katholizismus zu bekehren. Oh nein, vergiss es!"

„Malina, du denkst, Gott hat dich verlassen, das hat er aber nicht. Er wird immer für dich da sein."

Ich unterdrücke ein verärgertes Stöhnen.

„Lara, ich habe dich echt lieb. Unsere Freundschaft ist mir wichtig, aber du weißt, das Thema ist zwischen uns tabu."

Stille.

„Ich hätte dich gerne hier, um dich bemuttern zu können."

Mein Herz geht auf und ein Lächeln stiehlt sich auf meine Lippen.

„Lara, du bist so süß. Lass mich hier zu Kräften kommen und in zwei Wochen komme ich zurück, ok? Außerdem hast du mit fünf Geschwistern genug um die Ohren. Schließlich verdonnert deine Mama dich zur Hausarbeit."

„Du hast Priorität. Aber ich kann dich verstehen. Mit Italien kann Bad Salzuflen nun wirklich nicht mithalten." Sie seufzt gequält. „Ich vermisse dich", wispert sie leise.

Ein weiteres Lächeln stiehlt sich auf meine Lippen.

„Du fehlst mir auch."

„Und? Was hast du so gemacht bisher? Treibt dich dieser Vittorio mit seinen Flirtversuchen wieder in den Wahnsinn? Gut, dass ich für so etwas nicht empfänglich bin."

Soll ich es ihr erzählen?

„Tja, Lara, mit deiner Einstellung wirst du als alte Jungfer sterben", witzle ich, weil ich sie damit immer auf die Palme bringen kann.

„Kein Sex vor der Ehe ist der einzig richtige Weg, glaub mir das."

„Ich nehm' dich beim Wort, wenn du dich plötzlich Hals über Kopf in einen heißen, unreligiösen Typen verknallst. Ernsthaft jetzt! Ohne Erfahrung und überhaupt gelebt zu haben, würdest du in eine Ehe stolpern und weißt nicht mal, ob dein Kerl deinen Ansprüchen gerecht werden kann. Mann, wie bin ich bloß an solch eine fanatisch-religiöse Freundin geraten?" Ich kann mir ein Kichern nicht verkneifen. Es ist das Erste, das sich nach Tagen mal wieder richtig gut anfühlt.

„Ja, ja. Mach du nur deine Späße. Am Ende werde ich sowieso die glücklichere Ehefrau sein, weil ich mich an alle Regeln halte."

„Lara? Du weißt schon, dass wir im 21. Jahrhundert leben?"
Ein ungehaltenes Schnauben malträtiert mein Ohr und ich lenke ein.

„Schon gut, schon gut. Themenwechsel."

Erwartungsvolles Schweigen.

„Nun erzähl schon! Dir brennt die ganze Zeit was auf der Seele."

„Dir entgeht aber auch nichts, Frau Priesterin. Ok, ich muss dir was erzählen. Lass mich bitte komplett zu Ende reden. Danach kannst du mich mit Fragen löchern. Allerdings, wirst du mich dann für verrückt halten."

„Klingt ja spannend. Was ist passiert?"

Ich erzähle Lara alles, was ich erlebt habe. Dass mir die Natur strahlender und lebhafter erscheint. Diese schöne Melodie in meinem

Kopf. Das seltsame Verhalten der Tiere bis hin zu dem Selbstmord von *Signore* Lederjacke. Nachdem ich geendet habe, erwarte ich schon keine Antwort mehr, da Lara sehr lange schweigt.

„Du weißt schon, wie kurios sich das alles anhört? Das muss ich erst mal verdauen, Süße."

„Ist ok, Lara. Trotzdem danke fürs Zuhören." Geknickt wische ich mir eine Träne fort, über die ich mich sogleich ärgere.

Was habe ich eigentlich erwartet? Würde mir eine Freundin solch eine haarsträubende Story erzählen, würde ich auch ungläubig die Stirn runzeln.

„Malina? Es tut mir leid. Ich werde mir deine Geschichte nochmal durch den Kopf gehen lassen, ja? Kannst du erst mal damit leben?"
Ich nicke, was sie nicht sehen kann, also beeile ich mich zu antworten: „Alles schick. Ist in Ordnung, Lara. Wir hören uns die Tage. Mach´s gut."

„Lass den Kopf nicht hängen." Ihr schlechtes Gewissen ist deutlich zu hören.

„Ich versuche es. Ciao, Bella."

„Ciao, Olive."

Verständnis und Enttäuschung wechseln sich im Schleudergang ab und ich kann die Tränen nicht verhindern. Kann man noch einsamer sein als jetzt?

7

Rom

„Nach dem Vorfall vor vier Tagen bei den *Terrazza Mascagni* traue ich mich kaum zu fragen, ob du Lust auf einen größeren Ausflug nach Rom hast, *pupa*. Obwohl du mir im Moment nicht mehr so schwermütig vorkommst.“ Vorsichtig werde ich von Tante Bettina beäugt.

Ja, ich kann es mir auch kaum erklären. Seitdem ich den Glitzerstein habe, geht es mir ein wenig besser.

Bella Bettina schenkt mir ein aufmunterndes Lächeln mit einer Prise Hoffnung.

„Ein Ausflug nach Rom wäre toll“, sage ich zuversichtlich.

„Bravo, *tesoro*. Gleich morgen früh fahren wir zwei Hübschen los.“

„Kann Onkel Tommaso denn auf dich verzichten?“

„Alles prima. Die Olivenernte haben wir bereits im Oktober letzten Jahres hinter uns gebracht. Die Traubenernte beginnt erst ab Ende August oder September. Je nachdem, wie uns die Hitzewelle dieses Jahr erwischt. Also, *piano*.“

Tante Bettina greift nach meinen Händen.

„Die Salbe ist ja unglaublich, *pupa*. Habe ich sie dir nicht erst vor zwei Tagen gegeben? Deine Haut sieht schon viel besser aus.“

Perplex starre ich auf meine Hände.

„Ja … die Salbe ist … klasse." So schnell ging mir noch nie eine Lüge über die Lippen. Ich habe die Salbe noch gar nicht angerührt.

Ich muss schleunigst den tränenförmigen Stein googeln! Er scheint eine Runderneuerung bei mir durchzuführen und das nicht nur auf der Gefühlsebene, oder ich bilde mir das alles ein und werde zunehmend bekloppt.

Eingewickelt in kuscheligen, petrolfarbenen Decken sitzen wir in Schaukelstühlen auf der Terrasse vor einer Feuerschale und Tommaso gibt Eros Ramazzottis Lieder zum Besten. Vittorio spielt auf der Gitarre. Dazu genießen wir den hauseigenen Wein und selbstgebackenes Oliven- und Tomatenbrot. Dankbar werfe ich meinen verbliebenen Verwandten heimliche Blicke zu, die alles dafür tun, um mich aufzubauen und mir Normalität schenken.

Säulengeländer mit Amphorenvasen umringen die Terrasse. Das Licht der Flammen tanzt zauberhaft auf den Gesichtern. Im Garten leuchten Teelichter in Glashaltern und schenken dem Ambiente ein mystisches Flair.

Geborgen versinke ich in meinem Stuhl und atme den Lavendelduft der Decke ein. Stechpalmen sind in der Dunkelheit nur noch zu erahnen und schläfrig fallen mir hin und wieder die Augen zu.

Ein seltsames Lichtspiel der Flammen lässt mich dann doch wieder kerzengerade hochfahren. Verstört blicke ich zu den anderen, doch sie scheinen nichts sehen zu können und singen munter weiter.

Gebannt richte ich meine geweckte Aufmerksamkeit der Feuerschale zu. Die Flammen bilden untypische Formen. Unsicher, ob ich lieber wegschauen oder näher heranrücken soll, siegt letztendlich die Neugierde und ich rutsche zum Ende der Liege. Die Hitze scheint zuzunehmen und brennt auf meinen Wangen. Immer wilder züngeln die Flammen und bilden Gestalten. Sprachlos verfolge ich dieses neue Phänomen.

Zwei ägyptische Frauen, die sich mit handlichen Dreizacken bekämpfen. Unfassbar.

Ich zucke erschrocken zusammen, da ein heftiger Windstoß durch die Feuerschale fegt. Das Schauspiel verändert sich und ich sehe eine männliche Gestalt mit wehendem Umhang und einem Hammer als Waffe. Eine Katzenstatue, wie man sie aus ägyptischen Museen kennt, verdrängt den Hammer schwingenden Mann. Ein eigenartiger Blauton durchzieht die Flammen und es folgt eine Gestalt, die mich an den griechischen Gott Poseidon erinnert.

Was zum Geier hat das zu bedeuten?

Ein Zischen erklingt hinter mir.

Die Vögel in den Kiefern haben mich jetzt nicht wirklich angezischt oder?

Unbehaglich verkrieche ich mich unter meiner Decke. Lautes Flügelschlagen erklingt. Ein Dutzend aufblitzende Augen in Bäumen und zwischen Pflanzen beobachten mich. Ich fühle mich, als wäre ich von Spähern umgeben.

Keine Panik! Das ist der Wein. Diese Halluzinationen kommen nur vom Weingenuss. Das ist alles nicht echt. Kann gar nicht real sein!

„*Pupa*? Alles in Ordnung? Du siehst blass aus."

„Alles prima, Tante Bella. Ich glaube, der Wein ist mir nur etwas zu Kopf gestiegen." Ich grinse sie an, versage aber kläglich, denn selbst für mich fühlt sich das Grinsen mehr als unecht an.

Am nächsten Morgen lege ich mich, soweit es mein Gurt zulässt, gerädert auf die Rückbank des Autos. Trotz Müdigkeit fand ich vergangene Nacht kaum Schlaf. Unbarmherzig tanzten die Flammengestalten vor meinem inneren Auge und warfen ständig neue Fragen auf. Die vierstündige Fahrt nach Rom wird mir hoffentlich ein wenig Schlaf bescheren.

Bella Bettina ergötzt sich an ihrer CD, die Helene Fischer, Santiano und Peter Maffay rauf und runter spielt.

Was für eine Mischung.

Nach zwei Stunden sage ich nur noch eines: *Es nützt alles nichts. Ich kann nicht schlafen.*

Übermüdet und missgestimmt ziehe ich mein Medaillon hervor. Dem Schmuckstück entnehme ich meinen geheimen Schatz, den tränenförmigen Diamanten. Ist das überhaupt ein Diamant? Mit diesem Mineral kenne ich mich nämlich nicht aus.

Verträumt streichle ich den Stein, bis es mir zu dumm vorkommt und ich mich an *Frodo* aus *Der Herr der Ringe* erinnert fühle, der *Saurons* Ring der Macht so angeschmachtet hat. Tante Bettina beobachtet mich ab und zu durch den Rückspiegel. Dass sie den Glitzerstein sehen kann, bezweifle ich allerdings. Dennoch packe ich ihn sicherheitshalber zügig weg.

Ich krame mein Smartphone hervor, um den tränenförmigen Diamanten zu googeln. Eine Flut an WhatsApp-Nachrichten überschwemmt meinen Account. Schleunigst stelle ich den Ton aus. Ich ignoriere die eintrudelnden Nachrichten und öffne das Internet.

„Das ist bemerkenswert, *tesoro*. Überall, wo ich mit dir hinfahre, scheint die Sonne, obwohl Regen oder bewölkt angekündigt wurde. Findest du das nicht auch merkwürdig?"

Ich sehe von meinem Display auf und murmle vor mich hin: „Ich finde so manches ungewöhnlich in letzter Zeit."

Enttäuscht muss ich feststellen, dass ich nichts Passendes über den Glitzerstein im Internet finden kann, also packe ich mein Smartphone wieder in die Gesäßtasche meiner schwarzen Jeans.

Wir nähern uns Rom. Bella Bettina hibbelt bereits aufgeregt am Steuer herum.

„Was willst du als erstes sehen, *pupa*? Das Kolosseum, den *Palatin Hügel*, die *Piazza Navona* oder den traumhaft schönen *Trevi Brunnen*?"

„Jetzt werde ich dich überraschen. Ich möchte zuerst ins *Forum Romanum*."

„Eine gute Wahl. Am besten besorgen wir uns gleich den Pass."

Ich zupfe meine zerknitterte, dunkelblaue Bluse zurecht und binde mir einen neuen Zopf.

„Was denn für einen Pass?"

„Den Roma-Pass. Der ermöglicht uns freien Eintritt in viele Sehenswürdigkeiten Roms."

„Oh, wie praktisch! Und wo sollen wir in diesem Verkehrschaos parken? Die fahren hier ja wie die Irren!"

„Keine Sorge, *tesoro*, das habe ich gestern schon via Internet gebucht. Wir parken im Parkhaus *Park Colosseo* und machen dann alles zu Fuß."

„Parken kann hier gebucht werden? Ist ja cool."

„Tja, was hast du denn gedacht? Dass hier alles antik ist?"

Ertappt verkneife ich mir ein Schmunzeln.

Das *Forum Romanum*.

Die Bilder auf Google können bei weitem nicht das wiedergeben, was dem bloßen Auge an Genuss widerfährt.

„Wieso sind wir nicht früher schon mal hierhergefahren?"

Bella Bettina lacht entrüstet auf. „Laaaannnngweilig. Das waren deine Worte, *pupa*. Kultur? Wahrlich nichts für junge Hüpfer. Dafür freut es mich jetzt umso mehr, dass du von dir selbst aus solches Interesse an den Tag legst."

Begeistert drehe ich mich um meine eigene Achse.

„Es ist unglaublich! Und so wunderschön. Ich wünschte, wir könnten sehen, wie es hier damals aussah."

„Das war der Mittelpunkt der römischen Politik. Senatoren schritten hier ein und aus. Allerdings wurden hier auch Geschäfte getätigt, Waren feilgeboten und in der *Basilicae* Gericht gehalten. Ein Jammer, dass die damalige Pracht einem Steinbruch gleicht. Weiß Gott, wie viele Tempel ihre Steine für den Bau des Petersdoms opfern mussten! Alles zerstört, um andere Gebäude zu bauen."

„Das klingt ja furchtbar! Wie der Steinklau der Pyramiden."

Bella Bettina seufzt bekümmert. „Ja, so ist das."

„Ich wusste gar nicht, wie stark dein Herz für Ruinen schlägt." Tante Bettina lächelt. „Ich glaube, das hat einen Grund ... Wenn man in einem Land voller historischer Sehenswürdigkeiten lebt, geht einem das direkt ins Blut über. Die Liebe zu dieser Kultur und dessen Geschichte ... Verstehst du?" Ich nicke verständnisvoll und gehe auf die Überreste des Saturn-Tempels zu.

Mit einem bedauernden Blick reibt Tante Bella sich die Oberarme. „Tja, nur noch die säulengesäumte Front ist erhalten. Schau mal, *pupa*, hier an der Ostseite des Podiums kannst du noch die Löcher der Tafeln sehen."

„Was denn für Löcher?" Ich schaue näher hin, um zu begreifen, was sie meint.

„Die *Acta diurna*. Ein Vorgänger der öffentlichen Zeitungen. Quasi die wichtigsten Bekanntmachungen, die auf Tafeln hier angebracht wurden, um zu informieren. Und ...", macht sie eine schöpferische Pause, um die Spannung anzuheizen. „... der Saturn-Tempel war der Aufbewahrungsort des römischen Staatsschatzes."

Begeistert über ihr Wissen sehe ich sie direkt an. „Tantchen, du bist die ideale Fremdenführerin! Du solltest hier anheuern. Wäre das kein spannender Job für dich?“

Bella lehnt meinen Vorschlag mit einer unwirschen Handbewegung ab. „Ach, wo denkst du hin? Da müsste ich viel mehr Wissen anhäufen.“

Wir wenden uns dem *Septimius-Severus-Bogen* zu.

„Toll dieser Triumphbogen oder? Er ist vollständig mit Marmor verkleidet und noch wirklich gut erhalten“ Ich nicke meiner Tante zustimmend zu und sinniere: „Ob hier wohl auch Cäsar herumlief?“

„Natürlich, *pupa*. Aufregend, nicht wahr?“

Und wie!

Ich lehne mich an Bella Bettinas Schulter.

„Schade, dass Mami diesen Tag nicht mit uns genießen kann.“ Schweigend streichelt sie mir das Haar und drückt mich zustimmend an sich.

Meine Augen wandern über das Gelände und ich lasse die Eindrücke auf mich wirken. Sauge all ihre Erzählungen in mich auf, wie ein vertrocknetes Mauerwerk, das nach Wasser giert.

Anschließend hole ich den Plan des *Forum Romanums* aus meiner Jackentasche heraus, um nachzuschauen, wo sich der Tempel des *Castor* und des *Pollux* befindet, und gehe mit Tante Bettina zu dem besagten Tempel.

„Die Tempelruine besteht auch nur noch aus drei Säulen“, erzähle ich mehr meinem Plan als meiner Tante.

Ich blicke wieder gen Tempel und runzle die Stirn.

Ui, ist der Frau in ihrer weißen Tunika nicht kalt?

„Findet hier eine Theaterprobe oder ähnliches statt?“, frage ich laut.

„Liebes, wie kommst du denn darauf?“

„Na, wegen der hübschen Frau dort drüben. Die, mit dem edel aussehenden, weißen Tunikafummel. Ihre Frisur könnte einer Schauspielerin aus einem erstklassigen Römerfilm Konkurrenz machen.“

Bella Bettina sieht sich mehrmals um.

„Ich glaube, du siehst Gespenster, *tesoro*! Wir haben dreizehn Grad. Hier laufen nur Touristen in Jacken herum.“

Wie ein gescholtenes Kind klappe ich den Mund wieder zu.

Am besten spreche ich nichts mehr an, das mir merkwürdig erscheint.

Verstimmt funkle ich die Tunika-Dame an und verfluche sie dafür, dass sie ausgerechnet mir erscheinen muss.

„Du meine Güte, was für ein schöner Zufall! Malina, ich sehe da gerade eine gute Freundin von mir beim Tempel der *Vesta*. Komm, lass uns Hallo sagen!“

„Ich möchte hierbleiben. Geh ruhig.“

Skeptisch, mit einem Hauch Sorge in den Augen, blickt Bella mich an.

„Bist du sicher, dass ich dich einen Moment alleine lassen kann?“

„Na klar, warum denn nicht? Ich bin achtzehn, falls du es vergessen hast.“

Bella Bettina kratzt sich undamenhaft den Hinterkopf. „Als ich dich das letzte Mal alleine ließ, hat sich einer das Hirn rausgepustet.“

„Ja, danke auch!“, gebe ich beleidigt zurück.

Tante Bettina boxt mir sanft und versöhnlich meine Schulter.

„Ach, komm schon, Herzchen! Du weißt, wie ich das meine.“

„Du brauchst dir wirklich keine Sorgen machen. Ich bleibe genau hier und nehme jeden Stein und jede Verzierung dieses Tempels unter die Lupe, ok?“

Sie gibt mir einen liebevollen Nasenstüber und nickt.

Während Bettina einige Meter weiter ihre Freundin umarmt, traue ich meinen Augen nicht. Die Ruinen um mich herum verändern sich. Meine Umgebung wirkt zunehmend verschwommen. Ich weiß gar nicht, wo ich als Erstes hinsehen soll. Nebelschwaden wabern über das Gestein des Steinbruchs. Mit der rechten Hand fahre ich über mein Gesicht und reibe mir ungläubig die Augen. Die zerstörten Tempel nehmen an Kontur an. Ich kann gleichzeitig die Ruinen sehen, aber durch den Nebel einer Parallelwelt, die aus einem prachtvollen, neuerbaut scheinenden *Forum Romanum* besteht.

Es wirkt sagenhaft echt. Wie aus einer anderen Zeit. Sogar die Sonne scheint hell und warm. Der Himmel ist strahlend blau. Sogar Vogelgezwitscher kann ich hören. Die Schönheit der unversehrten Gebäude und Tempel jagen mir jedoch eine scheiß Angst ein. Erschrocken trete ich zurück, bis sich der Stein des *Castor* und des *Pollux'* Tempels in meinen Rücken bohrt.

Fuck! Was geht hier ab? Ich stehe zwischen zwei Welten!

Die anmutige Frau in der weißen Tunika taucht neben mir auf und schreitet Richtung *Basilica Iulia,* an dessen Schmalseite sich der Tempel befindet, der mir den Rücken malträtiert.

Die Frau stutzt in ihrer Bewegung. Ich halte den Atem an. Sie dreht sich mir zu und runzelt nachdenklich die ebenmäßige Stirn. Ich starre sie entgeistert an. Sie schaut prüfend zurück. Mein Medaillon fühlt sich warm an und sendet ein pulsierendes Kribbeln durch mein Innerstes.

„Juno! Kommst du?"

Ein Mann, wie aus Marmor gemeißelt, taucht auf. Er ist ebenfalls in weiß gekleidet und trägt einen goldenen Gürtel. Seine Gürtelschnalle, in Form einer prachtvollen Sonne, blendet mich. Zärtlich legt er seine Hand auf den Rücken der unfassbar schönen Frau und dirigiert sie sanft von mir fort, doch sie blickt sich fragend zu mir um.

„Ich habe das Gefühl, dass die Sterbliche mir direkt in die Augen geschaut hat, Jupiter."

Jupiter lässt ein verächtliches Lachen erklingen.

„Das konnten bisher nur wenige. Ich glaube, du bildest dir da was ein. Nun komm! Apollo, Concordia, Justitia und die anderen warten schon auf uns."

Ich zücke nervös mein Handy und lasse es in meiner Unruhe fallen. Als ich wieder aufschaue, ist diese seltsame Parallelwelt verschwunden.

Ok, Foto machen hat sich erledigt. Dann muss eben die Recherche herhalten.

Zügig gebe ich bei Google die Namen Jupiter und Juno ein, um meinen seltsamen Verdacht zu bestätigen.

Die Suchmaschine spuckt mir die Erklärung der beiden Namen aus. Entsetzt schnappe ich nach Luft und hacke wie wild auf meinem Display herum.

Ich habe jetzt nicht wirklich römische Götter gesehen?

Benommen und fassungslos ziehe ich den Reißverschluss meiner bordeauxroten Winterjacke ein wenig hinunter und fasse mir an die Brust. Adrenalin saust durch meinen Magen und das Medaillon schenkt mir noch immer ein kribbeliges Gefühl. Ich presse es fest an meine Haut. Allerdings will ich es nicht wagen, das Schmuckstück hervorzuholen. Wer weiß, was oder wer mich noch alles beobachtet oder Interesse an dem Inhalt meines Medaillons haben könnte?

8

Mittagessen mit Aussicht

„Na, *pupa*? Alles gut?“

Ich setze meine bestgelaunte Miene auf, obwohl mein Hirn vor lauter Fragen platzt und mein Herz vor Unruhe rast.

„Klar, alles prima! Aber ich sterbe vor Hunger.“

Tante Bettina hakt sich zustimmend nickend bei mir unter und wir schlendern durch das *Forum Romanum* Richtung Ausgang, welches uns zum *Kolosseum* führt.

„Dem können wir Abhilfe schaffen, *tesoro*. Ich kenne da ein super Restaurant mit herrlichem Blick auf das Kolosseum. Pizza, Pasta und Eis, alles, was dein Herz begehrt.“

Bella Bettina hat nicht zu viel versprochen und nur wenige Minuten später sitzen wir im *Ristoro della Salute* mit einem köstlichen *Limoncello*-Zitronenlikör in der Hand und genießen die großartige Aussicht, die zum Träumen einlädt.

„Wunderschön, nicht wahr? Ich könnte mir nie vorstellen, von hier wieder wegzuziehen. Italien ist einfach traumhaft. Mein Kopf platzt voller Ideen, was ich dir am liebsten alles zeigen möchte. Ich befürchte jedoch, dass du dann deine Ausbildung wiederholen musst, zu viel Zeit würde für unsere Reisen drauf gehen. Selbst das kleinste Dörfchen hat etwas malerisch Schönes an sich.“

„Ja, das wäre verlockend, aber ich kann euch nicht ständig auf der Tasche liegen und sollte schleunigst wieder an die Arbeit gehen. Außerdem verpasse ich zu viel Theorie." Bella nippt an ihrem Likör und beäugt mich vorsichtig.

„Fühlst du dich denn schon bereit? Ich meine ... Ich freue mich, dass dir dein Aufenthalt bei uns Kraft geschenkt hat. Mehr als ich erwartet habe ... aber ... du wärst ganz alleine zu Hause. Ich habe Angst, dass du das ... nicht überstehst, *tesoro*. Hier bist du abgelenkt. Daheim wirst du von Erinnerungen zerdrückt. Zieh doch wenigstens für eine Weile zu Lara. Ich kann den Gedanken nicht ertragen, wie du alleine in deinem Zimmer leidest."

Unauffällig drücke ich mir erneut das Medaillon an die Brust.

Keine Sorge, Tantchen. Ich habe einen erstklassigen Wunderstein, der mich bei Laune hält.

„Ich schaffe das, Bella. Vertrau mir! Zumal ich dich beruhigen kann."

„Ach ja? Jetzt bin ich neugierig, *pupa*."

Der Kellner bringt mir meine Salami-Pizza und Bella Bettinas *Cannelloni*. Ausgehungert fallen wir über unser Essen her.

„Ich muss demnächst zur überbetrieblichen Ausbildung nach Norwegen, zum Hauptsitz von Rapsynta."

Bella fällt ein Stück Fleisch aus dem Mund.

„Boah, das klingt ja spannend! Na gut. Du hast mich überzeugt. Da solltest du wirklich nicht fehlen", nuschelt sie in ihre Serviette hinein.

Gestärkt verlangt Tante Bella die Rechnung:

„*Il conto, per favore*!" Mir klingeln die Ohren bei ihrem schrillen Geschrei und mitfühlend lächle ich den freundlichen Kellner an.

9

Ein verflucht heißer Kuss

So sehr ich mich auf das Kolosseum freue, würde ich mich jetzt lieber an einen stillen Ort verkriechen, um den Glitzerstein noch einmal genauer anzuschauen. Das Geheimnis um diesen Diamanten treibt mich innerlich in den Wahnsinn.

Eins steht für mich fest: Die beiden Götter habe ich mir nicht eingebildet.

„Sieh nur, *tesoro*, wie außergewöhnlich die Sonne auf das Kolosseum strahlt." Tante Bettina schirmt sich ihre Augen mit der rechten Hand vor den Sonnenstrahlen ab. „Als wolle sie uns willkommen heißen", sinniert sie.

Ich reibe mir nachdenklich den Nacken, da mein wellenartiges Mal juckt.

Vielleicht hat die Sonne eine mysteriöse, magische Kraft und küsst meinen Nacken? Ich will endlich Antworten auf meine unzähligen Fragen!

„Komm, meine ägyptische Schönheit, lass uns weiter in der römischen Geschichte schwelgen."

An den Arkaden versammeln sich zunehmend Vögel, von denen ich mich eigenartig beobachtet fühle.

„Ist ja kurios! Noch nie habe ich in Rom so viele Schwarzmilane auf einem Fleck gesehen."

„Warum ist das denn so seltsam für dich, Tantchen?“

Tante Bella schaut zu der Schar Greifvögel hinauf. „Weil ein Schwarzmilan lieber in feuchteren Gebieten verweilt. Sie suchen stets die Nähe von Wasserflächen.“

„Tantchen, du bist ein wandelndes Wikipedia“, lache ich gespielt, obwohl mir nach Hysterie zumute ist.

Diese Kuriositäten verwandeln mein Herz nicht nur in ein Schlagzeug, sondern gleich in eine ganze Trommelgruppe.

Bella Bettina zieht mich am Arm ins Kolosseum.

„Brr, ist ja unheimlich! Irgendwie fühle ich mich von den Viechern beschattet. Komm, lass uns das Wahrzeichen Roms genießen und die Vögel ignorieren.“

Stolpernd eile ich hinter ihr her, werfe dennoch immer wieder einen Blick zurück auf die Arkaden, was sich sekundenspäter als unnötig erweist, da sich die Greifvögel nun überall postieren. Ein flaues Gefühl quält meinen Magen und ich schlucke aufkeimende Angst hinunter.

„Soll ich dir sagen, warum die Arena eine runde Form besitzt?“ Tante Bettina räuspert sich, gibt sich Mühe munter weiter zu plappern, aber ihr Unbehagen ist ihrer Stimme deutlich zu entnehmen. Ich nicke nur und starre mit trockenem Mund auf die zahlreichen Milane.

„Tja, Liebes, damit die gejagten Tiere, zum Tode Verurteilten oder die Gladiatoren in Ecken und Nischen keinen Schutz finden konnten. Bestialisch, nicht wahr? Ich will gar nicht wissen, wie viel Blut hier geflossen ist.“

Ich höre ihr kaum noch zu, denn das, was vor meinen Augen passiert, greift nach meiner vollen Aufmerksamkeit. Dunkler Nebel steigt aus der Unterkellerung hervor. Ein dunkelgraues Gewand bildet sich aus dem Nebel. Eine Gestalt mit langen, aschgrauen Haaren und einer schwarzflammigen Obsidian-Krone auf dem Haupt nimmt Konturen an.

Ignorieren. Ignorieren! Bloß nicht hinsehen!

Ich setze eine unberührte Maske auf, die sich oscarreif anfühlt und nicke zu Bellas Erzählungen. Die Kreatur wabert mit seinem nebeligen Gewand auf mich zu und anschließend um mich herum.

„… eine komplizierte Bühnenmaschinerie, sag ich dir, mit Falltüren, Aufzügen, Rampen und sogar Flaschenzügen. Phänomenal, wie die damals schon, in wenigen Minuten wohl gemerkt, damit ganze Bühnenbilder und Dekorationen in die Arena befördern konnten. Hörst du mir überhaupt zu?"

„Echt klasse, Tantchen. Atemberaubend."

Ist mir jemals etwas so schwergefallen? Nein. Nie. Bis jetzt, zu diesem unheimlichen Zeitpunkt. Dieser Kreatur auszuweichen. So zu tun, als könnte ich sie nicht sehen, denn etwas flüstert in meinem Inneren, genau das zu tun. Sonst heißt es für mich „gute Nacht, Süße". Dieses Wesen bedeutet nichts Gutes, das fühle ich so klar wie mein pochendes Herz.

Mit enormer Kraftanstrengung konzentriere ich mich auf die Schönheit des Kolosseums, obwohl mich der lockende Geruch, der sehr an Karamell erinnert, zu der düsteren Gestalt zwingen will. Ich schließe kurz die Augen. Ringe um Beherrschung. Ich wünschte, ich könnte mich an meinen Glitzerstein festkrallen, doch das erscheint mir zu gefährlich.

Als ich die Augen wieder öffne, sehe ich geradewegs in ein markantes, nicht unattraktives Gesicht mit spitzbübischem Grinsen und Augen wie flüssiger Obsidian, die eigenartig funkeln. Das Haar bewegt sich wie fliegende Asche. Ich weiß nicht, woher meine Kraft stammt, aber entschlossen gebe ich vor, das Wesen nicht zu sehen, sondern sehe stur durch ihn hindurch. Denn hin und wieder wird er durchsichtig, als könne er sich nicht in meiner Welt halten. Mal blitzt nur diese faszinierende, schwarzflammige Krone auf und Sekunden später funkeln mich seine dunklen Augen an, die einem durch Mark und Bein gehen, während der Rest seines Körpers wie ein zerfetzter Nebel erscheint. Wenn sein Umhang mich streift, jagt es mir eine Mammut-Gänsehaut über den Rücken. Mein Nacken und auch das Mal an meinem Steißbein zwicken und brennen höllisch. Dieses Erlebnis ist krasser als der härteste Horrorfilm. Alles in mir schreit vor Furcht. Ich wünsche mir nichts sehnlicher, als die Beine in die Hände zu nehmen und meilenweit zu verschwinden. Vermutlich stammt diese unmenschliche Power von meinem mysteriösen Zauberstein, ansonsten kann ich es mir nicht erklären, wie ich es schaffe, mich nicht einlullen zu lassen.

Dieses Wesen gibt nicht auf. Egal wie sehr ich mich vor ihm abschotte. Sein Duft, diese düstere und fesselnde Aura und seine gesamte Erscheinung locken wie ein Süßwarengeschäft. Noch niemals zuvor wirkte etwas so anziehend auf mich. Halt! Stopp! An dem Tag, an dem ich den tränenförmigen Diamanten erhalten habe, wurde ich ebenfalls vereinnahmt und war wie berauscht. Was sind hier bloß für Mächte am Werk?

„Was meinst du, Tantchen, wie viele Zuschauer konnten hier wohl das Spektakel ansehen?“

Ablenkung. Ablenkung ist die beste Medizin.

Die Kreatur, die wohl aus der Hölle zu sein scheint, umrundet mich weiter völlig gelassen und studiert jede meiner Regungen.

„Hm. Du machst es mir wirklich nicht leicht, Mädchen. Siehst du mich …“ Erneut kommt er mir sehr nahe und sieht mir direkt in die

Augen. „… oder siehst du mich nicht? Ah, wie du duftest! So süßfruchtig, unschuldig und rein."

Nur mit Mühe gelingt es mir, bei der eigenartig knisternden Stimme nicht zusammenzuzucken.

„Mit Sicherheit fünfzigtausend Zuschauer, *tesoro*."

Ich drehe mich von dem Wesen weg, folge meiner quatschenden Tante und gebe weiter vor, die Ruine zu bestaunen, dabei schlägt mir das Herz bis zum Hals. Meine Haut kribbelt, als sei sie von einer Schar Spinnen befallen, die auf mir herumtanzen.

Wenn der Kerl nicht bald verschwindet, pinkle ich mir gleich in den String!

Ein grausiges Lachen erklingt.

„Du bist stark und mutig, meine Kleine. Ich finde schon noch heraus, ob du Die bist, die ich vermute. Meine Späher sind überall." Ein Knistern und Knacken, wie am Lagerfeuer, ertönt hinter mir. Sengende Hitze nähert sich meinem Rücken. Dann seine Stimme … direkt an meinem Ohr.

„Ich habe unendlich viel Zeit. Brauche dich nicht zu suchen, denn früher oder später wirst *DU* mich finden."

Ich kann meiner Tarnung kaum noch standhalten. Meine Beine drohen wegzukippen, als er mir einen verflucht heißen Kuss auf die Wange haucht und dann zu Asche zerfällt.

10

Langsam glaube ich an alles

„Malina? Geht es dir nicht gut? Du gefällst mir gar nicht.“

Bella Bettina befühlt besorgt meine Stirn. „Du bist leichenblass und heiß.“

Ich verschlucke mich an meinem Speichel und muss husten.

Tja, Tantchen, ich glaube, ich habe ein Gespenst gesehen!

Aufgewühlt klaube ich den letzten Rest Kraft zusammen, der noch übrig ist.

Wie gerne würde ich dir all meine kuriosen Erlebnisse erzählen … aber …. Reden ist Silber, Schweigen ist Gold. Wer weiß, ob ich dich mit dem Wissen in Gefahr bringen würde? Du würdest mir ohnehin kaum glauben.

Eine Spur zu sehnsüchtig schaue ich sie an, um zügig den Blick zu senken. Abrupt nimmt sie mich in ihre Arme und streichelt über meinen Hinterkopf.

„Ach, *tesoro*, du hast in deinen jungen Jahren schon so Vieles mitgemacht und ertragen müssen. Den Tod deiner Eltern. Das Wissen, kaum noch lebende Verwandte zu haben. Dieser Suizid-Vollidiot bei den *Terrazza Mascagni* hat dir bestimmt den Rest verpasst. Möchtest du dich etwas hinlegen? Dann bringe ich dich zu unserer Unterkunft ins *Li Rioni Bed & Breakfast*.“

Unentschlossen trete ich von einem Fuß auf den anderen.

Tante Bettina hält mich an den Schultern fest und sieht mich enthusiastisch an.

„Du hast Angst, was zu verpassen, stimmt´s? Also, hör zu, folgender Vorschlag: Du ruhst dich jetzt in unserem schönen Zimmer aus und ich organisiere für uns Privatführungen am Abend, schließlich produzieren wir einen der besten Weine in Italien. Daher kann ich meine Beziehungen spielen lassen. Das wäre doch gelacht, wenn wir bei Sonnenuntergang nicht die beste Aussicht erhalten! Was glaubst du, wen ich hier alles kenne?"

„Du bist unglaublich, Bella." Ich gebe mir die allergrößte Mühe, Freude zu heucheln, dabei könnte ich mir wegen dem Asche-Typ noch immer in die Hose pissen. Die großen Schweißflecken unter meinen Achseln lassen sich nicht mehr verbergen.

Nur dreihundert Meter weiter erreichen wir das *Li Rioni Bed & Breakfast*, das auf zwei Etagen mit ungewöhnlich großen, liebevoll gestalteten und komfortablen Doppelzimmern aufwartet.

„Wow. Das Zimmer besitzt … Charme. Tolles Farbenspiel mit der türkis- und elfenbeinfarbenen Wand. Ich glaube, ich fange an zu streichen, sobald ich zu Hause bin."

Bella Bettina grinst über das ganze Gesicht. „Ich wusste, dass es dir gefallen wird. Der glitzernde Kronleuchter wirkt nicht mal kitschig hier drin. So, nun ruh dich aus. Ich hole derweilen unser Gepäck."

„Kannst du das Auto nicht hier parken?"

„Leider gibt es hier keine Tiefgarage. Macht aber nichts. Ich gehe gerne weit und lange spazieren. Du kommst zurecht?"

Ich nicke.

„Ok. *Magnifico! Arrivederci, tesoro*!"

Sie wirft mir eine Kusshand zu und geht.

Die Tür ist kaum ins Schloss gefallen, da werfe ich mich auf die graue Tagesdecke des weißen Holzbetts, hole den Glitzerstein aus meinem Medaillon und betrachte ihn fasziniert mit einer großen Portion Ehrfurcht.

Du bist so wunderschön. Rein und klar, dazu geheimnisvoll, wie das glitzernde Meer oder eine Person, die eine Maske trägt. Wie, zum Teufel, kann ich dein Mysterium verstehen? Wie kann ich das Rätsel um dich lösen?

Ich klatsche mir mit der flachen Hand vor die Stirn.

Ich muss ja wahrlich verzweifelt sein, wenn ich schon anfange, mit einem Stein zu reden!

Kaltes Wasser ins Gesicht, das würde mir jetzt guttun. Träge mühe ich mich vom Bett, den Stein in der linken Faust, doch ins Bad schaffe ich es nicht. Gebannt starre ich in den verschnörkelten, antik aussehenden Spiegel, der auf der gegenüberliegenden Wand vom Bett hängt. Langsam hebt sich meine rechte Hand und fühlt über meine Haut.

Donnerwetter! Ich sehe aus wie Goldmarie aus dem Märchen, mit dem Unterschied, dass ich über und über mit Glitzerstaub besprenkelt bin.

Der Glanz legt sich dezent über meine gesamte Haut. Selbst mein schwarzes Haar funkelt. Meinen ohnehin schon ungewöhnlich türkisblauen Augen wohnt ein neuer Schimmer inne, sodass ich fasziniert noch näher an den Spiegel rücke.

Fuck! Meine Haut ist gar nicht gesprenkelt. Das Glitzern befindet sich in der Haut selbst! Unfassbar!

Zweifelsohne konnte Tante Bettina die Veränderungen an mir nicht sehen, sonst hätte sie wie wild drauf los geschnattert.

Mein Blick fällt auf meine Hände.

Porca miseria! Meine Neurodermitis hat sich aber verschlechtert. Ob das was mit meiner grausigen Begegnung mit dem Asche-Typ aus dem Nebel zu tun hat? Anders kann ich es mir nicht erklären. Schließlich war meine Haut vor der unheimlichen Begegnung noch heil.

„Liebes?"

Oh! Ich muss wohl eingeschlafen sein.

„Hast du schön geschlafen? Lust auf einen Nudelsalat mit Tomaten und Rucola?"

Verschlafen reibe ich mir die Augen und gähne herzhaft.

„Schon so spät?"

„Ach was, du hast höchstens eine Stunde und vierzig Minuten geschlafen."

So genau, ja?

„Ich habe noch gar nicht so großen Hunger."

„Wunderbar, dann schaffen wir es ja rechtzeitig zum Sonnenuntergang auf den *Palatin Hügel*, der Geburtsstätte Roms. Ein wahrer Hingucker."

Ich wechsle meine verschwitzten Klamotten und eile, in schwarzer Jeans mit Ornamentmuster, lila Pulli und dunklen Halbstiefeln, meiner Nicht-kaputt-zu-kriegenden-Tante hinterher.

„Bist du eigentlich nie müde? Und gibt es etwas, was du nicht weißt?"

Bella Bettina schürzt nachdenklich die Lippen. „Ich weiß nichts über Norwegen und über Deutschland weiß ich nur halb so viel wie über Italien."

„Bella, du bist trotzdem ein Streber."

„Püh, wenn du wüsstest, wie lausig meine Schulnoten waren, würde es dir die Zehennägel aufrollen!"

Lachend schlendern wir händchenhaltend zu besagtem Hügel.

An der höchsten Stelle bietet sich uns eine grandiose Aussicht über Rom.

„Toll, das *Forum Romanum* von diesem Blickwinkel zu betrachten, nicht wahr?"

„Du brauchst mir nicht sekündlich die Vorzüge Roms vor Augen zu halten, Bella. Ich habe das schon längst begriffen."

Rücken an Rücken setzen wir uns ins Gras und lassen den Sonnenuntergang auf uns wirken.

Plop!

Bella Bettina reicht mir eine italienische Bierflasche. „Nun lass mich doch schwärmen, Kleines. Ich muss das hier ausnutzen. Freizeit bekomme ich nicht gerade auf dem Silbertablett serviert, das kannst du mir glauben. Bald heißt es wieder monatelange Arbeit ohne Verschnaufpause. Das Wein- und Olivengeschäft bedeutet Unmengen an Aufwand."

Ich höre sie einen Schluck Bier nehmen, dann seufzt sie zufrieden und lehnt ihren Hinterkopf an meinen.

„Ich genieße die Zeit mit dir wirklich sehr, *pupa*."

Lächelnd schmiege ich mich ebenfalls an ihren Rücken. „Ich auch, Tantchen. Danke für alles! Du bist immer für mich da, das weiß ich sehr zu schätzen."

„Wenn du wüsstest, wie sehr ich dich liebe, *tesoro*. Ich habe leider keine eigenen Kinder, daher bekommst du all meine Liebe, die ich geben kann."

Gerührt wische ich mir ein Tränchen fort.

„Aber als Baby und Kleinkind hätte ich dich nicht haben wollen. Du warst unmöglich! Ach, was hat Kristina immer geschimpft!

Ständig ging durch dich etwas zu Bruch, schlafen wolltest du auch nicht und das Essen flog in hohem Bogen. Danyal war mit seinen LKW-Touren ständig im Ausland und konnte deine Mutter nicht so unterstützen, wie er es gerne getan hätte. Er war aber ein feiner Kerl. Ruhig, liebevoll und verständnisvoll."

Das Thema versetzt mir jedes Mal einen gewaltigen Stich ins Herz. *Kann Trauer einen eigentlich umbringen?*

„Papa fehlt mir schrecklich ... Vielleicht gehe ich nach der Ausbildung auf die Suche nach meinen ägyptischen Verwandten. Ich finde es schade, meine Großeltern nie kennengelernt zu haben."

„Die werden dich nicht sehen wollen. Deine Großeltern haben es Danyal übelgenommen, dass er eine Deutsche geheiratet hat und sogar ihren Nachnamen angenommen hat."

Ich winkle die Knie an und lege mein Kinn seufzend darauf.

„Schade, dass die Menschheit es im 21. Jahrhundert noch immer nicht schafft, ohne Vorurteile zu leben, unkompliziert und weltoffen zu denken und zu handeln."

„Soviel ich weiß, sollen sie – angeblich – Nachfahren von Hohepriestern aus der alten Pharaonenzeit sein. Kristina war stets fuchsteufelswild, wenn Danyal spirituelle Riten oder solchen Humbug zelebrierte. Als er mit dir im Säuglingsalter die Götter der Natur rief, drohte Kristina ihm sogar mit Scheidung." Hellhörig geworden fasse ich mir an den Nacken.

„Was für Rituale?"

„Puh, das ist lange her. Da kann ich mich nicht mehr an Einzelheiten erinnern."

„Versuch es bitte. Erzähl mir alles, was dir dazu einfällt. Ich finde das echt spannend! Allerdings ärgert es mich ein wenig, dass Papa nie davon erzählt hat."

„Hm, ich meine mich zu entsinnen … Kristina erzählte … Danyal hätte die Natur beschworen, dass sie dich beschützen müsse, sollte ihm und deiner Mutter jemals etwas passieren und du schutzlos zurückbleiben. Auch die ägyptischen Götter Bastet, Isis und Re sollten über dich wachen."

Schweigend grüble ich über Bellas Worte nach. Ein heiteres Lachen erklingt.

„Worüber freust du dich, Tantchen?"

„Nun ja, vielleicht scheint die Sonne deshalb überall dort, wo du auftauchst. Und die Zutraulichkeit der Tiere spricht eventuell auch dafür."

„Ich dachte, du glaubst nicht an solchen spirituellen Humbug und Zauberei."

„Eigentlich nicht. Dennoch bist du etwas Besonderes und ich möchte daran glauben, dass die Schöpfung der Natur dich in ihre schützenden Arme nimmt."

„Jedenfalls sind die jüngsten Ereignisse erst nach Mamas Tod passiert, murmle ich, mehr zu mir selbst.

Schweigend genießen wir die Schönheit der Natur und der Ruinen, während ich darüber nachsinne, was alles möglich sein könnte.

Hat Papas Ritual mir die Male am Körper beschert? Bin ich deswegen die Richtige für den Glitzerstein, wie der Fremde sagte?

Mein Mal im Nacken zwickt.

Oh ja, eines Tages werde ich meine ägyptischen Verwandten suchen und finden! Jetzt habe ich drei Ziele, für die es sich zu leben lohnt. Meine Ausbildung beenden. Das Mysterium des Glitzersteins herausfinden und eine längere Reise nach Ägypten unternehmen.

Mein Medaillon erwärmt sich abermals. Ich begutachte staunend das Kleinod und verpasse erneut, wie sich die Parallelwelt vor mir öffnet. Als ich aufschaue, präsentieren sich mir intakte, prächtige Paläste und Tempel. Sprachlos sehe ich einem göttlichen Fest zu. Prunkvolle, edle Gewänder, fantasievolle Frisuren und kunstvolle Skulpturen präsentieren sich meinem Blick. Lautes Gelächter vermischt sich mit angenehm epischer Musik. Ich lasse meine Arme über die Knie baumeln und genieße diese Gabe, die mich so viel mehr sehen lässt als Bettina, in vollen Zügen. Denn das wird der richtige Weg sein: Das Ganze als Gabe anzuerkennen und das Beste daraus zu machen. Sich dagegen zu sträuben und auszuflippen wird mich nicht weiterbringen. Ich muss alles, was ich erblicke, in mich aufsaugen und im Hinterkopf behalten.

Nach einer Weile erkenne ich Juno, Göttin der Fürsorge, Ehe und Geburt. In einem grünschimmernden Gewand steht sie neben Jupiter, der ihr einen goldenen Kelch reicht. Juno bemerkt mich, lehnt den Kelch ab, löst sich von ihrem Göttergatten und kommt bestimmt auf mich zu. Erschrocken springe ich auf, stolpere und falle prompt ein Stück Hügel hinab. Ein dumpfer Schmerz schießt in mein Bein, als ich auf ein Stück Ruine knalle.

Fuck! Bin wohl doch nicht so taff, wie ich mir einreden will.

„Mein Gott, Malina! Was machst du denn?“ Tante Bettina eilt zu mir und zieht mich wieder auf die Beine. „Alles ok? Hast du dir was gebrochen? Du blutest!“

Ich sehe auf meine zerrissene Hose.

„Das ist nur eine Schürfwunde. Mach kein Theater daraus“, erwidere ich schnell und wische mir eilig und wütend über die Knie.

Bettina springt behände, wie eine junge Gazelle, das Stück Hügel wieder hinauf, schnappt sich ihren Rucksack und eilt zu mir zurück.

Sanft säubert sie meine Wunde mit Wasser aus ihrer Wasserflasche und tupft mit ihrem Stofftaschentuch das Blut ab.

„Du liebe Zeit, was hat dich denn so erschreckt?“

„Och, ich war wohl ein bisschen eingedöst und dann abrupt aufgewacht.“

Tante Bella wirft mir einen skeptischen Blick zu. „Mit dir ist momentan so einiges seltsam, *pupa*.“

Achselzuckend fällt mir keine Ausrede ein.

11

Trevi Brunnen

„Eigentlich wollte ich mit dir noch zum *Trevi Brunnen*, denn nur bei Dunkelheit ist er die reinste Augenweide und ein absolutes Muss für jeden Rom-Touristen. Schaffst du das noch? Oder willst du lieber ins Bett?"

Ich betrachte die Schürfwunde an meinem Bein und laufe dann einmal prüfend auf und ab.

„Siehst du? Geht doch. Ich bin nicht aus Zucker, sondern aus Stahl. Diese kleine Schramme kann mich nicht davon abhalten, deinen legendären Brunnen zu bestaunen."

Außerdem bin ich gespannt, ob mich am Brunnen ebenfalls etwas Außergewöhnliches erwartet.

„Wir nehmen dieses Mal aber ein Taxi, *tesoro*. Dann sind wir in elf Minuten da. Achte auf weiße Fahrzeuge mit der Plakette *Servizio pubblico*, das steht für *Öffentlicher Dienst*."

„Ähm, ich weiß, wie ein Taxi aussieht."

„Glaubst du, Schätzchen. Hier gibt es illegale Taxifahrer, die dir das Geld aus der Tasche ziehen. Ich kenne da eine nette Geschichte. Zwei Amerikaner wurden am Flughafen von solch einem Fahrer abgefangen. Das Hotel lag nicht weit entfernt, doch der Halunke sauste mit den ahnungslosen Amis durch zig Orte und verlangte dann zweihundert Euro. Solche Betrügereien passieren mehrmals täglich.

Sie fangen gezielt Touristen ab, geben sich freundlich und hilfsbereit, doch dann kommt das dicke Abkassieren", unterstreicht sie mit einem wissenden Nicken ihren Satz.

„Auweia! Das sind dann wohl die Schattenseiten der *Ewigen Stadt*."

Wir ergattern ein legales Taxi und flitzen durch die abendlichen Straßen Roms. Mein Smartphone kündigt eine WhatsApp-Nachricht an, die ich schnell überfliege.

„Ui!" Mehr kommt mir nicht über die Lippen.

„Was ist? Etwas mit Lara?" Die Besorgnis in Bettinas Stimme ist kaum zu überhören.

„Sie schreibt, dass die überbetriebliche Ausbildung vorgezogen wird."

„Das soll heißen?"

Ich sehe meiner Tante bedauernd in die Augen. „In sieben Tagen bin ich bereits auf dem Weg nach Norwegen."

Bella Bettina nickt bekümmert und sieht dann schweigend aus dem Fenster. Mein inneres Wechselbad der Gefühle artet in ein regelrechtes Break-Dancer-Karussell aus. So viel ist in letzter Zeit geschehen und jetzt muss ich auch noch den sicheren Hafen bei meiner Tante früher als geplant verlassen.

„Der Ausbilder Kjell Haugland bedauert es sehr, aber aus privaten Gründen müsste er die Einladung vorziehen." Ich seufze schwer, als laste das Leid eines ganzen Landes auf meinen Schultern.

Den Kerl kann ich jetzt schon nicht ausstehen, weil er mir meine kostbare Zeit mit Tommaso und Bettina nimmt. Pff, aus privaten Gründen! Muss er sich danach die Eier schaukeln, oder wie? Frechheit!

„Darf der das überhaupt machen?", frage ich aufgebracht.

Bettina schaut weiter aus dem Fenster, ihre Hand sucht die meine und sie drückt sie aufmunternd. „Wichtige Firmenangestellte dürfen so einiges, Herzchen. Vielleicht wird er versetzt und muss eure Ausbildung noch erledigen. Oder er hat eine kranke Frau. Eventuell besitzt er selbst ein Leiden, worum er sich kümmern muss. Es kann tausend Gründe für solch eine Entscheidung geben."

„Wahrscheinlich ein nervtötender, alter Sack, dessen schlechte deutsche Aussprache wir kaum verstehen werden", meckere ich vor mich hin.

„Konzentriere dich einfach auf deine Ausbildung. Du lernst für dich und nicht für diesen Haugland!"

Schmunzelnd stupse ich Bettinas Schulter an. „Du lernst für dich. Der Lieblingssatz von Eltern und Lehrern."

Am Ziel angekommen, zückt Tante Bella ihr Portemonnaie, um die Fahrt zu bezahlen, dabei fällt ihr ein Bild aus der Geldbörse. Ich bücke mich und fische es vom Fußraum auf. Das Bild zeigt mich, Mama und meine Tante lachend im Teutoburger Wald. Hinter uns thront die Kolossalstatue, das *Hermannsdenkmal* in Detmold.

Seltsam … Ich fühle keinen Schmerz mehr. Mami ist doch erst vor wenigen Tagen begraben worden, wie kann der Schmerz so schnell fort sein? Ich empfinde nur noch Liebe und dass ich sie vermisse. Die Erinnerungen sind ungetrübt. Was stellt dieser ominöse Diamant bloß mit mir an?

Bella Bettina bemerkt das Bild in meiner Hand. „Ah, an den Tag erinnere ich mich ganz genau! Das Wetter war eine Wucht und der Ausflug herrlich. Nur wir drei Mädels. Du warst zwölf und hast unseren Rekord gebrochen, indem du zehn Kugeln Eis verdrückt hast. Wenig später hattest du fürchterliche Bauchschmerzen und ich dachte schon, du kotzt uns das Eis auf die Füße."

Lächelnd gebe ich ihr das Bild zurück. „Oh ja, danach habe ich bestimmt ein ganzes Jahr lang kein Eis mehr angerührt."

Plappernd erreichen wir den *Trevi Brunnen.*

„Mein Gott, ist der schön! Jetzt begreife ich, warum du sagtest, dass sich der Besuch am Tage nur halb so viel lohnt. Das Lichtschauspiel ist fantastisch! Das Wasser sieht aus wie türkisfarbenes Meer."

„Einer der bekanntesten Brunnen der Welt, *pupa,* mit sage und schreibe sechsundzwanzig Metern Höhe."

Oha! Tantchen packt ihr Wikipedia-Hirn wieder aus.

Sie deutet auf die Figuren. „Sieh dir den Meeresgott Oceanus an und die Tritonen! Ein Brunnen, der aus einer Palastfassade mit Triumphbogen besteht. Einfach bemerkenswert."

Neugierig konzentriere ich mich auf die Figur des Meeresgottes.

Oh Mann! Was erhoffe ich mir jetzt eigentlich? Dass die Skulptur mir zuwinkt oder was? Wie einfältig!

Ich ärgere mich über mich selbst, vor allem wegen meiner Naivität.

Der Touristenandrang ebbt ab.

„Was machst du da, Bella?"

„Na, siehst du doch! Ich werfe ein Geldstück über die Schulter in den Brunnen."

„Was für ein Aberglaube! Es bringt eh kein Glück."

„Nö, aber es soll die Rückkehr nach Rom sichern."

„Wer´s glaubt."

„Nein, ernsthaft jetzt, *tesoro,* die Stadt hat unglaubliche 1,4 Millionen Euro aus dem Brunnen gefischt. Das ist eine unsagbar tolle Spende an die Caritas."

Ich bin sprachlos und sehe genauer in den Brunnen. „Wow, all diese Münzen!“ Ich greife in meine Jeanstasche, hole ein Zwei-Euro-Stück heraus und lasse dieses ins Wasser gleiten.

Mit einem Mal schlängelt sich das Wasser über meinen Arm. Es prickelt mir auf der Haut. Erstaunt sehe ich an mir hinab. Das Wasser legt sich wie eine zweite Haut über meinen Körper und fällt wellenartig herab, als hätte ich ein funkelndes, türkisfarbenes Kleid an. Im wahrsten Sinne des Wortes fließend. Verträumt jauchze ich auf und drehe mich tänzelnd herum. Mein wasserartiger Rock rauscht bei jeder meiner Bewegungen mit. Ich fühle mich wie Arielle, die in ihrem blauen Glitzerkleid aus dem Meer schreitet, nur mit dem Unterschied, dass dieses Wasserkleid noch bombastischer ist. Wie das von Sissi. Erschrocken erkenne ich, dass meine ursprünglichen Klamotten verschwunden sind.

Herrjemine! Stehe ich gleich nackt hier auf dem Platz, sobald das Wasser sich zurückzieht?

„Malina? Ist dir das Bier zu Kopfe gestiegen? Du tänzelst hier freudestrahlend wie eine Achtjährige herum, die gleich Geschenke auspacken darf.“

Meine Tante blickt sich besorgt nach den gaffenden Leuten um. Grinsend streichle ich über mein traumhaftes Wasserkleid.

Ok. Das bleibt dann wohl doch meine persönliche Illusion.

Zack!

Ein Mann stößt Bella Bettina zur Seite und schultert sich den geraubten Rucksack.

„Halt! Du Halunke! Gib mir sofort meinen Rucksack zurück!“ Ich balle wütend die Hände zu Fäusten und nehme die Verfolgung auf.

„Um Gottes Willen, Malina! Bleibst du stehen! Das ist gefährlich! Malina! Hörst du gefälligst!?"

Das muss wahrlich phänomenal aussehen, wie ich mit dem fließenden Wasserkleid hinter dem Schurken her rausche. Schade nur, dass es keiner sehen kann.

In einer dunkleren Gasse hole ich den Gauner ein. Er bleibt abrupt stehen, grinst mich wölfisch an und will mir eine runterhauen. Dass ich ihm blitzschnell eine Ohrfeige verpasse, irritiert ihn. Er schlägt und tritt nach mir und ist noch überraschter, als ihn eine kleine Wasserfontäne trifft, während er versucht, mich zu fassen. Suchend blickt er sich um und fragt sich garantiert, wo wohl das verdammte Wasser herkommt. Flink entreiße ich ihm Bettinas Rucksack, täusche an, ihn zu boxen, und trete ihm stattdessen das rechte Bein weg. Er taumelt, fängt sich jedoch und stürmt auf mich zu. Seine Geschwindigkeit ausnutzend, gebe ich vor, mich nun doch zu fürchten, lasse ihn so nah wie möglich an mich heran, um mich im letzten Moment wegzudrehen und ihm ein Bein zu stellen. Er strauchelt und landet auf dem Hosenboden. Zufrieden ziehe ich mich zurück. Bettina kommt angelaufen und findet mich in der Gasse. Besorgt geht sie auf mich zu. Ich will ihr den Rucksack reichen, da erblicke ich ihr entsetztes Gesicht.

„Malina! Pass auf!"

Der Mistkerl hat sich angeschlichen, doch bevor sein Fuß mich im Rücken treffen kann, drehe ich mich gekonnt weg und setze ihn mit wenigen Handgriffen komplett außer Gefecht.

„Geh mal zum Zahnarzt und lass dir das Zähneputzen beibringen, du stinkender, widerlicher Vollidiot!"

Ich unterdrücke den Impuls, auf diesen Gauner zu spucken. Meine Tante sieht mich erstaunt an, nimmt mich an der Hand und zieht mich schleunigst aus der Gasse.

„Grundgütiger, Malina, was war denn das!? Ich dachte, du hast seit deinem elften Lebensjahr keine Karateschule mehr besucht."

„Habe ich auch nicht."

Bettina deutet auf die Gasse. „Das sah aber nach schwarzer-Gürtel-Technik aus. Soviel ich weiß, besitzt du nur den gelben."

Ich zucke mit den Schultern. „Vielleicht habe ich zu viele Filme gesehen."

Skeptisch blickt sie mich an, dringt aber nicht weiter in mich hinein. Ich habe ohnehin keine Antwort für all die Kuriositäten.

Schweigend gehen wir weiter, bis wir an unserer Unterkunft angekommen sind. Bella Bettina seufzt und blickt mich intensiv an. „Na gut. Wie du meinst. Alles höchst sonderbar mit dir. Ich weiß nicht, was es ist, aber irgendein Geheimnis umweht dich, *tesoro*. Wenn du nicht darüber reden möchtest, ok. Ich will dir vertrauen, aber bitte sage mir Bescheid, wenn du Sorgen hast, das ist meine einzige Bedingung. So, und jetzt lass uns schlafen gehen. Ich bin total erledigt."

Was glaubst du, wie ich das Ganze finde? Meine Emotionen drehen und wechseln schlimmer als das Break-Dancer-Karussell. Und dieser Kampf gegen den Dieb … Es war, als würde mein Körper instinktiv handeln. Ich musste nicht einmal darüber nachdenken, wo der Schlag sitzen sollte. Weiß der Himmel, was mit mir passiert, aber wen zum Teufel, kann ich fragen? Niemanden.

2

Bin ich wach oder träume ich?

„Ich danke euch, dass ihr so zahlreich erschienen seid."

„So viel Aufsehen wegen eines unbedeutenden Menschenmädchens, Juno", gähnt Merkur genervt. Juno richtet sich an den desinteressierten Gott, der auf seinem prächtigen Marmorthron sitzt, in dem ein Flügelhelm eingemeißelt ist, und vor sich hin döst.

„Du solltest deine Pflichten mal wieder ernster nehmen, Merkur – Gott der Diebe, des Handels und der Reisenden!"

„Ich weiß, wer ich bin!", brummt Merkur unwirsch.

Juno erhebt sich grazil von ihrem weißen Thron, der von einem blauen, mit vereinzelt goldenen Federn verzierten Pfauensymbol versehen ist.

„Das Mädchen hat dem Dieb ordentlich Angst eingejagt. Ich sollte ihr ein Gedicht widmen", meldet sich Apollo zu Wort und richtet seine dunkle Lockenpracht.

„Die Frage ist, warum schmiegte sich das Wasser an ihren Körper? Hast du eine Antwort für mich, Neptun?" Juno schaut den angesprochenen Gott herausfordernd an. Dieser kratzt sich hilflos den Nacken. Algen zieren sein blauschimmerndes Haar und in seinem Thron aus Marmor ist ein goldener Dreizack eingearbeitet.

„Nun … also … ich", stammelt Neptun.

Ungehalten stemmt Juno die Hände in die Hüften. „Muss ich jetzt allen Ernstes deinen Bruder Poseidon fragen, ob er eine Erklärung für mich hat?“ Sie erhält keine Antwort. Verstimmt blickt sie in der herrschaftlichen, säulenreichen Halle in die Runde. „Elf Götter und niemand kann mir eine Antwort geben? Ich bin überrascht“, meint sie spöttisch. Versöhnlich greift Jupiter nach ihrer Hand, doch sie entzieht ihm diese und verschränkt die Arme vor der Brust.

„Vielleicht ist das Mädchen eine Halbgöttin. Eine Tochter von Neptun oder Poseidon!“, meldet sich Venus vorwurfsvoll zu Wort. Ihr Haar fällt in blonden Locken bis zu ihren Füßen.

Stille.

Nachdenkliche Gesichter mustern sich gegenseitig.

„Minerva, könntest du wenigstens in der Ratssitzung deinen römischen Kammhelm abnehmen? Wir sind hier nicht im Krieg, sondern halten Rat.“ Minerva ignoriert Apollos Aufforderung und schürzt nachdenklich die Lippen.

Juno richtet sich ebenfalls an die rotgelockte Minerva. „Meine Göttin der Weisheit und der taktischen Kriegsführung, wenn du keine Lösung in diesem Rätsel hervorbringen kannst, kann es wohl wahrlich niemand.“

Die Angesprochene richtet sich in ihrem Thron auf und scheint nach den richtigen Worten zu suchen. „Also meine Lieben, es gibt fünf Möglichkeiten. Erstens, das Mädchen ist eine Halbgöttin und hat diesen Stand durch verbotene Rituale erlangt. Zweitens, sie ist eine Reinkarnation eines Gottes und ist dabei ihre Kräfte zu entdecken. Drittens, sie ist eine Hüterin eines uralten Relikts, das ihr Macht verleiht. Viertens, sie ist eine Nachfahrin.“

„Eine Reinkarnation? Soll heißen eine Wiedergeburt? Das ist völlig unmöglich! Alle Götter sind am Leben!“, mischt sich Merkur ein.

„Es gibt Götter aus der uralten Zeit, die in Frieden ruhen. Außerdem kann es Reinkarnationen und Nachfahren ohne Geburt oder direkte Nachkommenschaft geben, wenn göttliche Gegebenheiten, der menschliche Körper und die DNS passen“, stellt Minerva klar.

Jupiter reibt sich nachdenklich die Stirn. „Das verstehe ich nicht genau. Es könnte, rein theoretisch, eine Reinkarnation von mir geben, obwohl ich nicht tot bin?“

„Wenn sich ein kleines Stück Seele von dir gespalten hat, ja. So etwas bemerkst du allerdings nicht. Und es gibt noch nicht ausreichend Beweise dafür, aber in unserem Universum ist alles möglich, jedoch vieles äußerst selten.“

Schockiert sehen die Götter Minerva an.

„Ein Stück meiner Seele könnte im Körper eines Menschen herumstolzieren?! Was für einen Sinn hätte das?“, erbost sich Merkur.

„Das Leben findet immer einen Weg. Muss immer alles einen Sinn haben? Wenn ein unbewusster Teil von dir lieber ein sterbliches Leben führen möchte, dann kann so etwas vorgekommen sein. Was glaubst du, wo die außergewöhnlichen Menschen herkommen?“

„Minerva, das ist unglaublich! Dann war ein Teil von mir bestimmt im Körper von William Shakespeare.“ Apollo lacht bei der Vorstellung; die anderen sehen ihn zweifelnd an.

„Es gibt noch andere Götter der Lehren, der Schrift und der Poesie“, wirft Justitia ein.

„Pah, meinst du etwa die alte Mumie Thot oder der olympische Aufschneider Apollon?! Meine Poesie ist unschlagbar seit jeher! Habe ich recht, Minerva? Die großen Dichter können nur von mir abstammen.“

„Könnte möglich sein.“

„Dann stammte Cäsar bestimmt von Mars ab und Marie Curie von Minerva“, sinniert Merkur erheitert.

„Könnte möglich sein“, erwidert Minerva gelangweilt.

„Um Himmels Willen, dann stammen böse Menschen von Hades, Seth und dem Teufel ab?“, bemerkt Justitia entsetzt.

„Könnte möglich sein“, wiederholt Minerva spitz ihren Satz.

„Ruhe! Schluss mit dem Unsinn. Das Ganze ist jetzt überhaupt nicht wichtig“, stellt Juno genervt fest und haut sich die rechte Faust in die linke Handfläche. „Also, was ist mit fünftens?“

Alles schaut gebannt zu der rothaarigen Göttin. Was wird ihre Antwort auf Junos bedeutende Frage sein? Minerva fasst sich an den schmucklosen Hals. Ihre klugen, marineblauen Augen erwidern den Blick eines Jeden des Rates. Um die Spannung anzuheizen, faltet sie ihre Hände vor dem Mund und tippt sich mit dem Zeigefinger auf die Lippen. Vesta, Göttin der Familieneintracht und des Herdfeuers, rutscht unruhig auf ihrem Thron hin und her.

„Nun mach es doch nicht so spannend, Minerva!“

Milde gestimmt sieht Minerva die dunkelhaarige Vesta an. „Ja, fünftens … Das Mädchen könnte eine Avyena sein.“

13

Relaxen

„Malina! Wach auf! Du schläfst unruhig."

Verschlafen erblicke ich eine verschwommene Bella Bettina. Ich reibe mir die Augen und schüttle den realen Traum ab, was mir nicht sofort gelingen will.

Ob ich tatsächlich echte Gespräche der Götter in ihrer Ratshalle mitverfolgen konnte? Warum wusste ich haargenau, wer wer war? Ich konnte Minerva von Vesta unterscheiden, wusste genau, wer Apollo und wer Mars war. So langsam macht mir das Ganze Angst. Vor allem … weil … sie über mich Rat gehalten haben.

„Dein Albtraum muss ja haarsträubend gewesen sein, *pupa*. Alles in Ordnung?"

„Hm, ja alles gut. Lass uns weiterschlafen."

Ich wische mir das Haar aus dem Gesicht. Anstatt verschwitzt, bin ich ganz kühl. Mein Gemütszustand ist für meinen Geschmack ein wenig zu gelassen. Ich lege mich auf die Seite und heuchle sofortiges Einschlafen vor.

Ach Mann, wenn der vermaledeite Glitzerstein mir wenigstens ein paar Antworten zuflüstern könnte! Sollte ich wirklich eine der fünf kuriosen Möglichkeiten sein, von denen Minerva erzählt hat? Und was zum Teufel ist eine Avyena?

„Bella Bettina, du bist verrückt und Tommaso wird uns den Kopf abreißen, sobald er die Abbuchung auf dem Konto entdeckt!"

„Ach Quatsch mit Soße, wann gönne ich mir denn mal was? Wer ständig schuftet, darf auch mal über die Stränge schlagen, also komm."

„Oje, da rein?"

„Nun zier dich nicht so! Der gestrige Tag war wirklich etwas zu viel. Heute schwänzen wir unsere Sehenswürdigkeiten-Tour und lassen es uns im besten Wellness- und Spa-Hotel der Stadt mal so richtig gut gehen."

„Die lassen uns nie und nimmer rein, Tantchen."

„Glaubst du. Wer beliefert das Hotel wohl mit dem vorzüglichsten Wein?" Bettina zeigt demonstrativ auf sich.

„Ich, meine Liebe."

Unfassbar! Sie braucht wirklich nur ihre Visitenkarte und Ausweis zu zücken und schon sind wir drin.

Meine Güte, was ist das für ein vornehmer Schuppen! Das ist kein Hotel, sondern ein Palast.

Unsicher schleiche ich hinter meiner Tante her. Alleine schon den sündhaft teuren, schwarzen Marmorboden zu berühren macht mir Angst. Hoffentlich werfe ich nichts versehentlich um!

Die Empfangshalle strotzt nur so vor antiken Skulpturen, prächtigen Gemälden und feinen Wandteppichen. Selbst die Tapeten sind aus erlesenen silberfarbenen oder bordeauxroten Stoffen im Barock-Stil.

Während Bella Bettina an der Rezeption ihr Anliegen bespricht, zieht es mich magisch zu dem etwa zwei Meter großen Aquarium der Empfangshalle hin, das von Zimmerpalmen flankiert wird.

Perplex beobachte ich, wie die Fische zahlreich vor meiner Nase ans Glas schwimmen und interessante Loopings vollführen. Ihre schillernden Farben leuchten kräftiger auf, als wollten sie mich begrüßen und mir ihre Freude mitteilen. Unwillkürlich muss ich lächeln.

Wie schön! Wenn ich Fische glücklich machen kann, kann ich das mit meinen Mitmenschen dann auch?

Mit einem Mal streift mich der Geruch von Karamell und meine Freude verflüchtigt sich sofort. Und das nicht nur bei mir. Die Fische verblassen augenblicklich und verstecken sich in Sekundenschnelle in ihren Höhlen. Ängstlich wende ich mich von dem Aquarium ab und sehe mich suchend um.

Keine fliegenden Asche-Haare. Kein nebelartiges Gewand. Keine knisternde Stimme, die an brennendes und knackendes Holz erinnert. Vielleicht habe ich mich getäuscht und der Geruch entstammt der Bar oder dem Restaurant. Dennoch pocht mein Herz wie wild. Es ist definitiv in Alarmbereitschaft.

Gib Acht! Die Fische haben es auch bemerkt, teilt mir meine innere Stimme mit.

„Der Wellness-Bereich ist ein wahrer Traum. So stelle ich mir die antiken, römischen Bäder von einst vor", schwärmt Bettina und streicht über die Säulenverzierungen, ehe sie mir eine Hand voll Wasser aus dem Whirlpool ins Gesicht spritzt.

„He!", beschwere ich mich lachend und spritze zurück. Die auffallenden Skulpturen und Springbrunnen ziehen meine Aufmerksamkeit auf sich. Ich war noch nie in einem Wellnessbereich. Das Hotel hat sich wahrlich selbst übertroffen mit der Dekoration, dem Innen- und Außenpool, den Massagebereichen und Ruhenischen mit Liegen. Die Wellness-Pflanzen wie Aloe vera, Bromelien, Glückskastanie und Grünlilie runden das Flair perfekt ab.

„Warum seufzt du, *tesoro*?"

„Ich hätte Baumschulgärtnerin werden sollen, wie Mami es war, dann hätte ich in jedem Fach eine eins, so wie sie mir ihr Wissen eingetrichtert hat."

„Wissen ist Macht, *pupa*, das niemand dir nehmen kann."

Wir gehen weiter zu den Umkleidekabinen.

„Bella Bettina, ich kann das nicht."

Meine Tante hält beim Hose Ausziehen inne, was sie zum Straucheln bringt. „Was kannst du nicht?"

„Mich nackt auf die Massageliege legen." *Vor allem, da ich jetzt weiß, dass die Götter uns ständig beobachten können,* füge ich gedanklich hinzu.

„Ach, sei nicht so prüde! Die sehen hier jeden Tag nackte Menschen. Du wickelst dich doch in ein großes, weißes Badetuch und schlüpfst zügig auf die Liege. Auf deinen Po können sie ein kleines Tuch legen."

Mit mulmigem Gefühl entkleide ich mich und drapiere mit Blitzgeschwindigkeit das Badetuch um mich. Dennoch sehe ich unruhig hin und her, in der Hoffnung, kein göttliches Wesen zu erblicken.

Allmählich werden diese überirdischen Momente zu einer Strapaze und ich will besser eher als später erfahren, welche Rolle ich in diesem ganzen Trubel spiele.

„Das Medaillon solltest du abnehmen. Es könnte durch die Feuchtigkeit zu Schaden kommen."

Adrenalin sprengt mir den Bauch. Ich will mich nicht von meinem Schmuckstück trennen.

„Beruhige dich. Wir schließen es ein."

Mein Gesicht ist wohl ein offenes Buch.

Mit ungutem Gefühl sehe ich zu, wie meine Tante unsere Wertsachen im Schließfach einschließt.

„Du darfst dir gleich dein persönliches ätherisches Öl aussuchen, *pupa.*"

Meine Hände krallen den Stoff über meinen Brüsten fest und meine Augen suchen noch immer jede Ecke nach auftretenden Göttern ab. „Aha, was soll ich mir denn aussuchen?"

„Lavendelduft beruhigt, wenn der Tag stressig war. Bist du emotional aufgewühlt, dann solltest du dich für Pfefferminze entscheiden. Mit Zitronengras bekommst du wieder belebenden Schwung und mehr Energie."

„Pfefferminze! Ich benötige auf jeden Fall Pfefferminze."

„Was ist denn los mit dir, *tesoro*? Du wirkst so … gehetzt?"

„Liegt vielleicht daran, dass … ich bald abreisen muss."

Bella Bettina drückt mich an sich und lehnt ihren Kopf an meinen. „Ja, das macht mich auch sehr traurig. Aber die Ausbildung geht nun mal vor, *pupa.*"

Uns werden Massageliegen zugewiesen. Meine Masseurin schaut irritiert zu, wie ich wie eine Olympiaspringerin auf ihre Liege hüpfe. Umständlich ziehe ich das Badetuch von meinem Rücken, bis mir geholfen wird. Zu meinem Bedauern muss ich gänzlich auf mein Badetuch verzichten und mir wird ein kleines Tuch über den Po gelegt.

Wow, klasse! Das schenkt mir ja nicht gerade viel Privatsphäre. Aber wenn das hier so abläuft, muss ich mich wohl fügen.

„Peppermint, per favore."

Bella lacht über meine gemischte Aussprache. *„Menta piperita"*, wiederholt sie schließlich. Die drollige Masseurin lacht und teilt uns mit, dass sie mich schon verstanden hat. Ich schließe die Augen und sauge den herrlichen Duft von Minze ein. Noch nie hatte ich eine Massage. Es ist wirklich … göttlich.

Schon wieder dieses Wort. Hmpf! Kann ich an nichts anderes mehr denken?

Meine Tante reißt mich aus meinen Gedanken, da sie die verschiedensten Laute von sich gibt.

Ist das peinlich! Sie schnarcht und stöhnt im Wechsel. Oh Mann, Bella, bitte hör auf damit!

Schließlich dämmere ich selbst dahin, bis mich ein seltsames Gefühl weckt.

Sind meiner Masseurin mittlerweile vier Hände gewachsen?

Der Geruch nach Karamell macht mich schlagartig wach.

Oh Gott!

Mein Körper erstarrt.

„Welch zarte Haut du hast, *principessa*", säuselt es knisternd wie brennendes Papier an meinem Ohr.

Verflucht! Ich darf mich jetzt nicht rühren. Bloß nicht rühren! Fuck!

Ich könnte schreiend davonlaufen. *Dieses elendige Monster hat mich wieder gefunden! Verpiss dich endlich!*

Die Furcht krallt sich an mir fest wie ein Löwe an seiner Beute.

Nicht hinsehen. Bloß nicht hinsehen! Augen geschlossen halten und am besten ganz ruhig atmen! Er ist nicht da. Alles nur Einbildung, rezitiere ich mein Mantra, doch helfen tut es nicht.

Der Karamellgeruch verdrängt die Minze und zum ersten Mal in meinem Leben könnte ich bei Karamell kotzen.

Hör. Auf. Mich. Anzufassen. Du. Ausgeburt. Der. Hölle!

Es knistert an meinem Ohr. Eine Hitzewelle erfasst mich.

„Du glaubst gar nicht, wie schwierig es für mich ist, hier bei dir aufzutauchen, aber du machst es mir unglaublich spannend. Ich will mehr über dich wissen."

Seine glühenden Lippen nähern sich meinem Ohr und berühren mich höllisch heiß. Mit eiserner Kraft versuche ich, nicht zusammenzuzucken. „Verrätst du mir, welchem göttlichen Hause du entstammst?"

Das weiß ich selber nicht, du Ungeheuer!

„Ich hoffe, die weißen Götter finden und besuchen dich bald, damit sie dein Mysterium aufklären. Ich würde dich gerne von Angesicht zu Angesicht in meiner Welt treffen."

Ein heißer Luftzug streift über meinen Rücken bis zu meinem Gesäß. Das kleine Tuch verrutscht. Der knisternde Atem meines persönlichen Teufels geht zu einem erschrockenen Aufkeuchen mit einer Prise Kettengeklirr über.

„Das Zeichen des …" Er unterbricht sich selbst. Ich presse noch immer die Augen zusammen. „Ein Jammer. Ich muss dich jetzt verlassen. Die Wächter sind mir auf den Fersen. Unsere erneute Begegnung war sehr aufschlussreich. Wir sehen uns bald wieder, meine ägyptische Schönheit." Etwas streicht mir noch einmal über den Rücken und wandert gefährlich nahe zu meinen Brüsten. Ich drücke mich, so platt es geht, in die Liege.

Die Masseurin bittet mich, mich zu entspannen.

Sie haben leicht reden. Sie werden ja nicht von unheimlichen Wesen heimgesucht!

Der Karamellgeruch verflüchtigt sich endlich, trotzdem wünsche ich mir eine Überdosis Pfefferminze.

14

Herzsprung

Ich glaube, der Kerl mit den Haaren aus Asche hat mich für zukünftige Massagen verdorben.

Wie konnte er wissen, dass ich … na ja … zum Teil ägyptischer Abstammung bin? Anhand meines ungewöhnlichen Mals über dem Steißbein?

Seufzend und missgestimmt darüber, keine Erklärungen zu erhalten, ramme ich meine Füße in meine Stiefel. Bella Bettina reicht mir meine Kette. Erleichtert lege ich mir das Medaillon wieder um den Hals. Ohne mein Schmuckstück fühle ich mich schutzlos.

„Na siehst du, *tesoro*, es ist alles in bester Ordnung. Hier kommt dein Medaillon schon nicht weg. Aber was tust du? Wir wollen doch noch zum Außenpool und seit wann zieht man die Schuhe vor allem anderen an? Du bist ja seltsam heute."

Wenn du wüsstest … Ich hoffe, dass ausgiebiges Schwimmen meinen Kopf von komplizierten Gedanken freischwemmen wird.

Schnell zerre ich die Stiefel wieder von den Füßen, schlüpfe in meinen Badeanzug und folge Bella hinaus.

Der Pool ist genauso atemberaubend wie der übrige Hotel-Palast. Neben dem Becken gibt es überdachte Sitznischen mit weißen Möbeln und hauchzarten Stoffen, die für ein wenig Privatsphäre sorgen.

Damit ich schwimmen kann, muss Bella Bettina mein Medaillon wie ihren Augapfel hüten.

Während ich durch das Wasser gleite, flattern die Stoffe über mir, ohne das Wasser zu berühren. Hin und wieder sehe ich hinter einem der Stoffe ein Frauengesicht hervorblitzen.

Wirklich prima, dass ich so unter Beobachtung stehe, aber niemand es wagt, mich über all diesen Mist aufzuklären. Das macht mich langsam echt sauer. Ich will endlich Antworten!

„… und dass du mir ja auf die Burschen aufpasst!"

Ich wische mir das nasse Haar aus dem Gesicht und schwimme an den Rand, wo Bella sich einen Cocktail genehmigt. „Entschuldige, Bettina, was meintest du?"

„Na, dass du dich nicht Hals über Kopf in Norwegen verknallst und ich dich dann kaum noch zu Gesicht bekomme."

Mit Schwung stoße ich mich vom Beckenrand ab und lache. „Na hör mal! Ich bin doch nicht du, Bella."

„Gott sei Dank! Denn ich will nicht leugnen, dass meine Entscheidung damals schon etwas leichtsinnig gewesen ist. Mit siebzehn in ein fremdes Land durchzubrennen, das hätte wer weiß wie enden können. Also sei mir schön brav, ja?"

„Fürs Verlieben habe ich nun wirklich keine Zeit."

Und keinen Kopf. Mein Herz hat einen gewaltigen Riss erlitten. Das kann niemand so schnell reparieren.

„Oh, oh, Kleines, du glaubst gar nicht, wie schnell das passieren kann. Man verliebt sich immer dann, wenn man am allerwenigsten damit rechnet." Bella schnipst mit den Fingern. „Zack! Es hat gefunkt und aus der Nummer kommt man so schnell nicht wieder raus."

„Bella, alles Blödsinn! Die Liebe auf den ersten Blick ist ein Mythos."

Meine Tante lacht auf merkwürdige Art und Weise bösartig auf. „Ha, das sagst du jetzt! Wir sprechen uns wieder, sobald es dir passiert ist. Das kannst du nicht steuern. Und nimm mich beim Wort: Du wirst es eines Tages erleben. Deine Skepsis basiert auf Unwissenheit. Die Schmetterlinge im Bauch werden dich verändern. Naja, dann wärst du wenigstens nicht mehr so ernst", sinniert sie.

Ich schenke ihrem Gerede kaum noch Beachtung, weil Liebe in mir keinen Platz hat, und ziehe meine Bahnen. Insgeheim freue ich mich, dass die Bewegung meinen Geist belebt.

Bella hält ihr Gesicht den Sonnenstrahlen entgegen. „Wirklich ungewöhnlich warm, *tesoro*. Überall, wo ich mit dir hingehe, scheint die Sonne. Ich weiß nicht, wie ich mit diesen seltsamen Zufällen umgehen soll."

Frag mich mal. Ich bin völlig überfordert! Weshalb ich es vorziehe, zu schweigen.

Unser Abendessen nehmen wir im Restaurant gegenüber dem Kolosseum ein, um es beleuchtet bewundern zu können.

„Wir werden morgen leider schon aus Rom abreisen müssen, *pupa,* sonst wird es zu stressig für dich. Sobald wir wieder in der *Villa de Luca* sind, werde ich dir einen Flug nach Paderborn buchen. Vielleicht kann Lara dich vom Flughafen abholen. Möchtest du sie mal fragen?"

„Ich schreibe ihr später eine Nachricht."

Ich muss ihr ohnehin noch eine Menge aufregender Dinge mitteilen.

„Ist nicht dein Ernst!"

„Lara, sprich bitte leiser, mir klingeln schon die Ohren!"

Nach dem Essen habe ich mich in der hintersten Ecke auf der Panoramaterrasse unserer Unterkunft niedergelassen und sehe zu, dass niemand unser Gespräch belauscht.

„Ehrlich, Süße, weißt du, wie sich das Ganze für mich anhört? Bindest du mir jetzt einen Bären auf, weil ich streng religiös bin? Willst du mir einen Denkzettel verpassen, mich veräppeln? Ich meine, du hast nie an Gott oder gar an andere Götter geglaubt. Jetzt erzählst du mir haarsträubende Geschichten, dass du gleich mehreren begegnet bist!"

Enttäuscht lasse ich die angehaltene Luft entweichen. „Du musst mir nicht glauben, Lara. Ist in Ordnung. Wäre halt schön gewesen, wenigstens mit einer Person darüber reden zu können."

Stille.

„Ich versuche ja, dir zu glauben. Ich möchte nur nicht, dass du mich verarschst!"

„Wenn du Beweise brauchst, dann beobachte mich so oft du kannst und bestimmt werden dir kuriose Situationen auffallen."

„Keine schlechte Idee. Das behalte ich im Hinterkopf. Also, dann sag mir Bescheid, wann dein Flieger landet, damit ich rechtzeitig da bin, ok? Und schick mir mal die Selfies von deinen ungewöhnlichen Malen."

„Mache ich. Ciao, Lara."

„Ciao, Olive."

Was habe ich erwartet? Dass Lara mir aus der Hand fressen wird? Würde ich solche Geschichten auf Anhieb glauben? Und außerdem werde ich dennoch nicht an den katholischen oder evangelischen Gott, wie auch immer, glauben. Dessen Existenz ist für mich nicht bewiesen wie die der römischen Götter.

15

Nicht witzig

Bella Bettina rückt mir, zwei Tage später, am Flughafen von Pisa, mit geröteten Augen den Jackenkragen zurecht. „Dass du mir ja oft schreibst und auch anrufst, *pupa*! Hast du die Hausschlüssel? Handy?“

Tröstend nehme ich ihre Hand und drücke sie an meine Brust. „Ich habe alles, Bella. Mach dir keine Sorgen.“

„Und du hast keine Angst, alleine zu fliegen?“ Bella schnieft lauter als wohl beabsichtigt.

„Ich bin ein großes Mädchen.“

Tommaso reicht seiner nun weinenden Frau ein Taschentuch.

„Also manchmal bist du mir geradezu unheimlich vernünftig und reserviert, *tesoro*! Ich verfluche das Schicksal, dass du gezwungen warst, so schnell erwachsen zu werden.“

Ich beiße mir auf die Unterlippe, damit mir nicht ebenfalls die Tränen kommen. Der stille Tommaso unterbricht die Situation, zieht mich in eine herzliche Umarmung und klopft mir danach aufmunternd auf den Rücken.

„Ciao, Bella Malina!“

„Ciao, ihr zwei!“ Bettina zerdrückt mich mit ihrer Umarmung und flüstert mit zittriger Stimme: „Ich habe dir noch ordentlich Geld in den Rucksack gesteckt, aber sag Tommaso nichts.“ Sie lässt mich los und zwinkert mir aufmunternd zu. Mein Blick sagt tadelnd: *Das sollst du doch nicht.* Mit einer wegwischenden Handbewegung dirigiert sie mich zu meinem Flugsteig. Ich drücke ihr einen Kuss auf die Wange und lächle sie wehmütig an.

„Danke für alles! Ich hoffe, wir sehen uns schnell wieder. Macht´s gut." Zügig drehe ich mich weg, damit keiner von beiden meine stillen Tränen sehen kann.

Bella Bettina musste gleich wieder übertreiben. *Business Class* in einer Lufthansa Maschine. Ob der Flug sich für die Fluggesellschaft überhaupt lohnt? Nicht gerade voll, das Flugzeug.

Ich habe meinen eigenen Fernseher und kann den Sitz in Liegeposition bringen. Das ist echt der Hammer und das Beste: kein Sitznachbar.

Eine Zeit lang zappe ich durch das Programm, verliere jedoch schnell das Interesse. Knapp zwei Stunden von der dreistündigen Flugzeit sind geschafft. Ich schlürfe meine Cola und lasse meinen Blick gelangweilt durch den *Business-Class*-Bereich schweifen. Mir fallen zwei außergewöhnlich schöne Frauen neben meiner Sitzgruppe auf. Dunkler Teint. Langes schwarzes Haar mit kurzem Pony. Sie tragen coole, lilafarbene Business-Blazer mit weißen Blusen und schwarzen Röcken, aber ich kann mir nicht helfen. Irgendwie passt das nicht zu ihnen. Es sieht toll aus, keine Frage, allerdings würde ich einen anderen Style erwarten. Weil … Ihre ungewöhnlich schönen Gesichter … wie aus einer anderen Zeit wirken.

Unauffällig beobachte ich die beiden. Mir fällt ein schöner, katzenförmiger Kettenanhänger bei der Frau neben mir auf. Gedämpfte Stimmen dringen in einer seltsamen Sprache zu mir herüber.

Blödes Timing! Warum muss ich ausgerechnet jetzt zur Toilette, wo ich die beiden gerade so spannend finde? Die Damen scheinen mehr zu sein, als sie zeigen wollen.

Mit einem Mal setzen sie sich kerzengerade auf und sehen mich prüfend an.

Fuck! Warum mustern die mich so?

Irritiert verschwinde ich zügig einige Sitzreihen weiter auf der Bordtoilette.

Nach dem Toilettengang wasche ich mir die Hände und sehe in den Spiegel. Ich berühre meine Stirn, danach meine rechte Wange und erforsche mein Gesicht.

Ich werde das Gefühl nicht los, dass ich mit den fremden Frauen etwas gemeinsam habe. Liegt es an meinem dunklen Teint? An der gleichen Farbe unserer Haare?

Mein Medaillon erwärmt sich, als wolle es mich warnen. Zeitgleich erklingt ein Schrei. Unruhe breitet sich aus.

Scheiße! Was ist hier los?!

Unschlüssig überlege ich, ob ich die Bordtoilette verlassen soll. Doch bevor ich zu einem Entschluss kommen kann, wird mir die Entscheidung schnell abgenommen. Ein widerlicher Käfer zwängt sich unter den Türspalt zu mir herein, was für seine beachtliche, apfelartige Größe eigentlich völlig unmöglich ist. Das Mistvieh schnappt gierig nach mir, als hätte es ein Jahrzehnt lang nichts mehr gefressen. Reflexartig trete ich drauf, öffne die Tür und sehe das völlige Chaos vor mir. Schreiende Passagiere, die hastig versuchen, die Krabbeltiere von sich zu schlagen. Rasend schnell breiten sie sich aus und gelangen auch zu meinem leeren Platz. Ich drücke mich an die Wand neben der Bordtoilettentür.

Ok … Das ist … nicht witzig. Was soll ich jetzt bloß tun?

„Skarabäen!“, brüllt eine der faszinierenden Frauen neben meiner Sitzgruppe.

Die Hübsche mit dem Katzenanhänger schnappt sich einen der Mistkäfer und sieht auf dessen goldschimmernde Flügeldecke. „Seth's Späher! Was, in Osiris Namen, haben die hier verloren?“

Ihre Freundin wirft ebenfalls einen Blick auf das zappelnde Insekt. „Scheinbar suchen sie etwas oder jemanden. Was auch immer es ist, die Flugzeit ist bald um. Wir haben nicht mehr viel Zeit das Ganze hier in Ordnung zu bringen. Der Funk muss gestört werden, damit die Piloten keine Meldung machen können. Vernichte die Skarabäen! Ich übernehme das Vergessen.“

Fuck! Warum kann ich ihre Sprache verstehen? War das altägyptisch? Was meint sie mit Vernichten und Vergessen?

Mit offenem Mund werde ich Zeuge von …

Was zum Teufel soll das werden?

Die wunderschöne Frau zerrt sich mit raschen Bewegungen die Kleidung vom Leib. Ihr Körper verändert sich zusehends, bis eine schwarze Katze mit glänzendem Fell mitten im Gang des Flugzeugs steht. Ich nicke wie ein Wackeldackel.

Joa, das nenne ich mal eine große Katze. Heilige Scheiße!

Frauen, die sich in Katzen verwandeln, groß wie Deutsche Doggen, ägyptische Mistviecher in einem Flugzeug, Götter, Parallelwelten, wo bin ich da nur hineingeraten?

Ein gewaltiger Sprung auf einen Skarabäenhaufen und die Riesenkatze frisst und zerfetzt die Käfer, als seien es Mäuse. Kein schöner Anblick und vom Fressgeräusch erst gar nicht zu reden. So unauffällig wie möglich und mit pochendem Herzen presse ich mich in die erstbeste Ecke, die ich finden kann, um das Spektakel zu beobachten.

Während Mega-Kätzchen am Futtern ist, schließt die andere Schönheit ihre Augen und nimmt einen verträumten Ausdruck an.

Nicht gerade die beste Zeit, um zu schlafen.

Ein goldener Schimmer erglüht um ihren Körper und legt sich auf ihre dunkelolivfarbene Haut. Auf ihrem Haar entsteht ein Symbol, das aus zwei nach außen gerichteten Hörnerspitzen mit dazwischen liegender Sonnenscheibe besteht. Sie schreitet mit erhobenen Händen, anmutig, mit der Eleganz einer Königin durch den Gang, während sich ihre Kleidung verändert. Ein weiß-blauschimmerndes Gewand mit goldenen Akzenten schmiegt sich mit hellblauem, hauchdünnem Umhang um ihren Leib.

Glänzendes Pulver entströmt ihrer Hörnerkrone und verteilt sich rasend schnell im gesamten Flugzeug. Die aufgebrachten und verängstigten Passagiere sowie das Bordpersonal atmen den Glitzerstaub ein, beruhigen sich fast augenblicklich und setzen sich gesittet zurück auf ihre Plätze, während das Flugpersonal seine Arbeit wieder aufnimmt.

Ich werde verrückt! Ein Vergessenszauber? Alles wird wieder wie vorher, als wäre nie etwas geschehen.

Langsam begebe ich mich ebenfalls zurück auf meinen Platz, um keinen Verdacht zu schöpfen. Das Pulver berührt meine Nase, dringt jedoch nicht in mich ein.

Die ägyptischen Grazien haben alle Hände beziehungsweise Pfoten, voll zu tun, um endgültige Ordnung, Sauberkeit und Ruhe herbeizuführen. Brav sitze ich auf meinem Platz und tue so, als hätte ich das Geschehen vergessen.

Wir sinken. Das Flugzeug setzt bereits zum Landeanflug an.

Warum erzählst du es den Ägypterinnen nicht? Vertrau dich ihnen an, wispert mir meine innere Stimme zu, doch ich bleibe bewegungslos sitzen. Wage es nicht, ihnen mein Geheimnis preiszugeben. Wer sagt mir, dass ich ihnen blind vertrauen kann? Meine Furcht macht mich vorsichtig und das sollte ich auch sein.

Wieder im Businesslook gekleidet sitzen die mysteriösen Schönheiten auf ihrem Platz.

„Was haben die Skarabäen wohl gesucht? Ein Artefakt? Ich habe eine göttliche Aura gespürt“, sagt die Katzendame.

„Ich habe es auch gespürt. Aber es hat nichts mit uns zu tun. Worum es auch geht, wir sollten uns lieber nicht einmischen. Wichtig ist, dass niemand von unserer Existenz weiß.“

Unglücklich schaut die Katzenfrau ihre Sitznachbarin an. Sie scheint mit deren Meinung nicht einverstanden zu sein. Mühevoll versuche ich, jede ihrer Regungen zu erhaschen.

„Es muss wahrlich etwas Wichtiges sein, wenn Seth solch ein Risiko und Aufsehen erwirkt.“

Ein Ruck und die Landung in Paderborn verläuft ohne Zwischenfälle.

Hat Seth mich gesucht?

Etwas pikst mich, als wolle mir der Glitzerstein zustimmen. Benommen steige ich mit einigen anderen Fluggästen aus. Paderborn ist nur ein Zwischenstopp, danach geht der Flug Richtung München weiter, was anscheinend das Ziel der Ägypterinnen ist.

Ich werfe den außergewöhnlichen Frauen einen letzten Blick zu und verlasse die Maschine. Emotional erschöpft schnappe ich mir meine beiden Koffer und suche die Halle nach Lara ab.

Es dauert nicht lange und meine kleine, vollbusige Freundin winkt mir wild zu. Ihr langes, blondes Haar, wie immer sittsam zu einem Zopf geflochten, wippt bei ihren Bewegungen mit. Laras altmodische beige Bluse zu schwarzer Strumpfhose und braunen Rock lässt mich die Augen verdrehen. Ich seufze leise. Ich werde es wohl aufgeben müssen, sie von modernen Klamotten zu überzeugen.

Als sie vor mir steht, überrage ich ihre hundertsechsundfünfzig Zentimeter locker.

„Hi, na alles klar? Wie war der Flug?“

„Tierisch interessant.“

Neugierig sucht Lara meinen Blick. „Klingt ja spannend. Schon wieder eine göttliche Begegnung?“

„Schhht! Sprich bitte leiser, Lara!“

„Ist ja gut. Entschuldige.“

„Lass uns im Auto weiterreden.“

Zügig verlassen wir das Gebäude, suchen Laras Auto auf, werfen mein Gepäck in den Kofferraum, springen in die Sitze und düsen vom Flughafengelände.

Nachdenklich sehe ich aus dem Fenster, doch die vorbeifliegende Landschaft registriere ich gar nicht. In meinem Kopf spult der Film immer wieder ab, wie die Katzenverwandlung vonstattenging.

„Hey, Olive, alles gut? Du bist ganz schön blass.“

Ja, das höre ich in letzter Zeit öfters.

Auf einmal wünsche ich mir, ich könnte das ereignislose Leben meiner Freundin haben. Dafür würde ich sogar freiwillig zum Gottesdienst gehen, meine Haare ständig flechten, beten und einen geschmacklosen Rock anziehen.

Mein ernster Charakter passt überhaupt nicht zu meinem chaotischen Style und Laras flippige Art passt nicht zu ihren Oma-Klamotten. Plötzlich muss ich lächeln. Wir sind schon ein seltsames Pärchen.

Schleppend berichte ich ihr in allen Einzelheiten von meinen Erlebnissen in Italien. Dazu darf das Abenteuer im Flugzeug natürlich nicht fehlen. Als ich geendet habe, stehen wir bereits seit einer halben Stunde vor meinem verwaisten Haus.

Lara hat aufmerksam zugehört. Deutlich merkt man den Wechsel von Skepsis, Unglauben und Faszination in ihrer Mimik. Nur selten hat sie eine Frage gestellt. „Komm, lass uns aussteigen. Ich habe eine Idee."

Jetzt bin ich zwar neugierig, aber den Zeitpunkt, das Haus zu betreten, hätte ich noch gerne weiter hinausgezögert.

Lara scheint genau zu wissen, was mir gerade durch den Kopf geht, denn sie nimmt mir die Schlüssel ab und schließt die weiße Tür mit der matten Verglasung des rot verklinkerten Einfamilienhauses auf.

Ein abgestandener, aber auch vertrauter Geruch kommt mir entgegen. Den ersten aufkommenden Schluchzer schlucke ich hinunter. Meine Hand wandert wie von selbst zu meinem Medaillon, das mir eine prickelnd-wohltuende Wärme durch den Körper schickt. Ich schließe für einen Moment die Augen und lächle traurig. Der Glitzerstein will mich trösten.

Gleich neben der Haustür befindet sich das Gäste-WC, welches ich schnurstracks aufsuche. Ein Parfümflakon von Mami steht auf dem kleinen Glasregal neben dem Mini-Waschbecken. Den Duft zerstäube ich sogleich in dem Raum. Meine Nase sucht den bekannten Geruch und ich fühle mich meiner Mutter ein wenig näher.

Das Festnetztelefon reißt mich aus meiner Erinnerung. Lara hält mir den Hörer entgegen.

„Malina Lettmann", melde ich mich lustlos und versäume es, auf dem Display nachzuschauen, wer der Anrufer ist.

„*Tesoro*, bist du gut angekommen? Ich sagte doch, du sollst dich augenblicklich melden!" Der besorgte Ton zerquetscht den Vorwurf, der sich dazwischen drängen wollte.

„Sind gerade erst ins Haus rein. Alles ok. Mach dir keine Gedanken."

„Scheint die Sonne?"

Mit solch einer merkwürdigen Frage habe ich überhaupt nicht gerechnet und ich runzle die Stirn, gehe aber in die Küche und schaue aus dem Fenster, weil ich dem Wetter bisher keine Beachtung geschenkt habe. „Ähm, ja. Wieso?"

„Hm, sobald du fort warst, kam hier Dauerregen."

„Aha, ok und was soll mir das jetzt sagen?"

„Nur so. Vergiss es. Ich wollte einfach mal fragen. Dieses Wetter-Phänomen finde ich äußerst … interessant."

„Ok." Mehr fällt mir nicht ein.

„Dann komm gut in den Alltag rein und frag Lara, ob sie vielleicht bei dir übernachten kann. Ich will dich nicht alleine wissen."

„Ist gut. Grüß Tommaso. Bis dann."

„Ciao, Liebes."

Kopfschüttelnd stecke ich das Telefon in seine Station zurück.

„Da brauchst du gar nicht den Kopf zu schütteln. Deine Tante ist doch nicht blöd! Sie merkt auch, dass mit dir und um dich herum eigenartige Dinge vonstattengehen."

„Du hast sie gehört?"

Lara stemmt die Hände in die Hüften. „Sie war ja nicht zu überhören. Und jetzt schalt den PC an."

„Warum?", frage ich sie verdutzt.

„Wir googeln jetzt alle möglichen Götter, damit du bei einer nächsten unheimlichen Begegnung besser informiert bist und weißt, mit wem du es zu tun hast, Süße. Mit den beiden ägyptischen Göttinnen aus dem Flieger fangen wir als Erstes an."

„Hast du etwa schon einen Verdacht?"

„Oh ja."

Wir gehen über den Laminatboden in Holzoptik ins Wohnzimmer. Den Anblick des petrolfarbenen Sofas, das so gar nicht zu Mamas Landhausstil passt - womit Papa und ich uns allerdings bei Mami durchgesetzt haben - meide ich, da der Wunsch, meine Eltern darauf sitzen zu sehen, überhandnehmen könnte.

Neben einem vollgestopften Bücherregal steht in der Zimmerecke ein kleiner Bürotisch aus Kiefernholz mit einem zehn Jahre alten Computer darauf. Rasend schnell tippt Lara Begriffe auf der Tastatur ein, für das Ergebnis muss sie allerdings Geduld aufweisen.

„Hier." Sie klopft mit dem Finger auf den Röhrenmonitor. „Die Sonnenscheibe, die zwischen den Hörnern steckt. Das Symbol von Hathor, Göttin der Liebe, des Tanzes, der Schönheit, des Friedens, eine allumfassende Muttergottheit."

Ich beuge mich über Laras Schulter. „Göttin des Friedens. Jap, sie wusste, wie sie Ruhe ins Flugzeug bringen soll und die andere?"

„Das ist leicht. Es gibt, glaube ich, nur eine einzige Katzengöttin. Bastet, Göttin der Fruchtbarkeit, der Freude und Beschützerin der Schwangeren."

Abrupt wende ich mich vom Bildschirm ab und wandere ziellos durch mein Wohnzimmer. Die Familienbilder ignoriere ich, so gut ich kann. Nachdenklich tippe ich mir den Zeigefinger auf die Oberlippe

Lara dreht sich mit dem Bürostuhl zu mir. „Was ist? Was hast du?"

„Warum können mich manche Götter erahnen, fühlen und andere sogar sehen?"

Schweigen.

Betretende Stille.

Lara grübelt offensichtlich, was das Zeug hält und kaut dabei ihre Fingernägel ab. „Puh, verdammt gute Frage! Vielleicht musst du deine Gefühle kontrollieren. Wenn du nicht willst, dass dich jemand sieht, sehen sie dich auch nicht. Wenn du deren Welt betreten und anschauen möchtest, passiert dir vielleicht genau das. Was du mir über Hathor und Bastet erzählt hast, klingt, als konnten sie dich oder deinen Glitzerstein wittern. Da du vor ihnen aber verborgen bleiben wolltest, haben sie dich nicht enttarnen können. Manche Götter sind bestimmt schwächer als andere. Du zählst eventuell zu den Mächtigen?"

„Quatsch! Ich bin weit davon entfernt, eine Göttin zu sein. Ich trage wohl eher ein machtvolles Relikt, einen göttlichen Talisman, einen Zauberstein, was auch immer."

„Hm, das bezweifle ich." Lara steht auf, kommt auf mich zu, schiebt mir das Haar aus dem Nacken und fährt mit den Fingerspitzen über mein Mal. „Dafür hast du zu viele sonderbare Zeichen am Körper. Zeig mir mal den Wunderstein."

Ich ziehe mein Medaillon aus dem Shirt und öffne es. Mein Daumen streicht sekundenlang über die Bilder meiner Eltern. Lara lässt mich gewähren, obwohl ich ihre wachsende Neugierde förmlich spüren kann.

Vorsichtig klappe ich das Geheimfach auf und lasse den kleinen tränenförmigen Diamanten auf meine Handfläche fallen. Lara faltet ehrfürchtig die Hände wie zum Gebet.

„So viel Action durch solch ein kleines Steinchen", sage ich, um die beklemmende Stille zu durchbrechen.

„Aber ehrlich! Bin schon gespannt, wann und vor allem von wem du aussagekräftige Antworten erhalten wirst."

Na, und ich erst!

16

Recherche

Mit heißem Kakao und ordentlich Sahne darauf, im Pyjama und mit Laras Laptop kuscheln wir uns vor meinem Kamin auf die Schaffelle. Lara war zügig heimgefahren, um sich Klamotten, Laptop und ihren Kulturbeutel zu schnappen, damit einem netten Abend unter Freundinnen nichts mehr im Wege steht. Ich ziehe uns den Snackteller mit Obst und Rohkost, den ich in ihrer Abwesenheit vorbereitet habe, heran. Lara hämmert mit fliegenden Fingern auf ihren Laptop ein, was mich schmunzeln lässt.

„Was sagtest du, hat diese Venus behauptet? Du wärst eine Halbgöttin und die Tochter von … wem noch mal?"

Ich muss kurz zurückspulen und mir meinen realen Traum der Götterversammlung ins Gedächtnis rufen. „Venus vermutete, ich sei die Tochter von einem Poseiton. Ist das nicht ein Gott vom Olymp?"

„Du meinst Poseidon", berichtigt mich meine streng katholische Lara und sogleich googelt sie den besagten griechischen Gott. „Also, Poseidon, einer der zwölf olympischen Götter, Bruder des Zeus und Gott des Meeres. Du erkennst ihn an seinem Dreizack. Zeus ist dir aber geläufig oder? Ich meine, von Zeus und Hera hat doch jeder mal was gehört."

„Klar. Gib mal lieber Seth ein."

Lara tippt und klickt den ersten Vorschlag an. „Seth, Gott des Chaos, Verderbens, der Unwetter und Stürme."

„Aha, ok. Hat die Unterwelt eigentlich mehrere Abteilungen, wenn es den Teufel, Hades und Seth gibt?“

Lara nippt an ihrem Kakao und zieht die Augenbrauen zusammen. „Es ist, glaube ich, ein Ding der Unmöglichkeit, darauf eine Antwort zu finden. Google kann ja schon viel, aber solche Fragen übersteigen die Kapazität der besten Suchmaschinen.“

Nachdenklich knabbere ich an einem Kohlrabi-Stick. Meine Augen wandern über Mamis hübsche Vorhänge. Der gewebte Stoff ist mit blauweißen Karos und aufgedruckten Blumen verziert.

Lara tippt weitere Begriffe ein. „Ägypten hat unglaublich viele Götter, aber die bekanntesten sind Amun, Anubis, Hathor, Bes, Horus, Bastet, Isis, Osiris, Sachmet, Re, Thot …“ Lara holt tief Luft, da sie das Atmen vergessen hat. „… und etliche mehr. Über deinen Glitzerstein konnte ich bisher nichts finden.“

„Ja, konnte ich leider auch nicht.“ Entmutigt werfe ich ein Stück Holz ins Kaminfeuer.

„Spanien hat nur einen Gott. An mehrere Götter glauben sie also nicht. Das Land ist seit jeher urkatholisch. Aber es gibt noch die nordischen Götter, unter anderem Odin, Thor, Loki, Freya, Balder und Heimdall, ach und so weiter. Ein langes und anstrengendes Thema.“

Sie stellt den tragbaren Computer zur Seite, wickelt sich in eine braune Fleecedecke, lehnt sich mit dem Rücken ans Sofa und schaut in die Flammen, die sich in ihrem Gesicht widerspiegeln. „Ich befürchte … Wir werden warten müssen, bis sich eine Chance auftut … Ich meine, bis du jemanden blind vertrauen kannst, der über alles Bescheid weiß und dem du den Stein zeigen kannst.“

Ja, das befürchte ich auch. Nur, wann weiß ich es, dass ich vertrauen kann?

Lara reißt mich aus meinen Gedanken: „Ich kann sowieso kaum fassen, dass das alles geschieht. Ich habe immer nur an einen Gott geglaubt."

„Heißt das, dass du mir nun die ganze Story uneingeschränkt abkaufst?"

Sie boxt mir freundschaftlich an die Schulter. „Warum solltest du mich anlügen, du olle Olive? Das würde den Bruch unserer Freundschaft bedeuten. Ich könnte mir nicht vorstellen, dass du so etwas auf's Spiel setzt. Außerdem schwöre ich auf das Übernatürliche. Fazit: Ja, ich vertraue und glaube dir."

Stürmisch und erleichtert umarme ich sie. „Den Göttern sei Dank! Mit diesem Wissen völlig alleine dazustehen, ist nicht gerade verlockend."

„Kann ich mir vorstellen."

Ein flaues Gefühl breitet sich in mir aus und ich lasse Lara wieder los. Beunruhigt sehe ich ihr in die Augen. „Um Himmels Willen! Was ist, wenn ich dich jetzt in Gefahr gebracht habe?"

Lara zuckt abwertend die Schultern. „Was soll einer Katholikin schon passieren? Jetzt glaube ich noch mehr an Götter als vorher."

Unwohl reibe ich mir die Arme. Obwohl der Raum bestimmt achtundzwanzig Grad aufweist, kriecht mir eine widerliche Kälte über die Haut.

17

Vertrauensmann

Der Abflugtag nach Norwegen ist gekommen und holt mich glücklicherweise aus meinem einsamen Alltag. Versonnen lese ich die Infotafeln im Paderborn-Lippstadt Flughafen, während Lara missgestimmt vor sich hin murrt und sich an ihre überdimensionale Handtasche, die übersät ist mit Pailletten und bei jedem Licht blitzt und funkelt, klammert. „Über neun Stunden Flug wegen zwei Stopps! Echt übel. Ich hasse Fliegen!"

„Warts ab, sobald du die Schönheiten Norwegens aus dem Flugzeug betrachten kannst, wirst du das Fliegen lieben", muntere ich sie auf, schultere meinen schwarzen Rucksack und warte darauf, dass unsere Ausbilderin Frau Breitling ihre Schützlinge zusammenstellt.

„Zoey Meyertal?", ruft Frau Breitling.

„Jup, hier!", meldet sich die zierliche, blond und grün gefärbte Zoey zu Wort. Frau Breitling schaut über den Rand ihrer Brille. „Ein *anwesend* reicht mir. Also, weiter im Text. Tina Bergmann?"

„Anwesend", betont Tina gedehnt.

„Alina Nadino?"

„Anwesend!", brüllt Alina gut gelaunt.

„Swetlana Mai?"

„Anwesend", gähnt Swetlana in die hohle Hand.

„Lara Kerling und Malina Lettmann habe ich selbst mitgebracht. Gut." Frau Breitling schaut auf ihre lederne Armbanduhr. „Gepäck ist aufgegeben. Alle sind da. Prima! Dann können wir ja bald unsere Maschine besteigen." Sie rückt ihre Brille zurecht und schiebt sich eine Strähne ihres schulterlangen, braunen Bobs hinter ihr Ohr, dann kommt sie auf mich zu und legt mir mitfühlend ihre Hand auf die Schulter. „Ich freue mich, dass du mitkommst, Malina. Dein Verlust hat uns alle tief getroffen und wir sind für dich da, wenn du uns brauchst."

Ich sehe Frau Breitling dankbar ins auffällige Gesicht. Ihre linke Gesichtshälfte ist von einem großen, roten Storchenbiss geprägt. „Danke, Frau Breitling. Ich behalte es im Hinterkopf."

Unser Flug nach Norwegen wird aufgerufen und unsere Ausbilderin scheucht uns sechs Auszubildende zum Gate.

„Uuuahh, fünf Uhr dreißig. Warum müssen diese Flüge immer so früh sein?", gähnt Lara mein Ohr voll.

„Damit du noch genug vom Tag hast", antworte ich trocken.

Das Check-in geht zügig vonstatten und es dauert nicht lange, bis wir unsere Plätze eingenommen haben.

Frau Breitling wird nicht müde zu betonen, welch hervorragenden Ausbildungsbetrieb wir hätten, der uns solch eine Reise ermöglicht.

Mein tränenförmiger Diamant gibt sich die größte Mühe, meinen Gemütszustand zu erheitern, doch meine Angst, zu viel verraten zu haben, und meine beste Freundin damit in Gefahr gebracht zu haben, knabbert an meinem gesprungenen Herzen.

Völlig in Gedanken versunken, bekomme ich von dem Flug kaum was mit. Lara schnarcht leise neben mir, den Kopf ans Fenster gelehnt. Nach vier Stunden Flug schlummere ich ebenfalls ein.

Ein roter Stoff flattert vor meinen Augen. Die schweren Stiefel eines Mannes berühren einen seltsamen, buntleuchtenden Boden. Langes, dunkelblondes Haar liegt über einem roten Umhang. Eine gezackte Narbe reicht ihm vom rechten Ellbogen bis zum Handballen.

„Allvater." Der Mann verneigt sich vor einem Älteren mit weißen, schulterlangen Haaren und einer imposanten, goldenen Krone, in der ineinander verschlungene Schwerter und Adlerflügel eingearbeitet sind. Der angesprochene Herrscher dreht sich zu dem Jüngeren um und lächelt ein ernstes Lächeln.

„Thor, Odinssohn. Du warst lange nicht mehr bei uns."

„Ich war sehr beschäftigt."

Der König von Asgard macht ein verächtliches Geräusch. „Ich würde es begrüßen, wenn du dir eine sinnvollere Beschäftigung suchen würdest. Ich habe einen Auftrag für dich."

Der Mann, der Thor genannt wird, dreht mir noch immer den Rücken zu. Furchtbar gerne würde ich sein Gesicht sehen. Erst jetzt erkenne ich, worauf sich die beiden Männer befinden. Es ist eine Brücke. Die berühmte Regenbogenbrücke, wie ich sie aus der Mythologie mal vernommen habe. Als Zuschauerin stehe ich hinter den beiden und belausche ihr Gespräch, ohne dass sie Kenntnis von mir nehmen. Unter uns brechen sich die Wellen des Meeres an den Brückenpfeilern und mächtigen Felsen. Der Anblick, wie das Meer und der Himmel, der wie ein Opal glänzt, sich treffen, ist traumhaft schön. Die Sonne ist beinahe in den Wellen verschwunden. Die Regenbogenbrücke schenkt uns ein warmes Licht und taucht die Gegend in ein mystisches Flair.

Ehrfürchtig nähere ich mich den spektakulären Männern und erschrecke. Mein Körper ... ich bin ... gar nicht da. Bin ich etwa unsichtbar? Ein ... Geist?

Der König - oder ist er gar ein Gott? - streichelt einen großen Raben, der sich auf seine linke Schulter gesetzt hat. „Mein treuer Freund Hugin hier hat mir geflüstert, dass unsere römischen Verwandten in Aufruhr sind."

„Wann sind sie es denn Mal nicht?", fügt Thor gelangweilt hinzu.

Meine Fresse! Ich kann es kaum glauben, dass Thor tatsächlich existiert. Scheinbar gibt es sie alle! Wirklich jegliche Götter, von denen die Menschheit jemals gehört hat. Atme, Malina! Schön atmen! Beruhige dich, sonst verpasst du das Gespräch!

„Mein lieber Sohn, dein Desinteresse wird sich verflüchtigen, wenn du erfährst, dass die Unterwelt ebenfalls in Aufruhr ist."

Ein zweiter Rabe fliegt herbei. Thor hebt den Arm und der schwarze Vogel mit dem blauschimmernden Gefieder landet lautlos darauf.

„Sei gegrüßt, Munin. Bringst du uns ebenfalls Neuigkeiten?" Der Rabe kräht mehrmals. Der Vater von Thor scheint von den Neuigkeiten so überrascht zu sein, dass er auf Thor zuspringt. Rabe Hugin hüpft in die Lüfte. Womöglich war ihm die Bewegung zu ruppig. Selbst Thor tritt einen Schritt von seinem Vater zurück, als dieser sich den Schnabel des Raben Munins schnappt.

„Was sagst du da? Wiederhole es!" Der fordernde Ton des älteren Mannes duldet keinen Widerspruch. Derweil rattert mein Hirn.

Thor, Odinssohn. Natürlich! Das ist der waschechte Gott Odin, der hier vor mir steht. Der Allvater. Der Gottesvater. Na, das wird ja immer besser!

Das Krähen des Raben verklingt. Odin geht wieder einen Schritt zurück und fasst sich nachdenklich an den weißen Vollbart. Ich starre auf seine goldene Augenklappe, die die Form eines Flügels hat.

„Eine Avyena ist womöglich aufgetaucht ... Kein Wunder, dass alle aus dem Himmel und aus der Hölle sind", sagt er mehr zu sich selbst.

Auweia! Die sprechen wohl von mir.

„Thor!" Odin wendet sich ungeduldig wieder seinem Sohn zu. „Du musst dieses Geschöpf vor all den anderen finden!"

„Ich sagte doch, ich bin beschäftigt! Schick Loki."

Odin rollt entnervt das einzige Auge, das er noch besitzt. „Loki ist klug und listenreich ohne Zweifel, aber durchtrieben, hinterhältig, ein vielschichtiger Charakter, der lieber seine eigenen Ziele verfolgt. Mein Vertrauensmann bist du!" Er schlägt seinem Sohn kameradschaftlich auf den Oberarm. Thor dreht leicht den Kopf, dennoch liegt sein Gesicht zu sehr im Schatten. Ich bin enttäuscht, wage mich allerdings nicht näher heran.

Er seufzt laut. „Ich werde die Augen aufhalten."

Mein Herz schlägt aufgeregt schneller. Thor macht Anstalten, sich umzudrehen und in meine Richtung zu kommen. Bevor ich sein Gesicht betrachten kann, verblassen sie.

Oh nein! Ich will nicht aufwachen! Warum ausgerechnet jetzt?

„Malina? Wach auf! Wir sind in Oslo und müssen umsteigen." Lara rüttelt an mir herum.

Mist! Beinahe hätte ich Thors Gesicht gesehen. Zu schade. Neugierig bin ich ja schon.

Erschrocken weicht Lara von mir ab. Mein Blick muss ja zum Fürchten sein.

„Dein Traum war wohl wahnsinnig spannend, wenn du mich so säuerlich anguckst. Sorry, dass ich dich wecken musste!"

„Ist schon ok, Lara. Alles Bestens."

Skeptisch blickt sie mich an, zuckt dann aber mit den Schultern und lässt es auf sich beruhen.

Mechanisch verlasse ich die Maschine und warte mit den anderen darauf, dass wir das nächste Flugzeug zum Flughafen Tromsö besteigen können.

Was ist das für eine seltsame Gabe, dass ich intime Gespräche der Götter – vor allem in deren Sprache – lauschen und verstehen kann? Meine Seele, Unterbewusstsein oder was auch immer, ist sogar fähig, in deren Welten herum zu wandeln. Ob ich das kontrollieren kann? Gibt es eine Möglichkeit, dass ich mir einen bestimmten Ort wünschen und ich diesen dann betreten kann? Hätte ich mich Thor und Odin zu erkennen geben können? Oder schützt mich mein Glitzerstein? Anstatt weniger werden die Fragen immer mehr.

Ungeduldig seufze ich. Die gewünschten Antworten erreichen mich im Schneckentempo.

Lara fasst mich am Arm und zieht mich aus der Hörweite der anderen. „Hey, du wirkst seit Stunden so bedrückt. Bist du frustriert, weil du nicht weißt, was du tun sollst?"

Frustriert ist gar kein Ausdruck, wenn ich nicht weiß, was aus mir wird und was das Ganze zu bedeuten hat.

Ich nicke knapp. Lara schenkt mir ein verständnisvolles Lächeln und drückt mir aufmunternd den Oberarm. „Du kennst das ja: Kommt Zeit, kommt Rat. Ich bin genauso neugierig und ungeduldig wie du, aber Geduld ist eine Tugend, vergiss das nicht."

Ja, ja. Amen!

„Eigentlich müsste ich total eifersüchtig auf dich sein."

Jetzt bin ich sprachlos. „Du? Eifersüchtig auf mich? Scheiße, warum?“

Lara stemmt sich die Fäuste in die Hüften und sieht mich ernst an. „Na, weil ich hier die Gläubige bin! Eigentlich stünde mir diese Gabe zu“, flüstert sie, lacht aber gleich darauf und gibt mir einen lieben Nasenstüber.

„Sei´s drum. Ich bin froh, dass es dich erwischt hat, denn jetzt bist du endlich gläubig und ich brauche mich nicht mehr anzustrengen, um dich zu bekehren.“

„Pff, nur weil ich römische und norwegische Götter sehen und hören kann, heißt das noch lange nicht, dass ich eine Katholikin werde. Also, Pech gehabt, Schatz!“

„Wir werden sehen. Grüß meinen Gott, falls er dir über den Weg läuft und mach mal, wenn möglich, ein Selfie mit ihm.“

Ich schüttle lächelnd den Kopf. „Du bist unmöglich.“

Wir schlendern zu Frau Breitling.

„Wer sagt denn, dass Fotos überhaupt möglich sind? Vielleicht habe ich dann einen leuchtenden Stern oder einen Schatten neben mir stehen.“

Lara zuckt die rechte Schulter. „Versuchen kannst du es ja mal. Mach einfach mal eins. Egal von welchem Gott“, flüstert sie mir noch zu und grinst, bevor wir neben unserer Ausbilderin zum Stehen kommen.

18

Im Land der Polarlichter

„Meine Lieben, während unser Gepäck zum Rapsynta Gästehaus transportiert wird, habe ich noch eine Überraschung."

„Na, hoffentlich keine weiteren Flughafen-Begehungen. Diese monströsen Gebäude machen mich immer ganz zappelig", flüstert Lara mir zu.

„Warum? Hast du Angst, dass du dich verläufst? Ich dachte, du kennst keine Angst, denn Gott ist ja immer bei dir."

„Ja, ja, mach du nur deine Witze! Spätestens wenn du den Teufel persönlich triffst, wird dir das Lachen schon noch vergehen!"

Alle Azubinen steigen mit Frau Breitling in einen silbernen Bulli, doch ich halte Lara kurz am Arm zurück und flüstere: „Jetzt mal ernsthaft. Hältst du das für möglich?"

„Wenn Juno und Jupiter existieren, wird es auch Zeus und die anderen geben. Wo gute Götter sind, sind auch böse, wie Hades und der Teufel. Wir sollten uns in Acht nehmen."

Ich lasse meine Freundin wieder los. Meine Lippen sind zu einem schmalen Strich zusammengepresst.

Der Typ aus Asche im Kolosseum! Heilige Scheiße! Zu den guten Göttern zählt der bestimmt nicht. Ist er überhaupt ein Gott oder nur ein Handlanger?

Die vielen *Ah´s* und *Oh´s* meiner Mitstreiterinnen, die sich am Anblick der vorüberziehenden Landschaft erfreuen, können mich nicht dazu veranlassen, aus dem Fenster zu schauen. Die Furcht kriecht wie eine kalte Schlange über meinen Körper.

Lieber Glitzerstein, ich flehe dich an, bitte lass nicht zu, dass ich den bösen Göttern begegne! Und dass ich das Monster aus dem Kolosseum nie wieder sehen muss!

„Denkst du an deine Mama?" Zoey schaut mich mitfühlend an und ich bekomme ein schlechtes Gewissen, weil mir auffällt, dass meine Gedanken mehr um die verflixten Götter kreisen, als um meine verstorbenen Eltern.

Bevor ich ihr antworten kann, hält der Bulli an und wir werden angewiesen, auszusteigen.

„Brrr, ist das eisig hier, aber wo du bist, scheint die Sonne."

Jetzt redet Lara schon wie Tante Bettina. Was haben die nur mit dem Thema Sonnenschein?

„Schau dir nur die von Gott gesegnete Schneelandschaft an. Wunderschön! Der Schnee glitzert wie Abermillionen Brillanten." Lara plappert weiter und ist sichtlich hingerissen von dem Anblick, der sich ihr bietet. Fröstelnd kuschelt sie sich in ihre pelzige, weiße Winterjacke. Nun endlich erhasche auch ich einen Blick auf die arktische Eleganz Nordnorwegens. Unsere Ausbilderin ist ganz in ihrem Element. Begeistert breitet sie die Arme aus, um uns die Pracht zu präsentieren.

„Meine Mädels, seht nur die malerischen Fjorde! Das ist eure Heimat für die nächsten Wochen, die pulsierende Stadt Tromsö, umgeben von steilen, wunderschönen Bergen. Hier liegt das Herzstück der Polarlichter."

„Die klingt wie ein Urlaubskatalog", flüstert Lara mir kopfschüttelnd zu.

Frau Breitling klatscht eifrig in die behandschuhten Hände. „Auf, auf! Wir haben ein strammes Programm."

„Hat sie das nicht immer?", wispert Zoey uns zu. Kichernd folgen wir Frau Breitling, bis wir beinahe alle in sie hineinlaufen und unsere Münder nach unten sacken.

„Ja, ihr habt schon richtig verstanden, was jetzt kommt. Ein Hundeschlittenausflug. Ich garantiere euch beste Sicht auf die Nordlichter."

„Wow!", kommt es wie im Chor über unsere Lippen. Die freundlich bellenden Huskies begrüßen uns freudig. Einer ist schöner als der andere. In diese blauen Husky-Augen verliebe ich mich auf der Stelle und ich schmuse mit so vielen Hunden, wie ich kann.

„Yes, jetzt chill ich und lass mich von Wuffi kutschieren!" Swetlana wirft sich in den erstbesten Schlitten und wir machen es ihr gleich.

Wir nehmen auf flauschigen Fellen Platz und die Fahrt geht los. Überrumpelt von dem Ruck des Loslaufens der Hunde am Schlitten klammert Lara sich an mir fest.

„Wir haben nicht mal halb fünf und die Sonne geht schon in die Heia. Mann, bin ich aufgeregt! Bist du auch so auf die Nordlichter gespannt?"

Ich nicke und genieße den herrlichen Anblick. Je höher wir fahren, desto beeindruckender wird die Sicht auf Tromsö. Wie eine goldglänzende Stadt grüßt sie aus der Ferne. Lara kneift mich aufgekratzt in den Arm. „Da sind sie! Sieh nur! Da sind sie!"

„Autsch! Dafür musst du mir ja nicht gleich den Arm zerquetschen!" Augenblicklich vergesse ich den Schmerz, denn die Polarlichter ziehen mich in ihren unvergleichbaren Bann.

„Ist das nicht fantastisch?", brüllt Lara mir zu.

„Wie ein bunter, funkelnder Edelstein-Teppich am Himmelszelt."

„Siehst du etwa mehr, als ich sehen kann?", beschwert Lara sich.

„Vielleicht." Ich grinse vor Euphorie über das ganze Gesicht.

Kurze Zeit später kralle ich mich am Schlitten fest.

Was war das?

Meine Augen suchen die Nordlichter ab.

Habe ich eben einen roten Umhang mitten in den Lichtern flattern sehen? Kann Thor jetzt auf den Polarlichtern surfen oder was?

Angestrengt durchforste ich den Himmel, kann aber nichts mehr erkennen. Trotzdem. Ich weiß, dass er in den Lichtern war. Das habe ich mir nicht eingebildet.

Vor einem Lagerfeuer, mitten in der Schneelandschaft, halten die Schlitten an.

„Aurora borealis", verkündet Frau Breitling und fuchtelt mit ihren Händen gen Himmel herum, als wolle sie die Worte ins Firmament schreiben.

„Aurora, hm, ist klar. Morgenröte am Abend. Ts, ts, ts, die Breitling sollte noch mal zur Schule gehen", ätzt Lara und zeigt unserer Ausbilderin heimlich einen Vogel. Verstohlen kichere ich in die Hand: „Aurora borealis heißt Polarlicht, Lara!"

Wir steigen aus, ich streichle unsere Huskies und begebe mich letztendlich zu den anderen ans Feuer.

„Aurora über ein schönes Feuerchen. Was für ein toller Ausflug!", verkündet Alina begeistert und Lara schnalzt genervt mit der Zunge.

„Und der wird noch besser. Wartet ab, bis ihr unseren norwegischen Ausbilder Kjell gesehen habt", wirft Swetlana augenzwinkernd ein. Die Aufmerksamkeit der anderen Mädels hat sie nun sicher.

„Spuck´s aus! Du warst ja letztes Jahr schon hier." Zoey klebt förmlich an Swetlanas Lippen. Ich verdrehe nur gelangweilt die Augen.

Typen. Warum machen die alle so einen Aufstand um die Kerle?

„Kjell ist ein wahr gewordener Traum! Aquamarinblaue Augen. Wikinger-Adoniskörper. Hach, wie aus einer *Men´s Health* Zeitung! Ich kann es kaum abwarten, ihn wiederzusehen."

Laaangweeillliiig! Bestimmt strohdoof hinter dem hübschen Köpfchen. Können wir bitte über etwas anderes reden?

„Jetzt sag bloß, du hast was mit ihm gehabt?!", will Tina wissen. Lara wirft mir einen skeptischen Blick zu, der nichts anderes sagt als „Swetlana dichtet wieder ordentlich Geschichten. Aufschneiderin".

Swetlana schlägt die Augen nieder. „Wir haben uns geküsst. Sonst war nichts. Natürlich wollte er mehr, aber das spare ich mir noch auf!" Erwartungsvoll schaut sie in die Runde.

Ach Swetlana, du hast Glück, dass Frau Breitling sich mit einem Schlittenführer unterhält! Wenn sie das hören würde, hätte dieser arme Kjell, dem du gerade eine Romanze andichten willst, ein schwerwiegendes Problem.

„Wow! Ich bin gespannt darauf, ihn zu sehen", schwärmt Alina.

„Was ist mit dir, Malina? Bist du denn gar nicht neugierig?", fragt Swetlana mit klimpernden Wimpern.

„Nicht wirklich. Das Verführen von Auszubildenden kann ihn seinen Job kosten. Am besten rufe ich ihm diese Tatsache morgen in Erinnerung." Swetlanas Gesicht verliert augenblicklich jegliche Farbe, doch bevor sie etwas erwidern kann, kommt Frau Breitling auf uns zu und reicht uns Thermobecher mit dampfendem Tee. Ich werfe gedankenverloren ein paar Stöcke ins Feuer. Es knackt und knistert. Funken sprühen ungewöhnlich lebhaft, als wollten sie tanzen. Mein Medaillon erwärmt sich. Es wird so heiß, dass ich mir vor Schmerz auf die Lippe beiße, mich allerdings nicht traue, es herauszuholen. Schemenhaft bildet sich ein Gesicht in den Flammen.

Erschrocken verschütte ich meinen Tee.

„He, spinnst du!?“, schimpft Tina, die das heiße Getränk auf die Beine gekriegt hat.

„Sorry“, murmle ich und ignoriere sie weiterhin, um mich wieder auf das Feuer zu konzentrieren. Erstaunt muss ich zugeben, dass ich das Gesicht nicht wiedererkenne. Es ist nicht der Asche-Typ.

Was ist das wieder für eine neue Teufelei?

Unauffällig rücke ich etwas von dem Lagerfeuer ab. Meine Neugierde zwingt mich jedoch, wieder hinzuschauen.

Augenbrauen aus Flammen. Schwarzbraune Augen. Schulterlanges, dunkles Haar, gestutzter Ziegenbart.

Was bist du? Ein Komparse aus einem Jack-Sparrow-Film?

„Konzentriere dich. Gib dich nicht preis!“

Verwirrt blicke ich Lara an. „Hast du was gesagt?“

„Neeeiinn. Ich bin viel zu sehr damit beschäftigt, Swetlanas Gelaber auszublenden“, flüstert sie mir zu.

Oh Gott … hat etwa … Hat mein Diamant gerade mit mir gesprochen?

Diese Erkenntnis zieht mir den Schnee unterm Po weg und lässt mich beinahe den spektakulären Neuankömmling aus der Gruppe *Sonderbare Geschöpfe* vergessen. Anstatt Angst zu bekommen, bin ich eher verstimmt. *Diese ständigen Musterungen gehen mir allmählich auf den Geist! Habt ihr alle nichts zu tun? Beglotzt doch mal wen anders!*

Ich setze meine Ignoriermaske wieder auf und warte darauf, dass das ungewöhnliche Gesicht wieder verschwindet.

Auch wenn ich vor lauter Fragen bald platze, werde ich mir meine Antworten aber nicht von flammenartigen oder sich in Asche auflösenden Typen holen.

Mister Flamme besitzt eine höllisch-starke Anziehungskraft. Mein Bauch beginnt zu flattern.

Oh nein! Du wirst meine Gefühle nicht manipulieren, Arschloch!

Ein züngelnder Flammenarm schnellt hervor und greift mir an den Hals. Die Hitze ist unerträglich. Die Flammen verbrennen, zu meiner Verblüffung, jedoch nicht meine Haut. Ein teuflisch angenehmer Duft nach … gebrannten Mandeln von der Kirmes steigt mir in die Nase. Das prickelnde Gefühl, das von der Feuerhand ausgeht, verunsichert und verängstigt mich gleichermaßen. Wie eine Schar Libellen saust das Prickeln durch mein Innerstes und hinterlässt ein seltsam vertrautes Gefühl. Ich beiße mir auf die Backenzähne.

Swetlana rückt näher zu mir und zischt mir zu: „Wehe du sprichst Kjell an, dann werde ich deine schlimmste Feindin! Und geh auf´s Klo. Du siehst aus, als müsstest du seit Stunden pissen."

Mein Hals hängt in einer Feuerschlinge, du dämliche, oberflächliche Bitch! Glaub mir, es gibt krassere Feinde als dich!

Die Hitze frisst sich schmerzhaft ihren Weg von meinem Hals zu meiner Brust.

Erst auf die Gefühlstour und jetzt mit Schmerz. Echt miese Masche. Ihr könnt machen, was ihr wollt. Reden werde ich dennoch nicht!

„Der Kerl starrt dich schon die ganze Zeit an, Olive. Olive? Geht es dir gut?"

Ich schlucke schwer und denke an die Bilder meiner Eltern im Medaillon. Augenblicklich fühle ich mich stärker. Ein silberner Glitzerfunke entschlüpft meinem Ausschnitt, fließt zur glühenden Feuerhand, legt sich darum, die Flammen erstarren und zerspringen in tausend Teile. Ich keuche erleichtert auf. Der Feuerteufel verblasst im Lagerfeuer.

Puh, er ist weg!

Da kommt mir ein verrückter Gedanke: *positive Gefühle. Mit Liebe im Herzen kann ich bestimmt mehr erreichen. Oder werde ich langsam irrsinnig?*

„Olive?" Lara fasst mir an den Oberarm und sieht mich besorgt an. Ich schüttle den Kopf und stehe auf.

„Lass mich mal kurz. Bin gleich wieder da."

Nach Wärme suchend reibe ich mir die Oberarme, entferne mich von der Feuerstelle und sehe auf das leuchtende Tromsö hinab. Der Anblick der tanzenden Nordlichter über mir kann mein aufgewühltes Gemüt nicht besänftigen. Ich will am liebsten schreien und etwas kaputthauen. Nur das Wissen über die Anwesenheit der anderen kann meinen Drang stoppen. Ich drehe der Gruppe den Rücken zu und beiße mir in die Fäuste. Irgendwo muss meine Verzweiflung hin.

Ich will das alles nicht mehr. Bitte! Wenn mich ein Gott hören kann, dann befreit mich von diesem Albtraum!

„Geh lieber nicht so nah an den Abgrund, sonst stürzt du noch ab." Ich drehe den Kopf zu der fremden Stimme. Ein dunkelhaariger Typ mit Zopf und ausdrucksstarken grünen Augen steht lässig in brauner Lederjacke da und hält mir seine Hand entgegen.

Hoppla, wer bist du? Der Bruder von Taylor Lautner alias Jacob aus Twilight?

„Ich stürze schon nicht ab, keine Sorge."

Oh, jetzt klang ich eine Spur zu schnippisch.

„Wie du meinst." Seine Hände wandern in seine Jackentaschen, allerdings deutet er mit seinem Kinn auf meine Fäuste.

„Du blutest." Ich mache es ihm nach und ramme die Hände in die Hosentaschen. „Es ist nichts. Alles ok", beschwichtige ich ihn. Er schüttelt den Kopf und lächelt ein Wie-du-meinst-Lächeln. Ich schweige beharrlich. Letztendlich dreht er sich um und geht zu den Huskies. Ich sehe ihm nach und fühle mich sofort schuldig. Er wollte nur nett sein und ich blaffe ihn an.

Lara hat scheinbar alles beobachtet, denn sie springt von ihrem Platz auf und kommt sichtlich neugierig auf mich zu.

„Was wollte er?", fragt sie bibbernd. Die kalte Abendluft kriecht zunehmend unter unsere Kleidung.

„Nichts Besonderes."

„Er hat dich die ganze Zeit beobachtet. Vielleicht ist er ja heiß auf dich. Bestimmt führt er gleich unseren Schlitten."

„Quatsch!", entschlüpft es mir prompt. „Wer will schon was von einer flachbrüstigen, melancholischen Tussi, die größer ist als so mancher Kerl?"

„Mach dich nicht unattraktiver als du bist! Wir sind im heiratsfähigen Alter und senden dementsprechend Signale aus."

Ich bewerfe meine Müll quasselnde Freundin blitzschnell mit einem Schneeball. „Ehrlich, Lara, in welchem Jahrhundert lebst du eigentlich?"

„Im absolut Richtigen. Komm, wir machen ein Selfie von diesem Wetterphänomen und der Wahnsinnsaussicht."

Gesagt, getan. Nur fällt es mir ein wenig schwer, enthusiastisch zu lächeln. Die zig Begegnungen und Erlebnisse knabbern an meinem Nervenkostüm.

„Was hast du am Hals? Beziehungsweise … mehr Richtung … am linken Ohr?", fragt Lara und reißt mich erfolgreich aus meinen Gedanken.

„Hm?"

Lara zeigt mir unser Selfie. „Sieht aus wie ein flammendes Mal.“ Sie fährt mit ihren Fingern über meine Haut. „Wird aber rasch schwächer.“

Ich reiße Lara ihr Handy aus der Hand und vergrößere hastig das Bild.

Gebrandmarkt! Das Flammen-Monster hat mich gezeichnet!

„Mach noch ein Foto und gehe so nah ran wie möglich“, fordere ich Lara besorgt auf. Stumm kommt sie meiner Aufforderung nach.

„Sieht aus wie eine rotbraun verblasste Tätowierung“, bemerkt Lara. Schweigend öffne ich meinen Zopf und lege die Haare über die Ohren und Hals, soweit es mir möglich ist.

Herausfordernd blicke ich meine Freundin an. „Und? Hat deine Bibel dafür auch eine Antwort parat?“

19

Laurin

„Siehst du? Ich sagte doch, er führt bestimmt unseren Schlitten zum Rapsynta-Bulli“, flüstert Lara mir zu.

„Er hat zwar nicht viel zu mir gesagt, aber er kann tadelloses Deutsch. Findest du das nicht eigenartig?“, flüstere ich zurück. Lara schürzt nachdenklich die Lippen.

„Das haben wir gleich.“ Alarmiert will ich sie zurückhalten, doch ihre große Klappe ist schneller.

Sie tippt unserem Taylor-Lautner-Double selbstbewusst auf die Schulter. „He, du! Sag mal, wie heißt du?“

Er dreht leicht den Kopf zu uns. „Laurin.“

„Warum kannst du unsere Sprache?“

„Du fällst ja gar nicht mit der Tür ins Haus, was?“, zische ich Lara zu. Sie winkt ab und schenkt Laurin ihre volle Aufmerksamkeit.

„Ich bin in Köln geboren und erst mit elf nach Tromsö gezogen. Jetzt wohne ich alleine.“

Lara klebt ja förmlich an seinen Lippen. So habe ich sie noch nie gesehen.

„Oh, warum bist du alleine? Was ist mit deinen Eltern? Sind sie zurück nach Deutschland?“

„Sie sind gestorben.“

Schweigen.

„Das tut mir leid.“

Und mir erst. Ich weiß genau, wie sich das anfühlt.

Im Bulli durchbohrt mich Swetlana mit bösen Blicken. Ihre Furcht, ich könnte sie und ihre lügnerischen Geschichten bloßstellen, lässt ihr Gesicht zu einer Fratze versteinern. Ich lasse sie links liegen und ignoriere sie. Ich habe keine Zeit für eingebildete Barbies.

Auf dem Rapsynta-Gelände bringen wir unser Gepäck auf unsere Doppelzimmer und treffen uns in der Kantine.

„Ich bin ausgehungert!", stöhnt Tina und drängelt sich als Erste an die überschaubare Schlange, die nur aus uns deutschen Gästen besteht.

Am Tisch schiebe ich mein *Pinnekjött*, gepökelte Lammrippe mit Rübenmus, Kartoffeln und Speck, auf meinem Teller hin und her. Meine Gedanken nehmen so viel Platz in meinem Körper ein, dass mein Magen keinen Appetit meldet.

„Echt schick die Kantine mit den großen Fensterelementen und modernen Stühlen. Das sollten die bei uns mal ändern. Ist zu düster und beengend. Hier schmeckt das Essen gleich besser mit der Nudel- und Gurkenwandfarbe. Was ist? Hast du schon wieder keinen Hunger?"

Ich schnappe mir meinen Apfel vom Tablett und reibe ihn an meinem marineblauen Pulli sauber. Mein Blick fällt auf die Tischplatte. Ein Name ist ins Holz geritzt worden. Langsam fahre ich die Buchstaben mit dem Zeigefinger nach. Lara beugt sich neugierig über mein Tablett. „Kjell. Uuhhh! Da hat wohl jemand aus Liebe seinen Namen in den Tisch geritzt. Jetzt bin ich langsam doch gespannt auf ihn."

„Wozu? Er ist bestimmt nicht katholisch."

„Woher willst du das wissen, Olive? Die römisch-katholische Kirche ist die zweitgrößte Religionsgruppe in Norwegen."

„So genau wollte ich das jetzt auch nicht wissen", sage ich müde und entnervt zugleich. Hinter vorgehaltener Hand gähne ich und sehne mich nach meinem Kissen.

„Lara, ich bin total erledigt. Am besten gehe ich jetzt ins Bett." Ächzend stehe ich auf, greife mir mein Tablett und bringe es zum Abräumwagen. Lara folgt mir.

„Wärst du mir böse, wenn ich noch etwas zum Quatschen bleibe? Kann ich dich alleine ins Zimmer gehen lassen?"

Schmunzelnd lächle ich sie an. „Lara, meine Security gegen die bösen Götter. Ich komme klar. Schon vergessen? Ich bin die mit dem sonderbaren Zauberstein."

Ich verlasse die Kantine und drücke die Tür mit meinem Rücken zu. Der Himmel ist sternenklar. Ich muss nur einen Hof überqueren, dann gelange ich bereits ins Gästehaus. Antike Feldgeräte und alte Traktoren zieren den Hof. Warmes, nicht zu grell wirkendes Licht erhellt das Gelände.

Eine Bewegung zieht meine Aufmerksamkeit auf sich. Da lungert jemand vor unserem Gästehaus herum und hält sich bewusst im Schatten. Ich gehe näher ans Gebäude heran.

„Laurin?"

Laurin dreht sich beim Klang meiner Stimme um. Etwas schüchtern scharrt er den Kies mit seinen Springerstiefeln umher und wartet, bis ich bei ihm angekommen bin.

„Willst du zu Lara? Sie ist noch in der Kantine."

„Um ehrlich zu sein, wollte ich mit dir sprechen."

„Ah, ok. Dann komm erst mal rein." Ich schließe, verwundert über seinen Besuch, das Gästehaus auf, betätige den Lichtschalter und gehe die Treppe zum ersten Obergeschoss hinauf. Vor Zimmer Nummer sieben bleibe ich stehen und fummle nervös an den Schlüsseln herum. Laurin bleibt hinter mir stehen.

„Sind deine Finger so eingefroren, dass du das Schloss nicht aufbekommst?"

Langsam drehe ich mich zu ihm um. „Ehrlich gesagt habe ich noch nie einen Fremden mit auf ein Zimmer genommen."

Laurin hebt entwaffnend die Hände. „He, ich werde dich schon nicht fressen! Ich habe dir und deiner Freundin erzählt, dass ich keine Eltern mehr habe. Vertrauensvoller geht ja wohl nicht oder?"

Dem weiß ich nichts entgegenzusetzen, also schließe ich unser Zimmer auf und bitte ihn hinein.

„Nettes Zimmer. Passend zum Thema Pflanzentechnologie scheinen beinahe alle Räume in verschiedenen Grüntönen gestrichen zu sein", stellt er fest.

Ich muss lächeln. „Klingt ja so, als könntest du kein Grün mehr sehen. Bist du im letzten Ausbildungsjahr?"

Er setzt sich an den kleinen Kieferntisch. Sogar die Stuhlbezüge sind hellgrün. „Nein. Ich jobbe hier nur."

In meinem Rucksack suche ich nach einer Packung Butterkekse und Schoko-Cookies, öffne die Folien und stelle die Leckereien auf den Tisch.

Laurin schiebt die Stuhlbeine des Stuhls ihm gegenüber mit dem Stiefel fort. „Kannst du dich endlich setzen? Deine Unruhe macht mich nervös."

Aha, er hat auch eine zickige Seite an sich.

Schweigend setze ich mich ihm gegenüber und falte die Hände unters Kinn. Erwartungsvoll sehe ich ihn an.

„Ich habe eure Gespräche während der Fahrt mitbekommen. Du hast auch deine Mutter verloren?"

„Welche Fahrt denn?", hake ich misstrauisch nach.

„Na, ich war euer Bullifahrer. Hast du das denn gar nicht mitbekommen?"

Ähm, nö.

Ich befürchte, meine Wangen färben sich rosig. Um von seinem Vorwurf abzulenken, antworte ich ihm hastig: „Ja, meine Eltern sind tot. Meine Mama starb vor ein paar Wochen an Leukämie. Mein Vater starb vor drei Jahren an einem Herzinfarkt."

Mitfühlend nickt Laurin. „Ich habe meine Eltern vor einem Jahr bei einem Autounfall verloren. Sie wollten zu zweit in den Urlaub nach Schweden. Sie kamen nie wieder. Noch heute wünsche ich mir, sie kämen zur Tür herein."

Er macht eine kurze Pause. „Wenn ich Kamillentee rieche, werde ich an meine Mutter erinnert. Sie liebte alles, was mit Kamille zu tun hatte. Nie hätte ich es für möglich gehalten, wie heftig solch ein Schmerz sein kann. Diese Hilflosigkeit … Machtlos gegen den Tod. Unfähig, etwas tun zu können."

Meine Augen wandern über sein schwarzes Outfit und er erinnert mich … an mich. „Hast du mich deshalb angesprochen? Weil wir etwas gemeinsam haben?" Sofort bereue ich meine Frage. Sein Blick verfinstert sich, als würde er denken, dass es ein Fehler war, zu mir zu kommen und sein Herz zu öffnen.

„Sorry, ich bin ab und zu unfreundlich. Das liegt nicht an dir … sondern an der Situation."

Verständnis flackert in seinem Blick auf. „Unnahbar. Sauer auf das Schicksal. Wütend auf Gott, weil er den Tod nicht verhindert hat."

Hui, klingt ja wie ein Seelenverwandter! Und da wären wir schon wieder bei dem leidigen Thema Götter. Das muss ich ihm schnell austreiben. Ich habe keine Lust, in jeder Unterhaltung auf dieses Thema zu stoßen. Himmel, wie sehr ich mein gottloses Leben vermisse!

Laurin zerbröselt mit gesenkten Augen einen Keks auf dem Tisch. Ihm lastet scheinbar noch etwas auf dem Gemüt. Mit einem Mal blickt er mich intensiv an. Seine smaragdgrünen, schönen Augen gehen mir direkt ins Blut. Ein Kokon voller Feen platzt in meinem Bauch und ihre Flügel kribbeln durch meinen Körper.

„Da ist noch mehr, weshalb ich dich sehen wollte."

Jetzt mach es nicht so spannend.

Unverhofft zeigt er auf meinen Hals.

„Das Mal. Ich habe dein flammenartiges Mal gesehen."

Stocksteif gefriere ich auf meinem Stuhl.

„Weißt du, was es bedeutet?"

Ich schüttle vorsichtig den Kopf.

Plötzlich schießt er aus seinem Stuhl hoch, kommt auf mich zu, zieht seine Lederjacke aus und schiebt sein dunkles Shirt hoch. Perplex sehe ich auf seine Brust, die von zwei Nippelpiercings mit Stachelstäben geziert wird. „Ich habe dasselbe Mal."

Meine Augen rutschen von den Piercings zu seiner Herzgegend. Tatsache! Ein flammenartiges Mal. Mir wird heiß und kalt zugleich. Laurin studiert aufmerksam meine Mimik, doch ich kann ihn nur stumm ansehen.

Endlich bin ich nicht mehr alleine mit meinen sonderbaren Flecken auf der Haut.

Langsam zieht er sein Shirt wieder hinab und stopft es in seine Lederhose, die seine Vorder- und Hinterseite gut betont. Ziellos geht er im Zimmer auf und ab. „Vielleicht mussten meine Eltern ja sterben, weil ich gebrandmarkt bin."

„Glaube ich nicht. Ich habe das Mal erst heute bekommen und meine Eltern sind gestorben, bevor ich Kontakt zu Göttern hatte."

Na, da versucht doch jemand, ihn aufzuheitern, neckt mich meine innere Stimme.

Verblüfft sieht Laurin mich an und kommt mir näher, als mir lieb ist. „Du hast Kontakt zu Göttern? Welche? Wann? Wie? Und warum?"

„Wowowowow! Du hast es aber eilig." Ich stemme ihm die Hände entgegen, doch schnell besänftige ich mich und seufze verständnisvoll. „Ich weiß, was du durchmachst. Die endlosen Fragen machen wahnsinnig. Mir geht es genauso."

Sein flehender Blick geht mir mitten ins Herz.

Jap, jetzt sind wir wohl wirklich Seelenverwandte und vielleicht auch Verbündete in diesem Chaos?

„Wie hast du dein Mal erhalten?", frage ich.

Laurin setzt sich wieder auf seinen Stuhl. „Ein eigenartiger Mann in schwarz ... Versteh mich jetzt nicht falsch, ich bin nicht schwul oder so, aber der Kerl war ... attraktiv. Anziehend. Er versprühte eine lockende Aura. Ich hatte keine Chance, mich ihm zu entziehen. Sein schwarzer Blick verwandelte sich mal in glühende Flammen, mal in ein tiefes Schokobraun. Unheimlich und faszinierend zugleich."

„Mit sauber gestutztem Ziegenbart", füge ich hinzu.

„Du hast ihn auch gesehen?"

„Oh ja, und wenn ich dir sage wo, hältst du mich für verrückt."

Überraschend nimmt Laurin meine Hände. „Nach dem, was ich erlebt habe, würde ich dir alles glauben."

Schweigen.

Ich versinke in seinem Smaragdblick.

Über deine anziehende Aura spreche ich lieber nicht.

Schließlich räuspere ich mich und entziehe ihm meine Hände.

„Erzähl! Wie hast du das Mal bekommen?“

„Er drückte mir seine flache Hand auf die Brust. Ein großes Loch brannte sich in mein Shirt, bis seine glühende Hand meine Haut berührte und mir das Mal verpasste.“

Nachdenklich tippe ich mir an die Lippen. „Eventuell hast du ein göttliches Elternteil und wurdest bei dem menschlichen Elternteil versteckt gehalten und bevor deine Eltern dir etwas sagen konnten, sind sie gestorben.“

Laurin rückt von mir ab, als hätte ich ihn geschlagen. „Du meinst, es war kein tragischer Unfall, sondern Mord?“

Hilflos hebe ich die Hände und zucke mit den Schultern. „Es kann alles möglich sein. Jedenfalls bin ich mittlerweile echt davon überzeugt, dass nichts mehr unmöglich ist.“

Stille.

„Was ist dir passiert?“

Tief Luft holend erzähle ich ihm meine ganze Geschichte. Alles, was nach Mamas Beerdigung geschah. Ich lasse nichts aus. Als ich ende, höre ich bereits Laras Schritte auf den Stufen.

Er ist fremd. Warum vertraust du ihm?, schimpft meine innere Stimme. Und sie hat Recht, aber seine lockende Aura hat mich singen lassen wie ein Vögelchen. Irritiert schüttle ich mit einem Mal den Kopf. Als könne ich nicht verstehen, wieso ich alles preisgebe. Das Gefühl, fremdgesteuert zu werden, nimmt überhand. Als wäre ich nicht mehr ich selbst. Blinzelnd sehe ich ihn an.

„Eine Avyena? Komischer Name. Was soll das sein?“

„Ich habe nicht die geringste Ahnung. Die wirklich spannenden Details ließen die Götter in ihren Erzählungen aus.“ Auch wenn ich zurückrudere, kann ich meine innere Stimme nicht besänftigen.

Er schaut mich abwartend an, dann rückt er unerwartet näher und streicht mir über die Lippen. „Süß, deine Schmolllippe."

Lara betritt das Zimmer und bleibt wie vom Blitz getroffen in der Tür stehen. „Aha, du bist müde? Und wolltest ins Bett? Sieht aber nicht danach aus."

Oha. Das klingt nach Eifersucht!

20

Säuerliche Freundschaft

Lara liegt in ihrem Bett und dreht mir ihren Rücken zu.

„Lara?"

„Lass mich! Ich bete und will dann schlafen. Im Gegensatz zu dir bin ich wirklich müde."

„Mensch, Lara, seit wann bist du eine eifersüchtige Zicke? Ich war wirklich auf dem Weg ins Bett. Laurin hat mich vorm Gästehaus abgefangen!"

Mit verheulten Augen dreht sie sich um. „Ach ja? Und was wollte er?"

Sprachlos sehe ich sie an. „Oh Mann, hat es dich so sehr getroffen? Du hast gar nichts gesagt." Meine Stimme klingt eine Spur zu vorwurfsvoll, aber das ist mir gerade herzlich egal.

Lara wirft sich zurück ins Kissen und starrt an die Decke. „Mir ist das selbst erst richtig klar geworden, als ich euch zusammen gesehen habe. Wie liebevoll sein Blick war und wie er dich berührt hat. Irgendwie tat das mächtig weh."

„Lass mich dir alles erzählen. Danach kannst du urteilen, ok?"

Sie schnieft in ihren Pyjamaärmel. „Na schön. Mach´s aber kurz. Ich bin wirklich erledigt."

Fix berichte ich ihr von meiner Story mit Laurin. Baff und fassungslos öffnet und schließt sie immer wieder ihren Mund.

„Tja, dann passt ihr ja glänzend zusammen." Der Vorwurf hat ihre Stimme zwar verlassen, doch der bittere Unterton ist geblieben. Ich schlüpfe zu ihr ins Bett und wir kuscheln uns aneinander.

Beruhigend streichle ich ihren Rücken. „Nun mach mal nicht die Pferde scheu. Du tust ja so, als seien wir ein Paar. Ich habe keine Zeit für Romanzen."

„Aber du kannst nicht leugnen, wie heiß er ist."

Ich beiße mir auf die Unterlippe.

„Aha! Du zögerst."

„Ja, ich gebe zu, er verwirrt mich. Laurin ist … hübsch."

Lara stemmt sich auf ihre Unterarme. „Hübsch!? Er ist gnadenlos sexy, heiß, unwiderstehlich, anziehend. Der totale Hammer! Wie Johnny Depp mit fünfundzwanzig und Bart."

Lachend schnappe ich mir das Kissen und haue es ihr an den Kopf. „Ok, ok. Er ist der Wahnsinn. Bist du jetzt zufrieden? Hm, allerdings habe ich ihn in die Kategorie Taylor Lautner eingeordnet. Aber wenn du meinst, er gehört zur gleichen Klasse wie Johnny Depp, auch gut."

Lara drückt sich ihr Kissen an die Brust und schaut mich verschwörerisch an. „Ich bin echt gespannt, was mit Laurin ist. Zu welchen Göttern er gehört und warum sich ihm keiner annimmt. Vielleicht steht er wegen dem Feuermal unter Beobachtung. Hoffentlich bedeutet dieses Brandzeichen nicht, dass seine Seele in die Hölle muss", mutmaßt sie und schlägt sich dann das Kissen an den Mund. „Grundgütiger! Was ist, wenn er von Gott geprüft wird? Vielleicht muss er sich als würdig erweisen und bei Versagen wird ihm der Eintritt in die göttliche Welt verwehrt."

„Sag ihm solch eine Vermutung bloß nicht. Das würde ihn fix und fertig machen. Er ist jetzt schon so aufgelöst und ratlos. Ich habe das Mal doch auch und habe mit der Unterwelt nichts zu tun.

Hundertprozentige Antworten habe ich ebenfalls keine und von Prüfungen habe ich bisher nichts vernommen. Vielleicht haben wir es bekommen, weil wir auf unsere Art und Weise dem Bösen widerstanden haben."

„Hm, interessante Theorie. Da könnte was dran sein." Lara gähnt herzhaft und streckt sich.

„Lass uns morgen weiterrätseln. Ich bin todmüde."

Ich nicke, gebe ihr einen zarten Wangenkuss und schlüpfe zurück in mein eigenes Bett. Rasch schreibe ich Tante Bettina eine SMS, in der ich ihr mitteile, dass es mir gut geht, küsse die Bilder meiner Eltern im Medaillon und erhoffe mir eine unspektakuläre und vor allem ruhige Nacht.

„Swetlana. Natürlich Swetlana! Sieh nur, wie sie sich - wohlgemerkt - halb hinterm Traktor versteckt und ihren Busen an Laurin reibt. Was für eine Bitch und das vor dem Frühstück!" Lara kocht über vor Entrüstung. Ich dirigiere sie sanft, aber bestimmt Richtung Kantine.

„Wenigstens macht er das Spiel nicht mit und geht auf Abstand. Komm, lass uns schnell unser Frühstück verputzen, bevor sie uns entdeckt."

„Was steht denn heute auf dem Plan?"

Um Lara antworten zu können, krame ich in den Schnellheftern auf meinem Arm herum. „Zehn Uhr: Rundgang Betriebsgelände. Zwölf Uhr: Mittag. Dreizehn Uhr: Saatgutanalysen. Vierz …"

Rums!

Alle meine Schnellhefter landen auf den Boden, weil ich ziemlich tollpatschig in jemanden hineingerannt bin.

„Oh, sorry!", stammle ich verlegen, gehe in die Knie und sammle meine Hefter wieder ein.

Jemand geht ebenfalls in die Knie und reicht mir ein blaues Heft. Ich will es annehmen, doch meine Hände und Sprache versagen mir den Dienst: „Dan …"

„God morgen. Ikke noe problem."

Soll das heißen kein Problem? Auweia! Aber ich glaube, ich habe ein Problem.

Nur am Rande registriere ich, wie Lara zwischen mir und dem Fremden hin und her schaut. Peinliches Schweigen breitet sich aus.

Kann man innerhalb von zehn Stunden zwei grundverschiedene Typen heiß finden? Hier ist doch was faul? Männer gingen mir bisher meistens am Arsch vorbei.

Eisern reiße ich mich zusammen und versuche die Feen-Invasion in meinem Bauch zu ignorieren. Die Schnellhefter presse ich wie einen Schutzschild an die Brust und erhebe mich zu meiner nicht zu verachtenden Größe.

Amüsiert blickt mich der Norweger an, da ich höchstens zehn Zentimeter kleiner bin als er. Die kleine Lara kann da kaum mithalten und tänzelt auf Zehenspitzen, um nichts zu verpassen.

Fuck! Ich hasse es, wenn Bella Bettina Recht behält. Dieser Norweger hat die geilsten eisblauen Augen, die ich jemals gesehen habe. Die gehen nicht nur unter die Haut, sondern … ähm … direkt in den Slip.

Ich presse unauffällig die Beine zusammen. Dieses Wahnsinnskribbeln im Unterleib ist mir neu.

Der Traumtyp mit den langen, dunkelblonden Haaren, die er zu einem Zopf zusammengebunden hat, öffnet die Kantinentür und hält sie uns auf. Lara zwängt sich an mir vorbei und grinst mich teuflisch an.

„Vergiss es, Olive, der ist mindestens Mitte dreißig“, wispert sie mir zu und zieht mich in den Raum.

„Eigentlich stehe ich nicht auf Männer mit Bart. Laurins *Will-Turner*-Bart und der Zehntagebart deines Lustobjekts da an der Tür sind allerdings verdammt sexy.“

„Er ist nicht mein Lustobjekt!“, zische ich sie erbost an.

„Ja, laber nur. Du stehst voll unter Strom. Deine Wangen glühen wie ein Krebs.“ Peinlich berührt ziehe ich den Kopf ein. Lara lacht amüsiert vor sich hin.

Lieber Glitzerstein, echt nett von dir, dass du mir die Trauer erträglicher machst, aber hast du nicht noch mehr Kapazitäten? Zum Beispiel Liebe und Faszination auf den ersten Blick zu eliminieren?

Wir setzen uns an den erstbesten Tisch. Der Tür drehe ich den Rücken zu. Lara bettet ihr Kinn in ihre Handfläche, blickt an mir vorbei zur Tür und nimmt einen verträumten Ausdruck an. „Wahnsinn! Noch nie habe ich solch umwerfende poolblaue Augen gesehen. Ich glaube, die werden mich den Rest der Woche verfolgen. Ok, lieber Gott, ich glaube wir müssen noch mal über kein-Sex-vor-der-Ehe verhandeln. Dieser Kerl wirft nämlich gerade alle meine guten Vorsätze über Bord!“ Lara bekommt den Mund kaum noch zu. Mister Unbekannt scheint sie ebenfalls zu fesseln.

„Na, du biegst dir deine Religion ja zurecht, wie sie dir gerade in den Kram passt, was?“, stichle ich, um sie aus der Reserve zu locken, doch ich werde enttäuscht. Ihre Schmachtsabber zu unterdrücken nimmt sie so sehr in Beschlag, dass sie keine Zeit für einen verbalen Schlagabtausch hat.

Das ist dann wohl meine Retourkutsche für Laurin.

Genervt betrachte ich Lara, die sich keinen Deut dafür interessiert, Frühstück zu besorgen.

Steht Mister sexy-poolblaue-Augen denn immer noch an der Tür?

Auf die Gefahr hin, ihn noch mal zu erblicken, drehe ich mich um.

Tatsache.

Warum sieht er mich so nachdenklich an?

Mit angespanntem Kiefer verlässt er letztendlich die Kantine. Mein Kopf beginnt zu pochen, ich schließe die Augen und massiere mir die Schläfen. Von den vielen Begegnungen seltsamer Leute bekomme ich allmählich ein Schleudertrauma. Ich habe in kürzester Zeit so viele Götter und kuriose Menschen gesehen, dass es für zwei Leben reicht.

„Olive, was ist?“ Lara nimmt meine Hand. Ich blicke in ihr besorgtes Gesicht, schüttle nur den Kopf. Ihr Stuhl kreischt über den Boden und sie steht auf.

„Ich besorge dir jetzt mal einen starken Kakao, dann geht es dir gleich schon viel besser.“ Für drei Sekunden knetet sie mir die Schultern, ihre goldene Kette mit dem Kreuzanhänger baumelt neben meinem Kopf, dann verschwindet sie zur Frühstückstheke.

Meine Lunge saugt ganz ruhig die Luft ein, die nach frischen Brötchen duftet, und meine Unruhe schaltet einen Gang zurück. Lara belädt ihr Tablett mit allem, was ihr in die Finger gerät.

Himmel! Das schaffen wir doch nie!

Ich blicke durch den Raum. Norwegische Mitarbeiter und Azubis mustern uns deutsche Mädels, um sich dann ihrem Frühstück zu widmen. Swetlana stolziert herein, wirft mir einen säuerlichen Blick zu und setzt sich zu Zoey an den Tisch, der, glücklicherweise, drei Tische von uns entfernt ist. Mein Blick geht zum Fenster.

Blöde Idee. Ehrlich.

Traumtyp Eisblau scheint Laurin, der gerade den silbernen Bulli mit kleinen schwarzen Kisten belädt, Anweisungen zu geben.

Eine verlockend riechende Tasse Kakao wird mir unter die Nase gehalten. Freudig nehme ich sie an.

„Weißt du, Olive, eigentlich haben wir im Moment hier nichts zu suchen."

Ich nippe an meinem Kakao und wärme meine Hände an der Tasse. „Wie meinst´e denn das jetzt?"

„Na, ist doch klar! Wir müssten jetzt eigentlich tagelang in einer Bibliothek sitzen und massenweise Religionsbücher wälzen. Alles über Götter herausfinden und jedes fantastische Ereignis, das jemals verzeichnet wurde. Das Internet durchforsten, bis der Computer anfängt zu rauchen."

„Klingt gut, aber davonstehlen kannst du knicken. Frau Breitling würde uns köpfen."

Sie reibt sich das Kinn. „Ja, leider. Und meine Eltern würden mich auch massakrieren, wenn ich meine Ausbildung gefährde. Dann bleibt uns wohl nur noch das Internet am Abend. Vielleicht kann Laurin mithelfen, dann geht es schneller. Außerdem wird er ebenfalls größtes Interesse daran hegen, dass wir endlich Antworten finden."

21

Wolken

Wenn wir jetzt noch mehr Ecken und Winkeln dieses Betriebsgeländes erkundet hätten, wäre ich eingeschlafen", mault Alina beim Mittagstisch.

„Und ich kotze gleich auf mein *Smalahove*", beschwert sich Tina und schiebt ihren Teller von sich.

Lara schnuppert an dem Gericht. „Was soll das denn sein?"

„Schafskopf", antwortet Tina meiner besten Freundin. Lara wird kreidebleich und schiebt ihren Teller ebenfalls von sich. „Ok, wo ist der nächste Burger-Laden?"

Mitfühlend zücke ich eine Packung Schoko-Cookies aus meinem Rucksack und im Nu sind die schneller verputzt als ich „lasst es euch schmecken" sagen kann.

Laurin kommt mit seinem Tablett an unseren Tisch und schmunzelt über unsere krümeligen Münder. „Hei! Wie geht es euch?"

„Rückwärts und bergab, aber läuft", entschlüpft es meinen Lippen.

„Soll heißen?", hakt Laurin verständnislos nach.

„So lala. Könnte besser sein, aber ok. Willst du unser Essen?" Lara drückt ihm unser Futter auf den Magen und erhebt sich bedauernd. „Schade, dass du jetzt erst kommst. Wir müssen los. Saatgutanalyse im Gewächshaus ist angesagt."

„Viel Spaß! Wir sehen uns danach. Ich soll euch zum Versuchsfeld fahren."

„Oh, wie schön! Darf ich dann vorne bei dir sitzen?", zwitschert Swetlana ihm zu. Schnell verlasse ich mit Lara die Kantine, bevor sich mir der Magen umdreht, was dieses Mal nicht am Essen liegt.

„Warum ist mir nie aufgefallen, wie nervig Swetlana wirklich ist, Olive?"

„Na, weil du hier den ganzen Tag, von morgens bis zur Heia-Zeit, mit ihr zu tun hast. Jetzt reg dich ab und ignorier sie."

„Ignorieren? Würde ich ja gerne, aber sie spielt sich doch so auf, als wäre sie *Miss Intercontinental Valentina Rasulova* höchstpersönlich. Dabei ist sie nur Swetlana Mai mit granatrotgefärbten Haaren und Schlafzimmerblick aus der Görlitzer Straße."

„Tja, einige Wochen müssen wir das jetzt durchstehen. Wo ist noch mal dieses verflixte Gewächshaus?"

„Am Gästehaus, Hauptgebäude, Lagerhalle und am Traktorparkplatz vorbei. Im Prinzip am Ende des Geländes."

Wir betreten das Gewächshaus und merken schnell, dass wir zu früh dran sind.

„Wer unterrichtet denn gleich? Die Breitling? Und überhaupt, Saatgutanalyse findet doch im Labor statt, was sollen wir im Gewächshaus?"

Bevor Lara mir antworten kann, stürzen Zoey, Tina, Alina und Swetlana herein.

Na prima! Ich dachte, wir hätten ein paar Minuten länger Ruhe.

„Was sind das denn für komische Beeren?", fragt Zoey und fasst sie an. Die Tür geht auf und wir drehen uns alle um.

„Das sind Moltebeeren, Frau Meyertal. Herzlich Willkommen im Gewächshaus und zur Pflanzenzüchtung, meine Damen. Ich weiß, Sie haben jetzt Saatgutanalyse bei mir, aber ich bin gerne spontan und wollte den ersten Tag mit Ihnen nicht gleich im stickigen Labor beginnen. Für die, die mich noch nicht kennen, ich bin Kjell Haugland. Unter uns dürft Ihr mich gerne Kjell nennen, aber wenn der Geschäftsführer in der Nähe ist, besser nicht. Alles klar?"

Ich trete Lara versehentlich auf den Fuß.

Auweia! Sexy-eisblaue-Augen ist Kjell, unser Ausbilder?

„Autsch! Pass doch auf, Olive."

„Die Moltebeeren sind quasi unsere norwegischen Brombeeren und werden zu Marmelade verarbeitet. Eigentlich sind die Beeren in Wäldern und Mooren zu Hause. Unser Ziel ist es, diese sogenannte Torfbeere als Agrarfrucht zu kultivieren."

Swetlana hängt an seinen Lippen und macht einen sinnlichen Mund. „Darf ich mal kosten?"

Kjell Haugland grinst. „Bitte gerne, Frau Mai? Ist das richtig?" Swetlana nickt eifrig und öffnet den Mund. Unser Ausbilder legt ihr eine Beere auf die Zunge. Swetlana schließt genüsslich die Augen, allerdings verzieht sie sekundenspäter angewidert das Gesicht und spuckt die Moltebeere wieder aus. „Ist ja scheußlich!"

Kjell lacht herzlich auf. „Die orangegelben Beeren haben einen hohen Vitamin C-Gehalt. Leider sind sie säuerlich bis bitter. Wer hat eine Vermutung, welchen pH-Wert sie benötigen?"

Lara nähert sich meinem Ohr und hält sich die Hand wie ein Schutzschild neben die Lippen. „Ich lache mich schlapp. Der Bitch hat er ordentlich den Tag *versüßt*. Und niedlich sein Akzent, findest du nicht?", flüstert sie. Ich nicke.

Tina meldet sich zu Wort: „Der Boden muss bestimmt sauer sein." Kjell nickt anerkennend und blickt plötzlich zu mir. „Was meinen Sie, Frau Lettmann? Muss der Boden einen pH-Wert von 3,5 oder 5,2 haben?"

„Bestimmt … Zwischen … ähm … beiden Werten?", erwidere ich mit einem Kloß im Hals. Kjell schenkt mir ein umwerfendes Lächeln. „Ausgezeichnet, Frau Lettmann, oder darf ich Malina sagen?"

Ehe ich antworten kann, mischt sich Swetlana ein: „Herr Haugland … Kjellll, woher wissen Sie … ähm du, wer von uns wer ist? Alle deutschen Auszubildenden, bis auf mich, wurden dir doch gar nicht vorgestellt."

Wenn sie nicht bald aufhört mit den Wimpern zu klimpern, versenge ich sie ihr mit einem Feuerzeug.

„Personalakten mit Bewerbungsfotos und Gespräche mit Frau Breitling." Kjell sieht mir direkt in die Augen.

Fuck!

Erschrocken trete ich zurück und knalle geräuschvoll ans Glas des Gewächshauses. Alle drehen sich zu mir um und schütteln den Kopf über mich Tollpatsch - einzige Ausnahmen sind Kjell und Lara - und widmen sich wieder dem Ausbilder.

„Alles in Ordnung, Malina?"

„Ich … gehe kurz frische Luft schnappen."

Er nickt und wirft mir einen seltsamen Blick zu.

Lara hebt unsicher die Hand. „Darf ich sie hinausbringen? Bin auch sofort zurück."

„Meinetwegen."

Fix verlassen wir das Gewächshaus und begeben uns außer Hörweite.

„Mensch, Malina, was ist los?"

„Seine Augen. Die …“

„Nun sag schon. Ich muss wieder rein.“

„Wolken. Wie vorüberziehende Wolken. Es sah fantastisch aus.“

„Was soll das heißen? Dass er nicht der ist, den er zu sein scheint?“

22

Offenes Feld

Auf dem Weg zu den Versuchsfeldern wirft mir Laurin durch den Rückspiegel aufmerksame Blicke zu und überhört Swetlanas Gegurre und Flirtversuche. Mein Handy surrt. Obwohl Lara im Bulli neben mir sitzt, schreibt sie mir WhatsApp-Nachrichten, damit Zoey und die anderen nicht mitbekommen, was wir zu besprechen haben. Eine angenehme Notlösung.

<Willst du Kjell darauf ansprechen?>, lese ich ihre Nachricht auf meinem Display ab.

<Was soll ich denn, bitte schön, sagen? Hi, Kjell. Deine Augen sind wie geheimnisvolle Wolken. Verrätst du mir dein Mysterium?>
Ich hoffe, mein Text klingt nicht allzu sarkastisch. Lara hämmert Buchstaben in ihr Handy.

<Vielleicht kann er dir Antworten liefern. Das ist endlich unsere Chance!!!!! Wie lange sollen wir noch im Dunkeln tappen? Wag einen Versuch. Du musst doch nicht mit der Tür ins Haus fallen. Taste dich langsam heran. Sei jetzt nicht feige.>

Ich knirsche mit den Zähnen, schlage mein Knie gegen ihres und zische ihr zu: „Ich bin nicht feige, sondern vorsichtig."

Traurig sehe ich aus dem Fenster. Das Gesicht von dem verzweifelten Typen, der mir den Glitzerstein schenkte, erscheint vor meinem inneren Auge.

Ich kann diese Verantwortung nicht mehr tragen, wiederhole ich seinen Satz. *Oh ja, jetzt kann ich dich verstehen. Weiß Gott, was du erlebt hast.*

Mein Medaillon sendet mir tröstende Wärme. Ein wohliger Schauer durchrieselt mich.

„Ist dir etwa kalt? Der Bulli gleicht einer höllischen Sauna", schimpft Alina anklagend und schiebt sich das Haar aus der feuchten Stirn.

Ehe ich antworten kann, kommt das Auto zum Stehen. Neugierig sehen wir hinaus. Laurin schiebt die Tür auf und grinst uns fröhlich an. Galant reicht er einer nach der anderen die Hand zum Aussteigen. Swetlana lässt er schmollend auf dem Vordersitz sitzen.

„Mine Damer, Ladies, Mesdames. Willkommen am norwegischen Weinberg."

„Soll das ein Witz sein? Weinanbau in Norwegen? Völlig unmöglich!" Tina stemmt ungläubig die Hände in die Hüften.

„Abwegig? Verrückt? Vielleicht, aber wird schon seit den Neunzigern in die Tat umgesetzt", sagt Kjell und schlägt die Tür seines Jeeps zu. Norwegische Auszubildende steigen aus einem zweiten Bulli aus und folgen ihm.

Fasziniert schauen wir über die Reben.

„Also, was ist unser Ziel?", fragt Kjell in die Runde.

Mein Ziel ist es, herauszufinden, wer oder was du bist.

Auf alles gefasst beobachte ich seine Augen.

„Lara Kerling, von Ihnen habe ich bisher wenig gehört." Kjell klatscht auffordernd in die Hände. „Was will Rapsynta mit diesem Versuchsfeld erreichen?"

Schmunzelnd sehe ich zu, wie Lara unbewusst seine Augen studiert.

„Tja, ähm …“ Mit einem Mal wird ihre Mimik selbstbewusster. „Um frostresistentere Sorten zu kultivieren.“

Kjell nickt anerkennend und führt uns durch die Weinstauden. Unauffällig halte ich Lara zurück. „Warum wusstest du das auf einmal?“

Sie strahlt mich aufgeregt an. „Deinetwegen.“

Ich stelle mir ein leuchtendes Fragezeichen über meinem Kopf vor. „Wie das? Kapiere ich nicht.“

Lara fasst mir am Arm und schaut mir eindringlich und fasziniert in die Augen. „Ich habe deine Stimme in meinem Kopf gehört.“

Ich schlucke. „Du konntest hören, was ich gedacht habe? Scheiße, wie funktioniert denn das? Hoffentlich ist das nicht schon häufiger vorgekommen.“ Nicht zum ersten Mal wird mir mulmig und vor allem angst und bange.

Himmel! Ich muss meine Gedanken und die scheinbar wachsenden Kräfte irgendwie unter Kontrolle kriegen. Aber wie?

„Vielleicht schützt dich ja der Glitzerstein und lässt nur die Gedanken durch, die ungefährlich für dich sind. Auf jeden Fall war es der Hammer.“

„Schön, dass es dich freut“, sage ich eine Spur zu bissig. Ich habe so was von keinen Bock mehr auf Rätsel. Vielleicht hat das im Endeffekt den Typen zum Selbstmord getrieben.

Wir laufen uns im Weinanbau-Versuchsfeld die Füße wund, bis Laurin uns erlöst. „Pause. Wer kommt mit zum Burger-Imbiss?“ Bereitwillig gesellen sich beinahe alle zu ihm.

„Olive? Kommst du nicht mit?“

„Nein. Mein Appetit hält sich in Grenzen. Ich möchte gerne hierbleiben und alleine die Ruhe und die Natur genießen.“

Lara schaut fragend zu Laurin, der bedrückt wirkt, aber nickt.

Kjell sieht mit ernstem Gesichtsausdruck auf seine Uhr.

„Der weitere Unterricht muss leider ausfallen. Mir ist etwas dazwischengekommen. Wir sehen uns dann morgen." Zügig verschwindet er und ich sehe Kjell erstaunt hinterher.

„Wir holen dich dann später ab", schlägt Laurin vor und holt mich somit erfolgreich aus meinen Gedanken.

„Ok", sage ich. Laurin sieht mich eigenartig ernst an. Schon beinahe unheilvoll. Er öffnet den Mund, als wolle er noch etwas Dringendes sagen, zuckt aber nur unmerklich zusammen und zieht mit all den anderen ab.

Ich schlage die Arme um mich und versuche, mich mit dem Anblick der norwegischen Natur abzulenken. Einige Tränen kullern mir über die Wangen, trotzdem erleichtern sie mir nicht die Verzweiflung in meinem Kopf und die Furcht in meinem Herzen.

Wird mich das gleiche Schicksal ereilen, wie den Vorbesitzer des Diamanten? Werde ich irgendwann so in den Wahnsinn getrieben, dass ich Selbstmord begehen werde?

Meine Finger tasten nach dem Medaillon. Ich küsse es und hole den Stein heraus. Ein wenig zu böse stiere ich den tränenförmigen Glitzerstein an.

„Gib mir endlich Antworten! Du kannst mich doch nicht so lange im Dunkeln stehen lassen! Leuchte für mich!"

Er tut es und hüllt mich gleichzeitig in ein warmes, goldenes Licht. Sogleich verfliegen Ärger, Anspannung, Angst und Ungeduld. So schön das friedliche und warme Gefühl auch ist, das mir der Stein schenkt, bin ich erleichtert, dass niemand dieses Lichtspektakel zu Gesicht bekommt. Meine Male senden ein Kribbeln über meinen Körper.

Das Krähen von Vögeln reißt mich aus dieser Sonnenstrahlenkur, die der reinste Genuss für Körper und Seele ist. Ich sehe gen Himmel. Raben fliegen aufgeregt und wild durcheinander, sammeln sich letztendlich und verschwinden kreischend, als wollten sie eiligst jemandem von diesem Lichtszenario berichten.

Verflucht! Sagte der Asche-Typ nicht, dass er überall Späher besitzt?

Mulmig und auf alles gefasst sehe ich mich um. Wie ein Vorbote des Unheils streift mich plötzlich aufkommender Wind. Nur wenige Augenblicke später höre ich ein Knacken. Ein Knurren lässt mich zusammenzucken. Der Stein fällt aus meiner Hand und landet zwischen den Stauden. Ein rotes Strahlen wird sichtbar. Ein … Warnsignal. Adrenalin malträtiert mein Innerstes. Schnell bücke ich mich und taste hastig nach dem Diamanten. Flügelschlagen erklingt. Ich sehe mich panisch um. Norwegische Steinadler mit dunklem Gefieder versammeln sich über mir.

Das Knurren kam jetzt aber nicht von den Adlern.

Ein Grollen am Himmel. Meine Augen weiten sich. Dunkle Wolken nähern sich, was absolut unrealistisch ist.

„Fuck! Das ist jetzt aber nicht normal!" Meine zittrigen Finger wollen den Glitzerstein im Medaillon verstauen, doch die klammen Finger können ihn nicht halten und er fällt erneut zu Boden. Das heftige Schlagen meines Herzens lässt mich kaum zu Atem kommen. Die Adler stoßen ein fürchterliches Gekreische aus. Am liebsten möchte ich mir die Ohren zuhalten und mich in eine schützende Höhle verkriechen. Da nichts davon möglich ist, schnappe ich mir fix meinen Stein und lege ihn, während ich loslaufe, zurück in mein Schmuckstück. Schwarzer Dunst steigt aus der Erde. Nachdem er sich verflüchtigt hat, versperrt mir ein schneeweißer Husky mit flammenden Augen den Weg. Zähnefletschend kommt er bedrohlich auf mich zu.

Fuck! Kam der gerade direkt aus dem Dunst? Unmittelbar aus der Erde? Ok. Das war´s. Gleich bin ich Hundefutter!

Instinktiv sinke ich in die Knie und greife in die kühle Erde. Eine Wärmewelle durchströmt mich, wandert in meine Hände und lockert die Erdklumpen in meinem Griff. Ich werfe eine Handvoll in die Augen des knurrenden Huskys und wie durch Zauberhand kommt eine riesige Menge Erdbrocken hinterher, sodass der zähnefletschende Hund darunter begraben wird. Ein Lächeln über das Erfolgserlebnis breitet sich in meinem Gesicht aus. Allerdings ist damit das Problem mit den Adlern noch nicht gelöst. Ich laufe hastig durch das Versuchsfeld, die Adler über mir im Schlepptau. Weitere dunkle Nebelschwaden bilden sich und sekundenspäter formatieren sich drei weitere Huskys. Gehetzt blicke ich mich im Lauf immer wieder nach den Verfolgern um. Das Kreischen der Adler erinnert an das Geräusch, wie Fingernägel über eine Tafel kratzen, jedoch fünfmal lauter.

Oh Gott! Nein!

Zwei der Greifvögel stürzen sich auf mich und schnappen nach meinem Haar. Scharfe Krallen bohren sich in meine Schultern. Ich stolpere und stürze. Ein stechender Schmerz breitet sich in meinem Kopf aus.

Scheiße, warum muss ich ausgerechnet an den einzigen großen Stein, der hier liegt, knallen?!

Mit dem Handrücken wische ich mir den Schweiß von der Schläfe und erschrecke.

Verdammt, Blut!

Ich sehe gerade noch, wie die neuen teuflischen Huskys zum Sprung ansetzen. Das Fell glänzt so reinweiß, dass es nicht zu dem diabolischen Zähnefletschen und den furchterregenden, roten Augen passt.

Oh Gott! Die zerfetzen mir gleich die Kehle!

Ich bin wie gelähmt und sehe keine Chance, dem Angriff zu entkommen. Panisch reiße ich die Arme vor mein Gesicht und erwarte den Aufprall.

Doch … nichts passiert.

Kampfgeräusche.

Knurren.

Bestialische Laute.

Jetzt kapiere ich gar nichts mehr. Die Kopfschmerzen breiten sich schnell aus, dennoch erhebe ich mich mühsam und blicke mich um. Meine brennenden Augen erhaschen einen grau-weißen Husky, der die neuen Angreifer in Schach hält. Ungläubig werde ich Zeuge davon, wie die bösen Huskys sich aufbäumen, brüllen und ihre Körper wie Lava glühen. Gefährlich zuckende Blitze leuchten in den Augen meines Retter-Huskys. Ohne zu zögern, springt er dem Feind an die glühende Kehle. Die Luft knistert und der Geruch von verbranntem Fell wabert zu mir herüber. Mit einem Mal stehen die feurigen Huskys in einem Gefängnis aus Blitzen. Das flüssige Magma normalisiert sich und wird wieder zu weißem Fell. Jedes Mal, wenn nur ein Härchen die Blitzgitter berührt, durchzuckt sie Schmerz und sie jaulen unnatürlich gespenstisch auf. Doch ich beachte die Drei nicht weiter in ihrem elektrisierenden Gefängnis. Meine gesamte Aufmerksamkeit richtet sich auf meinen Retter.

Oh Gott! Mein Retter-Husky ist verletzt! Sein Fell hat Verbrennungen.

Ohne meine eigene Platzwunde zu beachten, eile ich zu dem außergewöhnlichen Hund. Schwer atmend liegt er mit geschlossenen Augen auf der rechten Seite. Vorsichtig befühle ich sein Fell. Auch seine Haut darunter ist versengt. Ich hole tief Luft.

Glitzerstein. Hilf mir! Bitte rette ihn!

Flüssiger Diamantstaub verlässt mein Dekolleté und legt sich wie ein Schutzmantel über den Husky. Ich fühle, wie eine Prise des Staubs sich auf meine Stirn legt. Die Kopfschmerzen verschwinden im Nu und das Fell des Huskys glänzt wieder heile. Die untergehende Sonne leuchtet heller, als sie es dürfte. Was für ein Schauspiel! Wie hypnotisiert schaue ich hinter mich. Die teuflischen Huskys verschwinden gerade durch einen bunten Strahl in den Himmel, als hätte sie die Regenbogenbrücke von Asgard in die göttliche Welt geholt.

23

Göttliche Konferenz

„Malina! Mein Gott, wo kommst du denn her? Hast du eine Ahnung, was für Sorgen wir uns gemacht haben?!"

Lara umarmt mich so stürmisch, dass wir gegen den Esstisch knallen und meine Hüfte ein unschönes Gefühl verbreitet. Frau Breitling verlässt ihren Platz bei den Ausbildern und kommt durch die Kantine auf mich zu. „Malina. Was ist passiert? Wir haben die Polizei verständigt."

„Wir wollten dich abholen, konnten dich aber nirgends finden. Laurin war außer sich vor Sorge und Selbstvorwürfen, dich dort alleine gelassen zu haben", fällt Lara der Breitling ins Wort.

„Habe mich verlaufen. Bin per Anhalter hier her. Alles ok."

„Wieso bist du nicht ans Handy gegangen?", beschwert sich meine beste Freundin.

„Akku leer."

Frau Breitling mustert mich streng, um mich anschließend erleichtert anzulächeln. „Dann ruh dich jetzt aus. Lara, besorg deiner Freundin was zu essen. Ich pfeife derweil die Polizei zurück."

Ich setze mich an unseren Stammplatz und verdrücke gierig Pommes mit Miniwürstchen und dazu Salat. „Wo sind die anderen?"

„Schon in ihren Zimmern." Lara rückt näher an mich heran.

„Was ist passiert, Olive?", flüstert sie und stielt mir eine Pommes vom Teller.

„Höllischer Husky-Angriff mit ordentlich Blitzlichtgewitter."

Lara reißt erschüttert die Augen auf und unterzieht mich einer besorgten Musterung.

„Geht es dir gut? Bist du verletzt?", wispert sie, damit niemand unser Gespräch mitverfolgen kann.

„Ich war es. Aber der Glitzerstein hat mich geheilt, Lara. Kaum vorstellbar, aber es ist wirklich passiert."

„Du musst mir nachher im Bett alles erzählen", flüstert sie mir aufgeregt zu.

„Ja. Aber lass mich kurz zu mir kommen. Ich muss mich innerlich zusammenraufen." Ich hole angestrengt Luft, als könnte ich die Last des ganzen Wissens und der Erlebnisse kaum noch tragen. Erschöpft greife ich trostsuchend nach ihrer Hand und suche ihren Blick.

„Lara, ich bin ganz schön fertig! Mein größter Wunsch ist es nur noch, alles zu vergessen und nichts mehr mit alldem zu tun zu haben."

Mitfühlend drückt sie meine Hand und sieht mich verständnisvoll an.

Auf dem Weg zum Gästehaus sehen wir Kjell in seinen Jeep einsteigen.

„Was macht er denn noch hier? Er hat doch längst Feierabend", bemerkt Lara misstrauisch. Kjell bemerkt uns und wirft mir einen merkwürdigen Blick zu, den ich überhaupt nicht deuten kann. Knapp nickt er mir und Lara zum Abschied zu und wendet sich zum Gehen. Ich nicke automatisch zurück.

„Vielleicht hat er sich nach dir erkundigt", mutmaßt Lara.

„Ein Anruf hätte doch gerei …" Mir bleibt die Spucke weg.

„Olive? Was ist? Du siehst aus, als hättest du einen Geist gesehen."

Ich sehe Kjell davonfahren.

„Angesengt."

„Was? Sprich nicht ständig in Rätseln, Olive."

„Sein Haar …"

Lara zieht mich ins Gästehaus, schubst mich die Treppe hinauf und poltert mit mir ins Zimmer. Mit Mühe zerrt sie mir meine Geschichte aus der Nase.

„Kjell … war … der Husky? Bist du dir sicher?"

Verärgert stehe ich vom Bett auf und gehe, mit vor der Brust verschränkten Armen, ans Fenster. „Hundertprozentig bin ich es nicht."

„Ich habe keine angesengten Haare gesehen, Malina."

Ich fahre mir mit den Händen über´s Gesicht. „Ich bin erledigt und weiß gar nichts mehr. Mein Kopf kann nicht mehr klar denken. Ich brauche Schlaf."

*

„Ich schlage Juno vor. Sie sollte gehen und mit dem Mädchen sprechen", höre ich die römische Göttin Vesta in meinem Traum sagen.

„Nein! Sie hat mich im *Forum Romanum* gesehen. Sie würde mich sofort erkennen und wittern. Wir sollten sie nicht verschrecken und in die Flucht schlagen. Wir müssen äußerst behutsam vorgehen. Schließlich haben wir die Chance, eine lebende Avyena zu unserer Verbündeten zu machen."

„Schicken wir Apollo! Ein hübscher Mann, der sie um den Finger wickeln kann", schlägt Justitia vor.

Neuankömmlinge betreten die säulenreiche Halle. Jupiter erhebt sich von seinem Thron und heißt die Götter Willkommen.

„Horus, Hathor, Nut und Maat! Ich begrüße Euch in meinem Hause. Danke, dass Ihr es einrichten konntet, zu kommen! Wir haben uns Jahrhunderte nicht gesehen."

„Ein Jahrtausend trifft es eher", berichtigt Maat.

„Wenn die Göttin der Wahrheit das sagt, werde ich nicht widersprechen." Jupiter neigt höflich und respektvoll das Haupt vor seinen Gästen. Die ägyptischen Götter tun es ihm gleich. Weitere Gottheiten betreten den Saal.

„Zeus, Hera und Poseidon, seid gegrüßt!" Juno lächelt und umarmt Hera herzlich. Poseidon setzt sich zu Neptun und dreht seinen Dreizack in der Hand. „Es muss wahrlich etwas Wichtiges sein, wenn eine göttliche Konferenz einberufen wird", stellt Poseidon fest, wendet seinen Blick jedoch nicht von seinem Dreizack ab.

„In der Tat", donnert mit einem Mal Odins Stimme durch den Raum.

„Allvater", erklingen die Stimmen mehrerer Götter wie im Chor.

Ein dunkelhaariger Mann taucht an Odins Seite auf, der ihn offenbar begleitet.

Loki.

Ich schrecke hoch.

Nein, nein, nein! Los, ich muss wieder einschlafen! Muss hören, was sie noch sagen. Fuck!

Wütend trete ich die Decke fort, springe aus dem Bett und eile ans Fenster. Schwungvoll reiße ich die Vorhänge auf und sehe zu den Sternen. Sie funkeln mir entgegen, als wollten sie mich grüßen. Laras ruhige Atmung dringt an mein Ohr. Wie sehr ich sie beneide.

Irgendwo dort draußen im Universum reden jetzt ein Dutzend Götter über mich. Echt klasse!

Mein Blick wandert hinunter zum Hof. Ein Anblick, den ich nie erwartet hätte, und eine gerührte Freude erfüllen mein Herz.

Mein Schutzengel-Husky. Er hält Wache. Unfassbar!

Ich ziehe mir eine mintfarbene Fleecejacke über meinen lila Pyjama und eile die Treppen hinab zum Hof. Der Husky wittert mich sofort und kommt auf mich zu. Seine kühle Nase stupst gegen meine Hände. Ich kraule verliebt sein Fell und umarme dann seinen kräftigen Hals.

„Mein persönlicher Security-Husky." Ich strahle über das ganze Gesicht, wie ein kleines Mädchen vorm Weihnachtsbaum. Die ungewöhnlichen Augen des Tieres sehen mich an. Die vorbeiziehenden Wolken in ihnen verzaubern mich und halten mich in ihrem Bann. Sanft streichle ich seinen Kopf und drücke einen Kuss auf seine Stirn. Ein wohliges Knurren erklingt. Ein seltsames Leuchten umschließt uns wie ein schützender Kokon. Seufzend presse ich meine Stirn an seine.

„Kjell? Ich glaube, wir müssen dringend mal reden."

Die Augen des Huskys weiten sich erschrocken.

24

Belästigung

Zapplig wie ich bin, halte ich das Frühstück kaum aus. Ich will so schnell wie möglich zur Saatgutanalyse ins Labor, um Kjell, den Gestaltwandler, in natura zu sehen. Innerlich bete ich darum, einige ungestörte Minuten mit ihm verbringen zu können. Mein Drang, zu reden, treibt mich in den Wahnsinn.

Als es so weit ist, traue ich mich vor Aufregung nicht, den Fuß über die Türschwelle zu setzen. Mein Herzklopfen erscheint mir so ohrenbetäubend, dass ich mich dümmlich umschaue, ob es jemand hören kann. Swetlana schubst mich in den Raum. „Los, mach Platz!“

„Ach, halt die Klappe, Swetlana!“

Da sie reine Zeitverschwendung bedeutet, ignoriere ich ihren bissigen Blick und halte weiter nach Kjell Ausschau.

Himmel, warum bin ich jetzt so fürchterlich nervös? Reiß dich zusammen, Malina!

Kjell betritt den Raum. Er wirkt ernst und mir sackt das Herz in den Magen. Der gewohnte Schalk in seiner Stimme und in seinen Augen ist verschwunden. Er wirft mir nur einen kurzen Blick zu, was mich enttäuscht.

Was hast du erwartet? Dass er sich vor all den anderen Auszubildenden an deinen Hals wirft? Meine innere Stimme schüttelt den Kopf über so viel Naivität.

Er gibt uns Aufgaben zur Qualitätsanalytik und schaut uns gelegentlich über die Schulter. Als er meine scheinbar versehentlich berührt, durchzuckt es mich wie ein Energieschlag. Perplex schaue ich ihn an. Nur kurz lese ich an seinem verblüfften Gesichtsausdruck, dass er das Gleiche gespürt hat. Ein winziges Lächeln deutet sich an seinem Mundwinkel an.

Denk nach, Malina. Denk angestrengt nach! Du musst mit ihm sprechen. Versuch seine Gedanken zu erreichen!

Meine innere Stimme hat gut reden, ständig Forderungen, aber keine Lösungsvorschläge! Dennoch schließe ich kurz die Augen und konzentriere mich auf den Wunsch, Kjell möge meine Stimme in seinem Kopf hören. Wie schwer kann das sein? Bei Lara hatte es doch auch geklappt. Zwar unbewusst, aber es war passiert.

Kjell? Kannst du mich hören? Bitte, wir müssen unbedingt reden!

Er geht um meinen Arbeitstisch herum und schaut mir erstaunt in die Augen. Sekundenlang sehen wir uns gebannt an. Swetlana scheint uns zu beobachten und bestellt Kjell zu sich. Ich stoße gewurmt die angehaltene Luft aus und sehe zu den beiden hinüber.

Möge Kotzerei sie treffen! Blöde Kuh!

Ich schlage leicht mit der Faust auf den Tisch. Mit einem Mal hält sie sich die Hände vor den Mund.

„Sorry, ich muss mal … *würg* … raus!“ Swetlana stürzt aus dem Labor. Verblüfft reiße ich die Augen auf.

Ups! War ich das? Wirklich …?

Ich reibe mir unwohl die Stirn.

Gut, dass ich ihr nicht die Pest an den Hals gewünscht habe.

Ein wenig ängstlich schaue ich mir meine Hände an, als könnten sie hexen.

Na supi! Ich komme mir vor wie Hermine Granger und Harry Potter in einer Person. Nur mit dem Unterschied, dass ich keinen Zauberstab benötige.

„Möchte noch jemand an die frische Luft? Dann machen wir eine extra Pause." Das lassen sich die Raucher nicht zweimal sagen und verschwinden. Laurin erscheint an der Labortür und winkt mir und Lara zu. Freudig geht sie zu ihm.

„Olive? Kommst du nicht mit?", fragt Lara und deutet mit dem Kopf nach draußen.

„Ne, Lara, geht ruhig." Sie schenkt mir ein wissendes Lächeln. Laurin wirft mir einen eindringlichen Blick zu und mein Körper fühlt sich förmlich zu ihm hin gezwungen. Mit aller Kraft widersetze ich mich dem seltsamen Gefühl. Zum Glück schließt Lara die Tür und ich bin mit Kjell alleine. Ich hole tief Luft und blicke zu meinem Ausbilder, der mich abwartend mustert.

„Geheimnisvolle Malina, was besitzt du, dass die Späher der dunklen Götter hinter dir her sind?"

Überrumpelt von seiner, hundertprozentig auf den Punkt bringenden Frage starre ich ihn sprachlos an. Unsicher zeichne ich mit dem Zeigefinger einen imaginären Blitz auf die Metalltischplatte. „Geht es dir wieder gut? Seit wann bist du ein Gestaltwandler?"

Kjell zieht sich den weißen Laborkittel aus und schiebt sich die Ärmel seines dunkelroten Langarmshirts hoch. Eine Brandnarbe zeichnet sich noch schwach an seinem linken Arm ab. Er fängt meinen Blick ein. „Bald ist alles gänzlich verheilt. Danke, dass du die Heilung beschleunigt hast."

Ignoriert er absichtlich meine Frage nach seiner Gestaltwandlung?

Er kommt näher auf mich zu und fährt sich mit den Händen durch sein Haar, das sich ein wenig aus dem Zopf gelöst hat.

Himmel, Kjell, bist du etwa … nervös?

„Bist du die, die die Götter suchen?“, fragt er abrupt und sucht erneut meinen Blick. Ich bin nicht in der Lage, auf seine Frage einzugehen. Viel zu verblüfft starre ich auf seinen rechten Arm.

„Du bist …“ Weiter komme ich nicht, da die Tür aufschwingt.

„Herr Haugland, könnte ich Sie bitte kurz sprechen?“

Hmpf, Frau Breitling, echt mieses Timing!

Kjell schenkt mir einen unauffällig entschuldigenden Blick und begibt sich zu Frau Breitling, die in der Tür steht. Ihre Mimik strahlt nicht gerade Herzlichkeit aus. Obwohl sie die Tür anlehnen, kann ich ihre laute Stimme hören.

„Herr Haugland, mir ist zu Ohren gekommen, dass Sie sich nicht an den Unterrichtsplan halten und zudem mit meinen Schülerinnen flirten. Das ist inakzeptabel! Ich wollte nicht sofort zur Geschäftsleitung rennen, da ich Ihnen die Chance geben möchte, sich zu erklären. Also?“

„Frau Breitling, ich versichere Ihnen, dass ich in keinster Weise einer Schülerin zu nahe gekommen bin. Und es tut mir leid, wenn ich Sie bezüglich des Plans verärgert habe. Um die Auszubildenden zu motivieren, gehe ich lediglich jugendlich-locker mit meinen Schützlingen um und es kamen bisher nie Beschwerden deswegen.“ Ich stelle mir vor, wie Frau Breitling ihm ihren Finger in die Brust pikt.

„Ich werde Sie im Auge behalten!“

Hm, wollen wir die olle Breitling auch ein bisschen kotzen lassen? Meine innere Stimme kann so böse sein.

„Malina? Begleitest du mich bitte?“

Seufzend ziehe ich meinen Laborkittel aus, hänge ihn an den Haken an der Wand und folge Frau Breitling, jedoch nicht, ohne noch einmal zurückzuschauen. Kjell schenkt mir einen fragenden Blick.

Im Hauptgebäude gehen Frau Breitling und ich in das Büro für Gästeausbilder. Ein pflanzenreicher Raum, in grün und gelb gestrichen. Meine Ausbilderin setzt sich in den Ledersessel hinter ihrem Schreibtisch aus Glas. Ich lasse mich auf den schwarzen Freischwinger-Stuhl vor ihrem Tisch fallen und warte auf den Beginn des Gesprächs. Konzentriert nimmt Frau Breitling ihre Brille ab und putzt sie.

Scheinbar ist ihr das kommende Thema unangenehm, zumindest wirkt sie, als wolle sie Zeit schinden. „Malina, wie geht es dir? Ist alles in Ordnung?"

„Ja, Frau Breitling."

„Ich mache mir viele Gedanken und Sorgen um dich. Der kürzliche Verlust deiner Mutter geht mir sehr nahe. Das übersteigt meine Vorstellungskraft, wie schlimm das für dich sein muss. Und dann hast du dich in den Versuchsfeldern so fürchterlich verlaufen … Wenn ich dir irgendwie helfen kann, dann sag es mir bitte." Sie setzt sich die Brille wieder auf, faltet die Hände auf dem Tisch zusammen und sieht mich prüfend an.

„Es geht mir gut. Ich habe Lara und mehr Gesprächspartner benötige ich nicht", sage ich in einem unmissverständlichen Ton.

Sie nickt und akzeptiert offenbar meine Verschlossenheit in Bezug auf meine Familie. Sekundenlang mustert sie mich.

„Malina, ich frage dich das nur sehr ungern, aber …" Meine Ausbilderin seufzt hörbar laut. „Hat dich Herr Haugland sexuell belästigt?"

Ich setze mich kerzengerade hin. „Nein! Um Gottes Willen! Natürlich nicht! Er ist einfach nur cool drauf. Wie kommen Sie denn auf solch einen Schwachsinn?"

Er lässt mein Herz wie verrückt flattern, aber das binde ich Ihnen bestimmt nicht auf die Nase.

Erleichtert sieht sie mich an. „Nun gut. Dann bin ich froh. Es wurde etwas angedeutet."

„Von wem?", schießt es aus mir heraus.

„Das tut nichts zur Sache. Ich freue mich, wenn es dir den Umständen entsprechend gut geht. Wie gefällt dir die überbetriebliche Ausbildung?"

„Super! Es ist fantastisch hier."

Wer behauptet bloß solch einen Mist über Kjell?

Frau Breitling nickt und lächelt wissend.

„Dann freut es dich vielleicht zu hören, dass eine Übernahme nach Beendigung der Ausbildung nach Norwegen machbar ist."

„Das wäre wirklich toll!"

„Malina, ich möchte, dass du weißt, dass du mit jedem Kummer zu mir kommen kannst."

Hatten wir das nicht bereits? Sie lässt nicht locker.

„Danke."

Meine Ausbilderin nickt. „Gut. Du kannst gehen." Sie schaltet ihren Computer an und läutet damit das Ende des Gesprächs ein. Wortlos erhebe ich mich und verlasse das Büro.

„Unfassbar! Das hat die Breitling echt gefragt? Ist ja übel. Wer könnte bloß solch ein Gerücht in die Welt gesetzt haben? Das ist scheiße für Kjell." Lara nimmt sich das Gespräch, welches ich mit unserer Ausbilderin hatte, regelrecht zu Herzen. An ihrem Kreuz herumspielend fängt sie unvorhergesehen zu lachen an. „Aber Swetlanas Kotz-Gesicht werde ich niemals vergessen! Ich kann nicht fassen, dass deine neu erworbene Macht das verursacht hat. Meine powervolle Freundin! Zu schade, dass ich damit nicht angeben kann. Aber um auf Kjell zurückzukommen, bist du dir da sicher?"

„Ich weiß, was ich gesehen habe. Und ich meine nicht die Verbrennung. Es ist eindeutig. Ich habe den Makel an seinem rechten Arm wiedererkannt."

„Wow! Ein echter Gott unter uns! Aber da sieht man mal, dass Götter doch nicht so perfekt sind. Was macht er bloß hier? Ein Menschenleben führen? Abwechslung suchen vom göttlichen Zuhause?", fragt Lara aufgeregt.

„Kjell Haugland, was für eine gute Tarnung. Jedenfalls lebt er schon länger hier, sonst würde Swetlana ihn nicht kennen", pflichte ich Lara bei.

„Ich bin am Verhungern. Los, wir müssen uns beeilen! Die Mittagspause ist bald vorbei." Um ihren Satz zu unterstreichen, knurrt Laras Magen geräuschvoll.

„Ich habe keinen Hunger. Ein Apfel reicht mir. Geh ruhig. Wir sehen uns später." Verunsichert sieht Lara mich an.

„Ich lasse dich aber nicht mehr gerne alleine, Olive."

„Ja, ich weiß, aber ehrlich, was willst du gegen zähnefletschende Huskies tun? Mit deinem Kreuz vor deren Nase herumfuchteln?"

Lara schüttelt sich bei dem Gedanken. „Brrr! Ich würde wahrscheinlich vor Angst sterben."

„Na toll! Dann müsste ich nicht nur meinen Arsch retten, sondern deinen gleich dazu.

„Ok, ich hab´s kapiert! Ich wäre nur eine Last. So, ich geh jetzt aber! Habe echt Hunger. Hoffentlich erwische ich noch Laurin beim Essen. Pass auf dich auf, ja? Und geh nicht zu weit."

25

Nichts als die Wahrheit

Das Gelände nennt drei große und vier kleine Gewächshäuser sein Eigen. Das Größte umfasst knapp einen Hektar. Ich schlüpfe in den Gewächshauskomplex. Unter Pflanzen fühle ich mich geborgen, die verzapfen wenigstens keinen Müll.

Alle Mitarbeiter machen momentan Pause und ich kann die Ruhe genießen. Entzückt erkenne ich, dass ich in dem Rosenparadies gelandet bin, das wir bei der Besichtigung nur kurz gestreift hatten. Genießerisch stecke ich die Nase in die Blüten.

Krass, solch ein Dufterlebnis hat mir bisher noch keine Rose geschenkt!

Meine Finger fühlen über die weichen Blütenblätter.

Kjell? Wenn du mich hören und ohne Schwierigkeiten kommen kannst, findest du mich im Gewächshaus der Rosen. Ich habe unendlich viele Fragen und hoffe, dass du Antworten darauf hast.

Zack!

Mit einem Ruck werden meine Füße und Handgelenke von Wurzeln, Stämmen, Ästen und Zweigen der Rosen umschlungen. Die Stacheln reißen mir über die Haut. Ich bin viel zu perplex, um zu begreifen, was das für eine neue Teufelei ist. Andere Wurzeln und Zweige verbinden sich zu einer Gestalt mit Dornen als Zähnen.

Ok, Glitzerstein. Jetzt kann ich deine Hilfe gebrauchen!

Meine unheimlichen Fesseln schlingen sich immer fester um mich, je mehr ich daran zerre. Panisch versuche ich, mich frei zu strampeln, verstricke mich jedoch nur noch mehr in ihnen.

Ein mir unbekannter Pflanzentechnologe betritt das Gewächshaus, nimmt sich ein Tablet und scheint seine Ergebnisse über die Rosen einzutippen.

„Helfen Sie mir! Bitte schneiden Sie mich los!"

Keine Regung.

„Hallo! Ich bin hier! Verdammt! Sehen Sie mich nicht, oder was?!"

Er kommt näher und tippt seelenruhig auf seinem Tablet weiter, bis er vor mir steht. Ich sehe ihm genau in das sommersprossige Gesicht und könnte ihm auf die Geiernase spucken oder an den unordentlichen, roten Haaren ziehen.

Er. Sieht. Mich. Nicht.

Mein Herz fällt mir bis zu den Füßen. Kalte Angst lähmt mich. Die Pflanzengestalt ist beinahe vollständig ausgebildet und schickt ihre dünnen Wurzelärmchen auf Erkundungstour.

Steeeiinnn! Warum hilfst du mir nicht?! Jetzt ist nicht die Zeit für ein Nickerchen!

Die Wurzelarme schlüpfen unter meine Klamotten.

Oh mein Gott! Nein! Stein, er darf dich nicht kriegen! Verdammt! Was ist das schon wieder für eine verflixte Parallelwelt?!

Kjell betritt das Gewächshaus und sieht sich suchend um. Nur wenige Meter trennen uns voneinander.

Kjjeellll!!!!

Der Pflanzentechnologe ist weitergegangen und nimmt von meinem Ausbilder keine Notiz. Hilfesuchend sehe ich zu Kjell, in der Hoffnung, dass er nicht die andere Richtung des Gewächshauses wählt. Meine Furcht hat mich schockgefrieren lassen. Eine Wurzel berührt mein Medaillon. Blut quillt aus meinen unzähligen Kratzwunden.

Ich wage einen letzten Blick zu Kjell, in der Annahme, ihn nie wieder sehen zu können. Seine Mimik wirkt, als würde er mit allen Sinnen lauschen.

Kjell. Ich bin hier. Beinahe neben dir!

Ich kann kaum noch schlucken. Die Wurzeln pressen mir die Kehle zu.

Kjells Augen zucken wie Blitze. Da! Endlich! Er reißt sie schockiert auf, als er mich in dieser göttlichen Parallelwelt entdeckt. Schnell vergewissert er sich, dass er keine ungebetenen Zuschauer hat, und rennt los. Er macht einen gewaltigen Sprung, taucht in die Parallelwelt ein und plötzlich verändert sich seine gesamte Erscheinung. Ein roter Umhang flattert. Sein lederner Kampfanzug sitzt wie angegossen. Mit einem silberglänzenden Hammer zerschlägt er die bösartige Wurzelgestalt, die mit ihren Dornenzähnen nach mir schnappen will und dessen Wurzelarm mir das Medaillon vom Hals reißt. Kjell schlägt alles kurz und klein und fängt mit der anderen Hand mein Medaillon auf.

Behutsam löst er meinen Körper von den stachelreichen Ästen und Zweigen. Überall, wo seine helfenden Hände meine zerschundene Haut berühren, durchzuckt es mich wie ein kribbelnder Blitz. Dankbar und selig sehe ich ihn an. Er umfasst meinen Kopf und streicht zärtlich mit den Daumen über meine Wangen. Besorgt schaut er mich an.

Verflucht noch mal, dieser Blick!

Ich versinke in den Anblick seiner blauen Augen, die in ein schimmerndes Türkis wechseln und für drei Sekunden funkeln, als wären Sterne in der Iris. Verträumt, mit einer großen Portion

Wunschdenken, bilde ich mir ein, dass seine Augen seine wachsenden Emotionen für mich ausdrücken.

Mein Gott! Ich sehe direkt in den Himmel, so schön und blau sind seine Augen. Und die schemenhaften Wolken, die darin vorüberziehen, geben mir endgültig den Rest.

Vorsichtig hebt er mich auf seine Arme. Seufzend schmiege ich mich an ihn, während in meinem Bauch eine Schar Libellen eine ausgelassene Party feiern und mich mit ihren Flügeln daran erinnern, wie hingerissen ich bin, in seinen Armen zu liegen.

Mein Retter schenkt mir ein keckes Lächeln. „Schon wieder in Schwierigkeiten, geheimnisvolle Malina?"

Ausgelaugt lächle ich ihn an, versage jedoch kläglich und schaffe es nur, eine verzerrte Grimasse zu ziehen. „Bist du so eine Art Thor-Kopie oder der leibhaftige Donnergott?"

Verblüfft sieht er mich an. „Du weißt, wer ich bin?"

„Ja. Ich habe dich und deinen Vater Odin in einem Traum entdeckt. Allerdings konnte ich dein Gesicht nicht sehen, aber ich habe deine gezackte Narbe wiedererkannt."

Müde lehne ich meinen Kopf an seine Schulter. „Ich bin erledigt. Das ist alles zu viel für mich. Können wir von hier verschwinden? Bitte." Flehend schaue ich hoch.

Ein geräuschloses Blitzlichtgewitter erscheint, hüllt uns schmerzlos ein, wechselt zu Regenbogenfarben und schickt uns auf eine magische Reise.

Wie von einer Seifenblase umhüllt, rauscht der Anblick von fliegenden Sternen an mir vorbei. Der Wow-Effekt bleibt mir im Halse stecken. Ich bin viel zu fasziniert, als dass ich nur einen Pieps sagen könnte. Die Regenbogenfarben wechseln in metallisch glänzendes Türkis, dann ist für einige Sekunden alles schwarz um mich herum.

Kjell … Thor … Ein und derselbe Mann trägt mich aus einer gläsernen Säule, deren gelartiger Inhalt in bunten Farben leuchtet. Erstaunt fasse ich in mein Haar. Alles trocken. Kein Glibber. Muss wohl was Magisches sein.

Thor stellt mich auf meine Füße. Doch ich schwanke und er legt unterstützend seinen rechten Arm um meinen Rücken. Seine Berührung jagt ein wohliges Kribbeln über meine Haut. Neugierig blicke ich mich zur Säule um. Ein Wächter mit einem Schwert, das leuchtet wie reiner Kristall, steht neben der Säule.

Das muss Heimdall sein, schießt es mir durch den Kopf. Ich erhasche Thors Blick, der neugierig auf mir ruht.

Wow! So richtig real als Thor ist er noch viel heißer als im Traum oder in seiner menschlichen Tarnung. Irgendwas ist anders. Verlockender. Sinnlicher. Glänzender.

Er lächelt kess, nimmt wortlos meine Hand und führt mich aus diesem Raum, der nur die Säule des *Bifröst* beinhaltet. Die Halle, die nun folgt, ist ein wahrer Augenöffner. Etwa vier Meter große, Statuen aus Malachit von Odin, Thor, Loki und mir unbekannten Frauen ragen vor mir auf. Durch gläserne Säulen rauscht ein eigenartiges Sterngebilde, als schaue man in einen Nachthimmel. Der Boden glänzt wie geschliffener Onyx.

„Ist die Statue eine Abbildung deiner Mutter?“ Ich weise auf eine prunkvolle Statue, die einer Königin würdig ist.

Thor lacht amüsiert. „Nein. Das ist Frigg. Königin der Asen und Odins Gemahlin.“

„Ich dachte, deine Mutter heißt Frigga und ist die Königin.“

„Du solltest den amerikanischen Filmen nicht so viel Glauben schenken. Frigg ist Odins Gemahlin. Aber er hat auch viele Geliebte, Jörd, meine Mutter. Rind, Grid und … ach … lassen wir das.“

Hui, Odin ist also ein Schürzenjäger.

„Wo sind wir hier?“ Meine Stimme hallt unangenehm laut durch den riesigen Saal.

„Willkommen in Valaskjalf. Götterpalast Odins.“

„Bringst du mich jetzt zur Götterkonferenz?“

Thor bleibt stehen und sieht mich sprachlos an. „Warum weißt du davon?“

„Die Frage ist wohl eher, warum dort so lange über mich diskutiert wird, anstatt mir zu helfen.“ Ich verziehe schmollend das Gesicht, was ihn erneut zum Lachen bringt.

„Du kennst das doch aus deiner Welt. Es ist wie mit Politikern. Lange Diskussionen, bis endlich Taten folgen, weil sie sich alle uneins sind.“

„Also? Bringst du mich nun dorthin?“

Statt mir zu antworten, öffnet er mit einem Mal eine silberne Tür zu unserer linken Seite und bittet mich in den kleinen Salon, der sich dahinter befindet. Das Zimmer ist voller Regale, die mit Flakons, Fläschchen und Dosen gefüllt sind. Stumm bittet er mich, auf einer champagnerfarbenen, antiken Chaiselongue Platz zu nehmen.

„Nein. Die Konferenz findet im *Forum Juno* statt. Ich habe nicht vor, dich in Italien all den vornehmen Gottheiten zum Fraß vorzuwerfen.“

„Leben die Götter in eine Art … Zwischenwelt, Parallelwelt?“

„So in etwa, ja. Sie leben zwischen den Welten. Sie können problemlos die Barriere passieren und die Erde betreten. Die Meisten bevorzugen die göttliche Welt. Einige leben unter den Menschen.“

„So wie du“, stelle ich fest.

Ich sehe Thor dabei zu, wie er den Deckel eines blauen Tiegels öffnet und daraus eine schimmernde Creme entnimmt. Behutsam trägt er das Zeug auf meine Kratzer auf, die zügig verheilen und verblassen, was ich allerdings nur am Rande wahrnehme. Seine Berührungen sind viel interessanter.

Hätte mir diese Raubtier-Pflanze nicht noch mehr Schrammen verpassen können?

Er reibt sogar meine von Neurodermitis erkrankte Haut damit ein, die von der ganzen Aufregung offensichtlich wieder am Sprießen ist. Die Salbe kribbelt angenehm auf meiner Haut - oder sind es seine Hände, die dieses prickelnde Gefühl verursachen?

Seine Finger wandern höher und streichen die Funkelcreme über meinen Hals. Unsere Blicke treffen sich.

Habe ich mich jemals so intensiv nach einem Kuss gesehnt?

Verträumt und voller neuer, unerwarteter Wünsche schließe ich kurz die Augen. Jedoch geschieht nichts. Seine Hände lassen von meiner Haut ab. Ich blicke ihn wieder an. Er schließt den Deckel des Tiegels und sieht dabei eigenartig konzentriert aus, als müsse er sich zusammenreißen. Ohne seine Berührungen verflüchtigt sich das wunderschöne Gefühl, das mich lebendiger macht, als alles andere jemals zuvor. Enttäuscht wünsche ich mir seine Hände zurück, die mit einer einzigen Berührung meine Sorgen verblassen lassen können. Die mit ihrer Wärme ein Licht in meinem kaputten Inneren entzünden, von dem ich nicht mehr dachte, dass das möglich wäre.

Thor holt aus einer Innentasche seines Anzugs, seiner Lederrüstung - was zum Teufel hat er da eigentlich an? - mein Medaillon hervor. Automatisch fasse ich mir an die Brust.

Oh Mann! Wie kommt es, dass es mir nicht gefehlt hat? Sonst bin ich doch immer in Panik geraten.

Er nimmt meine Hand, legt das Schmuckstück hinein und schließt sie sanft.

Wie hättest du es vermissen sollen? Deine Gedanken sind doch ganz woanders. Meine innere Stimme kichert hinter vorgehaltener Hand.

Ich sehe auf meine Handfläche und streichle das Medaillon.

„Warum hat der Stein mir nicht geholfen?", flüstere ich, mehr zu mir selbst.

„Dazu müsste ich erst mal wissen, um welche Art Stein es sich handelt", antwortet Thor, obwohl die Frage nicht an ihn gerichtet war.

Bereit, ihm zu vertrauen, öffne ich mein Medaillon und hole den tränenförmigen Diamanten aus dem Geheimfach heraus. Thor sieht auf das Kleinod und reibt sich nachdenklich die Lippen.

„Darf ich?", fragt er ehrfürchtig. Ich nicke und überreiche ihm den Glitzerstein. Der kleine Diamant wirkt in seinen großen, starken Händen nun noch viel winziger. Er dreht und wendet ihn prüfend. Seine Augen verändern sich. Der wolkenreiche Anblick mit Blitzen erfüllt seine Augen und mein Diamant beginnt zu funkeln.

„Dein magischer Stein besteht aus purer Naturenergie."

„Und was ist er? Wo kommt er her? Was bedeutet seine Existenz?"

Er grinst mich verschmitzt an und legt das Kleinod zurück in mein Medaillon. „Die geheimnisvolle Malina besitzt viele Fragen und hat keine einzige Antwort auf ihre Magie. Wie bist du in seinen Besitz gelangt?"

Ich öffne den Mund, um meine Abenteuer zu erzählen, da streifen seine Finger über meine Lippen. „Schhh! Sag noch nichts!"

Bevor ich die Berührung an meinen Lippen genießen kann, zieht er die Finger fort, als hätte er sich an mir verbrannt.

„Komm mit!", befiehlt er eine Spur zu schroff und zieht mich abrupt auf meine Füße.

Hoppla, was ist denn jetzt mit ihm los? Seine flirtende Art gefällt mir besser.

Ich folge ihm zu einer Wand, an der ein etwa sechzig Zoll großer, goldener Bilderrahmen hängt. Das Bild sieht glitschig aus, wie glitzernder Wackelpudding, der die Farbe wechselt. Thor hebt meinen Arm und streicht sanft über meine Haut. Dann führt er meine Handfläche an das Bild und presst sie auf das eigenartige Gel. Das Bild verschwimmt. Die Farben geraten in Bewegung, wie die Wellen im Meer. Thors Wange berührt beinahe die meine, doch er geht erneut auf Abstand, obwohl ich mich am liebsten an ihn geschmiegt hätte. Seine göttliche Anziehungskraft ist eine Wucht. Ich möchte wissen, wie sich seine Lippen anfühlen und wie ein Kuss von ihm schmeckt. Sehnsüchtig schließe ich für einige Sekunden die Augen und sauge seinen Sandelholz-Leder-Götterduft ein. Mir ist klar, dass ich mich auf wichtigere Dinge konzentrieren muss und Antworten auf all meine Fragen brauche, doch seine Nähe blendet alles andere aus.

Verflucht! Was macht der Kerl mit mir? Kann ich diesen Suchtzauber irgendwie abstellen?

„Jetzt erinnere dich an deine Erlebnisse", fordert er mich monoton auf. Der Hauch seines Atems streift mich. Ein wohliger Schauer wandert über meine Haut. Auf das, was vor mir mit diesem Bild geschieht, Acht zu geben, fällt mir unglaublich schwer.

Thor rückt einen Schritt von mir ab. „Konzentrier dich, Malina!", blafft er mich an. Wie ein gescholtenes Kind ziehe ich den Kopf ein.

Jap, warum sollte es dir so gehen wie mir? Eine flachbrüstige, halb Erwachsene, Vollwaise mit ekelhafter Haut ist nicht gerade so anziehend wie eine Emma Watson oder Vanessa Hudgens.

Also höre ich auf, ihn wie unter Drogen anzuhimmeln, und konzentriere mich.

Erstaunt sehe ich, wie auf dem Bild die *Terrazzo Mascagni* erscheinen. Wie ein Film werden meine Erinnerungen auf dem Bild gezeigt. Meine Seitenblicke zu Thor zeigen mir, dass er die Ereignisse aufmerksam verfolgt. Bei meiner Begegnung mit dem Wurzel-Monster und wie Thor mich rettet, breche ich meine Erinnerungen ab und ziehe die Hand vom Bild zurück. Thor wirkt nachdenklich. Schweigend warte ich, bis er mich anspricht. Anstatt etwas zu sagen, wendet er sich vom Bilderrahmen ab und geht zu einer Raben-Skulptur. Er drückt auf den zitrusgelben Schmuckstein, der das Auge des Raben darstellen soll. Zu meiner Verblüffung teilt die Skulptur sich und klappt wie ein Buch auf. In seinem Inneren kommt ein Regal mit vier Einbänden zum Vorschein. Ein besonders altes und kostbar aussehendes Buch entnimmt er. Ehrfürchtig streiche ich über den reich verzierten Buchdeckel.

„Ist das Buch so schwer, wie es aussieht? Es ist wunderschön mit diesem eingeschliffenen Wasserfall-Effekt und den besetzten Saphiren."

Mit einem verschmitzten Grinsen legt Thor mir das Buch auf die Handflächen. Ich kippe beinahe nach vorne. Lachend nimmt er mir die Kostbarkeit wieder ab und trägt sie zu einem stabilen Buchständer aus Stein.

Na, zum Glück lächelt er wieder.

„Kann das Buch uns etwas über den tränenförmigen Diamanten sagen?"

Thor streckt die Hand nach mir aus. „Das wird dein Glitzerstein selbst tun."

Fragend reiche ich ihm erneut meinen Stein. Thor schlägt den schweren Buchdeckel, der aus purem Silber besteht, auf. Ein Sternenbild prangt auf der ersten Seite. Behutsam legt er den tränenförmigen Diamanten auf das Bild. Die Sterne beginnen zu leuchten, nehmen mit einem Mal den Stein in sich auf und lassen ihn im Buch verschwinden.

Ok, das ist krass! Das Buch hat gerade meinen Glitzerstein geschluckt!

Ich warte unruhig und kaue nervös auf der Unterlippe herum, doch nichts passiert. Offenbar kann ich nicht sehen oder hören, was da zwischen dem Buch und Thor vor sich geht. Wie er jedoch über das Buch gebeugt dasteht, sieht faszinierend aus.

Mein Gott, Thor, deine Augen sind wie ein glitzerndes Meer voller Edelsteine! Ich möchte auch sehen, was du sehen kannst.

Ich stelle mich vor den Buchständer, um ihn besser beobachten zu können. Etwa zwanzig Minuten versinke ich in seinem atemberaubenden Anblick, bis er mit einem tiefen Aufatmen mental zu mir zurückkehrt. Neugierig trete ich näher zu ihm heran. Seine Augen klären und normalisieren sich und er legt seinen Handrücken auf das Sternenbild im Buch. Ein magischer Strahl befördert meinen Glitzerstein aus dem Buch heraus und lässt ihn sanft auf die Handfläche des Donnergottes gleiten. Schweigend wendet er sich damit zu mir um. Seine Augen verändern sich erneut zu einem Gewitter, seine Hände vollführen kreisende Bewegungen um meinen Arm. Nadelstiche piken meine Haut. Kleine Blitze zucken um meinen linken Arm. Unverhofft bildet sich ein blitzförmiges Armband um mein Handgelenk, in dem mein tränenförmiger Diamant eingefasst ist.

Wow!

Staunend betrachte ich mein neues Armband. Nein. Es gleicht eher einem festen Armreif. Fragend sehe ich ihn an.

„Die Träne Gottes ist nun ein Teil von dir."

„Die Träne … äh was? Die Träne Gottes?", wiederhole ich stotternd und fühle über den Diamanten.

„Du bist die Hüterin der Göttertränе, Malina."

Perplex blicke ich ihn an. Ich kann mir nicht helfen, irgendwie fühle ich mich verarscht. Sarkasmus schlüpft mir die Kehle hinauf: „Na prima! Der Papst wird sich ja freuen."

Thor schüttelt lächelnd den Kopf. „Ich rede nicht vom katholischen, evangelischen oder sonst welchem Gott. Ich spreche von dem allumfassenden Gott. Die Kraft des Lebens. Der Energie. Der Natur."

„Oookkaayy. Dann ist ja alles gebongt. Und was habe ich damit zu tun?"

„Hast du ein merkwürdiges Merkmal an deinem Körper?"

Ich lache auf und halte abwehrend die Hände in die Höhe. „Oh nein! Nein. Nein. Nein! Ich lasse jetzt nicht die Hosen vor dir runter. Vergiss es!"

Thor grinst mich verschlagen an; seine Augen schimmern zum Niederknien. Alsbald ist das amüsierte Funkeln wieder fort und sein Grinsen gefriert.

Okay, ich werde nicht schlau aus ihm. Warum werde ich das Gefühl nicht los, dass er sich selbst die Heiterkeit kaputt macht?

Seufzend schüttle ich den Kopf.

„Was ist nun mit den ungewöhnlichen Kennzeichen an deinem Körper?" Sein Blick gleitet über meine Erscheinung und verdüstert sich zusehends. Fröstelnd schlinge ich die Arme um mich.

„Ich brauche Antworten, wenn ich dir helfen soll, Malina", erklingt seine Stimme eine Prise sanfter.

Da kommt mir ein Gedanke und ich zücke mein Handy. Zügig öffne ich den Ordner meiner Bilder und scrolle nach den gesuchten Fotos. Schließlich halte ich ihm mein Handy vor die Nase und er kann meine Symbole auf der Haut per Bilder sehen.

Thor runzelt die Stirn. „Du hast sogar zwei Zeichen? Wie außergewöhnlich."

Schlagartig schiebt er mein Handy fort, schnappt mich, streicht mir das Haar weg und fühlt über mein wellenartiges Zeichen am Nacken. „Du wurdest von Gott geküsst", wispert er mir ehrfürchtig zu.

„Ach echt? Da habe ich bei dem Tod meiner Eltern aber nicht viel göttliche Zuneigung gespürt." Zorn durchfährt mich und der Schmerz wallt wieder in mir hoch. Ich unterdrücke ein Schluchzen. Thor streicht mir sanft die Tränen ab und ballt die Hand zur Faust. Es knistert in seiner Hand und zum Vorschein kommen zwei kleine, blaue, tränenförmige Diamanten.

Er hat meine Tränen verwandelt. Unfassbar!

Mit ernstem Blick nimmt er meine Hand und lässt die verwandelten Tränen in meine Handfläche gleiten. Sanft schließt er meine Hand und kommt mir dabei gefährlich nahe. Mit unergründlichen Augen sieht er mich an und hebt die Hand, als wolle er mich streicheln. Doch seine Lippen sind hart aufeinandergepresst. Er zieht sich abrupt, mit steinerner Miene, drei Schritte von mir zurück.

Was stimmt denn nicht mit dir? Erst wirke ich interessant auf dich und dann führst du offenbar einen innerlichen Kampf mit dir selbst, um dich von mir fernzuhalten, und siehst aus, als hättest du Angst, dich an mir zu verbrennen.

Ich suche irritiert nach seinem Blick.

Diese Augen machen mich echt fertig. Die haben sich definitiv in meine Netzhaut eingebrannt. Und ich will durch dein langes Haar wühlen. What the fuck! Ich glaube doch gar nicht an Liebe auf den ersten oder gar auf den zweiten Blick. Oh Tante Bella, wenn du wüsstest, wie Recht du hattest! Ich bin ja sowas von verknallt, verschossen und verfallen. Heilige Scheiße! Ich bin verliebt … in einen Gott.

26

Odin

Seine abwehrende Haltung nimmt zu. Dennoch blitzt hin und wieder ein seltsam gequälter Ausdruck in seiner Mimik auf. Kleine Funken entschlüpfen seinen geballten Fäusten. Die Stille im Raum lässt meinen unruhigen Atem verräterisch laut erklingen. Ich kann nicht verstehen, warum dieser Mann mich so fasziniert, aus der Bahn wirft, mich regelrecht magisch anzieht, wie es kitschigen Paaren in Schnulzen passiert. Was ist mit der vernünftigen Malina? Wo ist sie hin?

Schätzelein, du begegnest nicht jeden Tag einem umwerfenden Gott! Die haben es wahrscheinlich im Blut, so auf Sterbliche zu wirken.

Bei der nächstbesten Gelegenheit erdrossele ich meine innere Stimme!

Thor sieht mich unverwandt streng an. Sein Blick könnte alles bedeuten. Verstimmt seufzt er. „Malina, vergiss es!“

„Www … wa … was?“ Entgeistert weiche ich zurück und starre ihn an, da er erzürnt auf mich zu kommt.

„Du himmelst mich an? Deine Arme verlangen nach meinen? Du presst die Beine zusammen. Willst dich mit mir vereinen? Die roten Wangen verraten, wie erhitzt du bist. Deine Lippen wollen einen göttlichen Kuss?“

Grob fasst er mir an die Oberarme und drückt mir einen harten Kuss auf den Mund. Ich schließe die Augen. Das Gefühl einer wilden

Loopingfahrt durchströmt mein Innerstes. Seine Lippen versetzen mich dermaßen in Unruhe, wie es nur eine Überdosis Energy-Drink vermag. Bevor der Kuss zu leidenschaftlich wird, stoppt Thor den Moment.

„Glaub mir, das war der erste und der letzte Kuss! Lass dich lieber nicht mit Göttern ein. Du würdest es bereuen und einsam und verletzt zurückbleiben."

Egal, was er sagt, ich kann die Augen noch nicht öffnen und an nichts anderes mehr denken, als an die Sehnsucht nach diesem Kuss.

„Ah, habe ich euch endlich gefunden!" Eine tiefe, befehlsgewaltige Stimme reißt mich aus meiner Träumerei. Thor lässt meine Oberarme los. Widerwillig sehe ich zur Tür.

Odin.

„Allvater. Du bist zurück." Thor nickt seinem Vater respektvoll zu. Odin schließt die Tür und nähert sich uns. Schweren Herzens trete ich einen Schritt von diesem begnadeten Küsser zurück, der eine undurchschaubare Maske aufgesetzt hat. Odins wallendes, weißes, Haar, das ihm bis zur Schulter reicht, wippt bei seinen Bewegungen mit. Sein bronzefarbenes Gewand glänzt im Licht. Der weiße Vollbart, das aufmerksame Auge und seine gefurchte Stirn verleihen ihm eine gewisse weise Ausstrahlung. Die goldene Augenklappe lässt ihn allerdings auch verwegen wirken.

Unerwartet nimmt er meine Hände, dreht sich mit mir einmal im Kreis und mustert mich interessiert.

„Du bist also das Mädchen, welches den Göttern den Kopf verdreht und über die alle reden." Er wirft seinem Sohn ein wissendes Lächeln zu. Der brummt ungehalten. Odin widmet sich mir erneut. „Ich darf doch *du* sagen?"

Ich nicke, da ich viel zu ergriffen von der Tatsache bin, vor Odin höchstpersönlich zu stehen.

Der Allvater verschränkt die Hände auf den Rücken und blickt den jungen Gott fragend an. „Und wo stehen wir, mein Sohn?“

„Malina ist eine Tränenhüterin, Vater.“ Thor wendet sich ab, geht zu der Raben-Skulptur und nimmt ein zweites Buch heraus, das mit Symbolen verschiedener Kulturen auf dem goldenen Buchdeckel geschmückt ist. Neugierig trete ich näher zu ihm. Er hält das, mit Sicherheit, schwere Buch nur in einer Hand, schlägt es auf und blättert durch die Seiten, bis ägyptische Symbole erscheinen. Odin gesellt sich zu uns und Thor tippt mit dem Zeigefinger auf ein Symbol, das meinem am Steißbein ähnelt.

„Malina ist nicht nur Tränenhüterin, sondern vermutlich auch eine göttliche Nachfahrin oder Reinkarnation. Aber nicht von irgendeinem Gott, sondern vom Sonnengott Re höchstpersönlich. Der Gott, der das Leben erst möglich machte.“

Odin hebt meinen linken Arm an und besieht sich meinen Armreif, in dem die Träne Gottes eingefasst ist.

„Minerva hat also recht. Du bist eine Avyena. Hüterin und Wiedergeburt zugleich“, flüstert er mehr zu sich selbst, als zu uns.

Ich reibe mir unangenehm berührt, aufgrund so viel Aufmerksamkeit, über die Götterträne. „Das ist mir alles irgendwie zu abgehoben, Leute. Den Stein habe ich nur durch einen Zufall erhalten.“

Thor schüttelt den Kopf. „Nein, Malina. Die Götterträne hat dich gefunden. Sie hat dich gezielt gesucht, auserwählt und zur Hüterin bestimmt.“

„Was soll mir das jetzt sagen?“ Merkwürdigerweise fühle ich mich wie an den Pranger gestellt und weiche vor den machtvollen Männern zurück.

„Du und die Träne … ihr seid jetzt eins. Füreinander bestimmt. Auf einander geprägt“, sagt Odin mitfühlend.

„Soll das heißen, ich kann mich niemals davon lösen? Ihr könnt sie mir nicht abnehmen?“

„In unseren Händen wäre es nur ein hübscher Stein. Nur die Hüterin schließt den machtvollen Kreis und vervollständigt die Träne Gottes. Ein himmlisches Geschenk, das eine enorme Verantwortung mit sich trägt. Die Träne allein entscheidet über deinen Nachfolger. Es kann Jahre dauern, bis überhaupt jemand geboren wird, der würdig ist, Tränenhüter zu werden. Vielleicht verlässt die Träne dich auch gar nicht, da du eine göttliche Seele erhalten hast.“

„Wie viele solcher Tränen gibt es denn?“, verlange ich zu wissen und reibe mir den zwickenden Nacken. Es scheint, als wolle mein Mal die Worte Odins unterstreichen.

„Es gibt keinerlei Aufzeichnungen darüber, wie viele Tränen existieren“, antwortet der Allvater.

Schweigen breitet sich aus.

Unerwartet seufzt Odin auf, kratzt sich sorgenvoll die Stirn und setzt sich auf die Chaiselongue. Er wirkt mit einem Mal um viele Jahre gealtert.

Okayyy, das motiviert mich jetzt nicht wirklich …

Betrübt und kummervoll hebt der Allvater seinen Blick auf mich. Thor sieht fragend zwischen mir und seinem Vater hin und her. Dieser reibt sich die Hände und grübelt. Er wirkt, als wüsste er nicht, wo er mit seiner Erzählung anfangen soll.

Letztendlich klatscht er sich auf die Knie und erhebt sich wieder. „Macht euch erst mal frisch. Mit neuer Kleidung fühlt ihr euch gleich viel besser. Esst und trinkt. Wir besprechen das Thema später im *Raum der Welten*."

Thor nickt, da Odins Tonfall zwar freundlich klingt, aber keine Widerrede duldet.

Warum wirft Odin seinem Sohn einen ängstlichen Blick zu? Als wolle er sagen: Tu es nicht.

Der Sohn Odins führt mich aus dieser Mischung aus Apothekenzimmer und Bibliothek. Ich werfe Odin einen letzten Blick zu und fühle mich sogleich schuldig. Mit hängenden Schultern steht er da, den Blick ziellos zu Boden gerichtet. Seine Körpersprache sagt deutlich aus, dass er sich fragt, warum er sich das alles aufgehalst hat.

Ich beiße die Zähne zusammen und schließe die Tür hinter mir. Thor wartet bereits in der gigantischen Halle auf mich und führt mich schweigend an Säulen und Statuen vorbei, bis er an einer bläulich schimmernden Tür stehen bleibt. Anstatt sie zu öffnen, legt er mir seine Hände auf die Schultern und sieht mich – als wäre Odins wehmütiger Blick nie gewesen - zuversichtlich an. „Hier brauchst du keine Angst haben. Wir werden dir alles beibringen, was du wissen musst."

„Dein Vater sieht aber nicht gerade glücklich aus, dass ich hier bin."

„Du irrst dich. Er fühlt sich geehrt. Er macht sich nur Sorgen und will dich um jeden Preis schützen."

Geehrt? Wegen mir? Ich kann nicht mal eine Pizza backen, ohne dass sie verbrennt.

Da kommt mir ein Einfall und ich schlage mir die Hände vor den Mund. „Verdammter Mist! Lara und die anderen suchen bestimmt schon nach mir."

Auf Thors Lippen liegt ein überlegenes Lächeln, während er die Tür öffnet. „Das glaube ich weniger. Während es dir hier wie Stunden vorkommt, vergehen in Tromsö Millisekunden."

„Oh, das klingt krass!"

Ich luge in den Raum. Ein Badeparadies präsentiert sich mir. Fasziniert werfe ich einen Blick auf die Flüssigkeit, die in den Becken schwimmt. „Badet ihr in … Milch?"

Er schiebt mich lachend in den Raum. „Das Becken mit dem cremigen Wasser ist für die Schönheit der weiblichen Asen. Blaues Wasser steht für die Gesundheit und das durchsichtige für die Reinheit."

„Ähm, muss ich jetzt durch alle drei Becken schwimmen?"

„Nur, wenn du magst."

Thor scheint wohl selten seinen Humor zu verlieren, außer wenn du ihn anschmachtest. Jedenfalls wirkt es ansteckend und lockert dir wenigstens den Kloß im Hals. Meine innere Stimme kann es einfach nicht lassen, sich ständig einzumischen.

„Sag Bescheid, wenn du mit deinem inneren Monolog fertig bist und dich ins Wasser traust."

Ertappt senke ich den Blick. Thor tritt näher und hebt mit Daumen und Zeigefinger mein Kinn an. Seine Mimik ist zum Dahinschmelzen.

„Senk niemals den Blick! Das hast du nicht nötig. Du bist mächtiger, als jeder Gott, der dir begegnen wird oder bereits begegnet ist."

Ich klappe den Mund auf, doch sagen kann ich nichts.

Jetzt wäre doch die passende Gelegenheit für ein kuscheliges Bad zu zweit.

Wie kann ich nochmal meiner inneren Nervensäge das Maul stopfen?

Mein Herz pocht gewaltig. So schön der Gedanke auch ist, aber ich bin dermaßen aufgewühlt, dass es mir zum jetzigen Zeitpunkt nicht richtig erscheint, in einem dieser Becken herumzuknutschen und zu fummeln. Zumal er ja auch nicht auf mich steht. Ein gequälter Seufzer entschlüpft meinem Mund. „Malina?"

„Hm?" Mehr kriegt mein Mund nicht zustande. Da ich seinem Blick nicht standhalten kann, beiße ich in meine Faust. Ich weiß einfach nicht, wohin mit meinen Gefühlen, die zu groß und mächtig für diesen Körper erscheinen.

„Es tut mir leid, dass ich dich geküsst habe. Bitte denk nicht …" Ich zucke zusammen und weiche mit dem Rücken an die Wand, da er verärgert die noch offene Tür zuknallt. Er dreht sich mir wieder zu und presst seine Handflächen rechts und links neben mir an die Wand. „Du bist liebenswert. Es liegt nicht an dir."

„Und warum wechselst du in meiner Gegenwart deine Stimmungen wie graue, weiße oder schwarze Wolken?"

Er setzt zu einer Antwort an, schließt den Mund jedoch wieder. Sein Blick wandert über mein Gesicht, ehe er sich abwendet. „Lass dir genug Zeit. Die Badefrauen schicke ich dir später."

Er macht Anstalten zu gehen, doch ich greife nach seinem Arm und zwinge ihn, mich erneut anzusehen. „Geh nicht! Ich muss wissen, woran ich bei dir bin und was dich innerlich so quält."

Sanft entzieht er mir seinen Arm, so dass meine Fingerspitzen über seine gezackte Narbe streichen. Bläuliche Funken sprühen mit einem Mal aus seiner Narbe. Eine Gänsehaut lässt ihn erschauern. Wortlos schiebt er mir eine Strähne hinters Ohr. Stumm scheinen seine Augen mich zu warnen, dass ich nicht weiterfragen soll. Ohne einen weiteren Blick verlässt er den Badesaal.

Dieser Mann ist … verstörend. Seine Launen scheinen gar nicht zu ihm zu passen. Irgendein Umstand oder Kummer quält ihn. Und er scheint mich ständig, auch ohne Worte, zu verstehen.

Langsam entkleide ich mich und bin völlig erschöpft.

Liebes, er ist ein Gott.

Dieses Mal widerspreche ich meinem inneren Quälgeist nicht.

Ein bisschen neugierig bin ich ja schon. Wie werde ich aussehen, wenn ich in diese komische Milch da eintauche? Hoffentlich kann diese Flüssigkeit mein Emotionskarussell reinwaschen.

Mit den Fußspitzen klimpere ich im Wasser.

Du meine Güte! Ist ja der Hammer.

Ich ziehe meinen Fuß zurück und schaue mir die frisch lackierten Fußnägel an.

Eine magische Pediküre. Wie cool ist das denn?

Über die Stufen steige ich ins Becken. Warm umfängt mich dieses zauberhafte Milchzeugs. Eine Hand voll schöpfe ich mir ins Gesicht und fühle mich erfrischt, wie am frühen Morgen nach einer geruhsamen Nacht. Ich schwimme zu einer Frauenstatue, aus deren Amphore sich das magische Wasser ins Becken ergießt. Wie die Flüssigkeit über mein Haar rinnt, grenzt schon beinahe an eine Kopfhautmassage inklusive Haarorgasmus. Ich will mir mit den Fingern durch das Haar streifen, da fällt mir die Veränderung auf. Waren meine Fingernägel bisher stumpf und abgekaut, sind sie jetzt länger und glänzen in einem gepflegten French-Nail-Design. Am besten wage ich es gar nicht mehr zu staunen, ansonsten komme ich aus der Verblüffung nicht wieder heraus.

„Du musst die süße Sterbliche sein, von der so viele sprechen."

Zu Tode erschrocken, fahre ich vom Dösen hoch. Panisch presse ich meinen Rücken an den Beckenrand, bedecke notdürftig meine Brüste mit den Händen und tauche bis zum Hals unter.
Ein dunkelhaariger Mann hockt auf der anderen Seite des Beckens und sieht mich mit unverhohlenem Interesse an.

„Loki", entschlüpft es mir.

Er runzelt verdutzt die Stirn. „Verzeih, wurden wir uns schon vorgestellt?"

„War … ähm … nur eine Vermutung."

Loki senkt den Blick und grinst ein verschlagenes Lächeln. Seine Hand gleitet durch das milchige Wasser, jedoch braucht er mir nichts vormachen. Ich weiß, dass er Zeit schinden will.

„Schenk den Sagen und Mythen keinen Glauben. Ich bin gar nicht so schlecht und durchtrieben, wie es in der Mythologie heißt."

Skeptisch blicke ich ihn an. „Ein Fünkchen Wahrheit steckt in allem, sonst gäbe es solche Legenden doch nicht."

Er erhebt sich zu seiner vollen Größe von etwa eins fünfundachtzig. Sein dunkles Haar reicht ihm bis zu den Schultern. Nachdenklich reibt er sich das glatt rasierte Kinn. Sein prüfender Blick gefällt mir überhaupt nicht. „Du erinnerst mich an jemanden, den ich lange nicht sah. Deine ägyptische Schönheit stellt Vermutungen an auf … ach, vergiss es."

„Könntest du jetzt bitte gehen?"

„Erzähl mir, was eine Sterbliche wie du in Asgard macht und ich verschwinde augenblicklich."

Zuckersüß lächle ich ihn an. „Tut mir leid. Ich bin außerstande dir Rede und Antwort zu stehen. Frag deinen Vater."

Lokis Miene verdunkelt sich. „Meinen Vater? Ach, richtig. Alle Welt glaubt ständig, Odin sei mein Vater. Wir sind Blutsbrüder, aber nicht blutsverwandt."

„Wie auch immer, schließ die Tür bitte hinter dir."

„Mache ich dich … nervös?"

Der Kerl macht mich echt sauer.

„Nein! Und jetzt raus!"

„Ich verspüre aber die Lust, das Bad mit dir zu teilen."

Dieses freche Grinsen wird dir schon noch vergehen, du falsche Schlange!

Erschrocken sehe ich, wie er Anstalten macht, sein dunkelgrünschimmerndes Gewand aufzuknöpfen.

„Vielleicht werde ich im Wasser dein Geheimnis lüften. Du musst sehr wichtig sein, wenn selbst der Allvater dich hier duldet. Es sei denn, du bist seine neue Geliebte."

Mir platzt der Kragen.

„Hinaus!", schreie ich und spritze instinktiv einen Schwall Milchwasser auf ihn. Die Flüssigkeit erstarrt in der Luft und wandelt sich in weiße Speere, die seinen Hals bedrohen. Fassungslos halte ich noch immer meine Hände abwehrend erhoben und kann nicht glauben, was für eine Kraft da gerade durch mich gegangen ist. Ich sehe auf meine Hände, dann zu dieser zu Eis erstarrten, dornigen Schutzwand am anderen Rand des Beckens.

Loki weicht von der Bedrohung zurück. Anstatt Bestürzung zu zeigen, schleicht sich ein listiges Grinsen auf sein Gesicht.

Du Scheiß-Kerl! Du hast mich absichtlich aus der Fassung gebracht, um zu sehen, wozu ich fähig bin!

Er deutet eine übertriebene Verbeugung an. „Die Begegnung mit dir war sehr aufschlussreich. Wir sehen uns bestimmt bald wieder.“ Mit diesen Worten verschwindet er aus dem Bad und lässt mich mit wild klopfendem Herzen zurück.

27

Dinner für Freaks

Von den Badefrauen götterwürdig zurechtgemacht, erscheine ich in einem blau-silbernen Kleid mit silberner Schulterschleppe. Nie in meinem Leben hatte ich zuvor solch ein umwerfendes Kleid getragen, geschweige denn eine derart aufwendige Frisur, die mein langes Haar gekonnt in Szene setzt. Thor wartet in der großen Halle auf mich. Den Kampfanzug hat er mit einem hellblauen Gewand getauscht. Sein hingerissener Blick über meine Erscheinung lässt die Feen in meinem Bauch Purzelbäume schlagen. Ganz Gentleman, bietet er mir galant den Arm an. Ich bin so eine höfliche Geste nicht gewöhnt, daher kichere ich dümmlich hinter vorgehaltener Hand, um meine Verblüffung zu kaschieren. Denn, zum Teufel aber auch, ich habe keine Ahnung, wie ich mich verhalten soll. Gemeinsam schreiten wir zum Ende der Halle, wo zwei Soldaten in vergoldeten Rüstungen uns eine bronzene Tür öffnen.

Ein Lichtermeer aus Kerzen empfängt uns. Huskies liegen auf weißen Fellen auf dem Steinboden, in dessen Stücke aufwendige Bildergeschichten über Asgard gemeißelt sind.

Thor geleitet mich an den schweren, vergoldeten Tisch, an dem zwei Fußballmannschaften Platz finden würden.

Mein Po hat kaum den Stuhl berührt, da erscheint der Gastgeber. Imposant, in einer wallenden Robe gekleidet, deren Stoff an ein schimmerndes Weltall erinnert, schreitet Odin durch die Tür. Auf seinen Schultern sitzen seine Raben-Gefährten Hugin und Munin. Der Allvater setzt sich an den Kopf des Tisches und die Vögel flattern zu zwei goldenen Plattformen, die erhöht an der Wand hinter Odin angebracht sind. Prächtige Wandmalereien über das Meer, die Wolken, Odin, Thor und Loki verleihen dem großen Speisesaal mehr Wärme und Farben.

„Du siehst bezaubernd aus, Malina", spricht der Allvater mich an.

„Danke", erwidere ich verlegen.

Große Platten mit Unterkeulen von mir undefinierbaren Tieren, Gemüse, Suppenterrine und Sauciere werden aufgetischt. Thor entnimmt einem Tablett zwei Bierkrüge und reicht mir einen. Vorsichtig schnuppere ich an meinem Getränk.

„Was ist denn das?", flüstere ich Thor zu.

„Würzbier. Probier mal. Schmeckt ausgezeichnet."

Ich nehme einen unsicheren Schluck. *Ok, schmeckt interessant.*

„Ein Dinner für Freaks", murmle ich.

Odin hebt empört die Augenbrauen. „Was für eine unschöne Ausdrucksweise!"

Ich knalle meinen Krug auf den Tisch. „Ist doch wahr! Das Ganze ist doch eigentlich völlig verrückt. Viel wahrscheinlicher ist doch, dass ich in einem Irrenhaus liege, vollgepumpt mit Tabletten und das alles nur träume."

„Es ist natürlich, dass du verunsichert und ängstlich bist. Du bist ein sehr emotionaler Mensch, der noch lernen muss, seine Gefühle zu beherrschen und zu steuern."

Ich habe keine Lust, Odin zu widersprechen, dafür fühle ich mich zu ausgelaugt.

Ok, Malina, reiß dich zusammen! Du bist hier, um endlich Informationen zu erhalten. Also, mach das Beste daraus!

Wie ich es hasse, von meiner inneren Nervensäge gescholten zu werden.

Mein Appetit hält sich mal wieder in Grenzen, daher schaue ich den Männern beim Essen zu. Unruhig rutsche ich auf meinem Stuhl hin und her, da mir eine Tatsache eingefallen ist, die ich bisher nie angesprochen habe.

Thor stellt seinen Bierkrug ab und beißt genüsslich in eine Keule. Ganz so schlimm wie ein gefräßiges Mahl unter Wikinger ist es nicht, dennoch essen die beiden hohen Herren ihr Fleisch mit den Händen.

„Was hast du auf dem Herzen, Malina?"

Jap, Thor scheint mich ständig zu durchschauen.

Meine nervösen Hände klammern sich um den Bierkrug. „Ich frage mich, wo eure Frauen sind?"

Thor hält mitten im Biss inne und sieht mich verwundert an. „Eure Frauen?", wiederholt er meine Frage.

Unwohl meide ich seinen Blick. „Ich habe mir neulich die norwegische Mythologie durchgelesen und es heißt, dass Odin mit Frigga ähm Frigg verbunden ist und du mit Sif, der Frau mit dem langen, goldglänzenden Haar."

Nun wage ich es, ihm traurig in die Augen zu blicken. „Du bist also verheiratet?", stelle ich die Frage genauer.

Oh Mann! Jetzt ist es raus.

Die Feen in meinem Bauch toben wie in einem Indoor-Spielplatz. Meine Gefühle gehen gerade rauf, runter, zur linken, ebenso zur rechten Seite, schlagen Salto und fahren Loopings. Rückwärts und bergab.

Odin verschluckt sich und hält sich hustend die Faust vor den Mund. Seine Raben krähen aufgescheucht. Mit einer erhobenen Handbewegung gebietet der Allvater seinen Vögeln Ruhe.

Das Lächeln kehrt in Thors poolblauen Augen zurück. „Ich war es. Wir sind geschieden."

Verdattert schaue ich von einem Gott zum anderen. „Kein Scherz? Götter … lassen sich scheiden?"

Mein Gesicht muss wahrlich aussehen wie das berühmte Bild *der Schrei* von dem norwegischen Maler *Edvard Munch*. Odin nickt mir knapp zu, um Thors Aussage zu bestätigen.

Du lieber Himmel! Lara wird ausflippen, wenn sie das hört! Götter, die sich scheiden lassen, das wird sie in ihren Grundfesten erschüttern!

Ich leugne nicht, dass mir ein Gebirge vom Herzen fällt. Unverhofft lacht Thor fröhlich und laut auf.

„Schön, dass dich meine Frage so amüsiert", grummle ich verstimmt.

Es dauert einige Minuten, bis mein Donnergott sich wieder unter Kontrolle hat.

„Deine Welt steht Kopf. Du hast erfahren, welch mächtige Kraft in dir wächst. Dein Leben wird nie wieder so sein, wie du es kanntest. Späher der dunklen Götter sind dir auf der Spur. Dein hübsches Köpfchen platzt vor lauter Fragen über die Götterträne und du machst dir Sorgen, ich könnte verheiratet sein?"

„Sieht wohl so aus." Schnell leere ich meinen gesamten Krug, um meine Verlegenheit auszublenden. Mir entgeht dennoch nicht der wissende Blick, den Odin seinem Sohn zuwirft.

„Und wo ist Frigg?", lenke ich von mir ab.

Odin wirft die Knochenreste zu den Huskies am Boden, säubert sich die Hände in einer Wasserschale und trocknet diese mit einem Tuch, das neben der Schale lag, ab.

„Shoppen in London", antwortet Odin, ohne mich dabei anzusehen.

Verdattert reiße ich die Augen auf. „Sie macht ... was? Shopping?"

Thor wird es nicht langweilig, amüsiert zu lächeln. „Wir leben nicht hinterm Mond, Malina. Wir gehen auch mit der Zeit und haben unseren Spaß."

„Warum bist du eigentlich bei Rapsynta? Eine seltsame Aufgabe für einen Gott."

Odin richtet seinen Zeigefinger auf mich und nickt. „Richtig, Mädchen. Genau das habe ich ihn auch bereits öfters gefragt."

Sein Sohn stützt die Ellbogen auf die Tischplatte und presst die Fingerspitzen aneinander. „Ich möchte an Forschung und Fortschritt teilhaben."

„Ihr seid Götter, warum lenkt ihr die Geschicke der Menschen nicht noch besser? Führt uns in eine Welt voller Frieden!"

Odin erhebt sich. „Das wurde oft genug versucht. Die Menschen sind kriegerisch und schwer auf Kurs zu halten. Sich mit den Menschen abzuplagen, hat die Götter zermürbt. Wichtig ist, dass das Gleichgewicht zwischen Gut und Böse gehalten wird." Er reibt sich müde und sorgenvoll über Stirn und Schläfe. „Über so einen Schwachsinn, wie Weltherrschaft sind wir längst hinaus", sagt er mehr zu sich selbst, doch ich spitze neugierig die Ohren.

Odin scheint sich wieder unserer Anwesenheit zu erinnern und sieht abwechselnd zu Thor und mir. „Lasst uns in den *Raum der Welten* gehen, dann erkläre ich alles weitere."

Wieder in der großen Halle, ruft Odin einen Soldaten zu sich: „Gungnir!“ Der Soldat reicht ihm augenblicklich einen goldenen Speer. Mein Hirn kramt in meinen Erinnerungen über das, was ich über die nordische Mythologie gelesen habe.

Gungnir ist Odins Machtsymbol. Seine stärkste Waffe.

Mein Wissensdurst saugt jede kleinste Information auf, die ich kriegen kann, und meine Augen scannen jeden Winkel dieses Palastes, den ich zu Gesicht bekomme.

Odin positioniert mich auf einer großen Bodenplatte, die wie ein funkelndes Sternenmeer glitzert. Thor stellt sich neben mich und legt einen Arm um meine Hüfte, als wolle er mich vor etwas schützen. Fragend sehe ich ihn an, doch bevor er zu einer Antwort ansetzen kann, klopft Odin geräuschvoll mit seinem Speer zweimal auf den Boden. Die Platte löst sich unverhofft und gleitet mit uns in die Höhe. Kein Geländer. Keinerlei Schutz. Ich klammre mich haltsuchend an Thor und sehe ängstlich in die Tiefe. Wenige Augenblicke später wage ich es doch, nach oben zu schauen. Panisch schlage ich die Hände vor die Augen.

„Himmel! Wir schlagen gleich an die Decke und werden zerquetscht!“

Zitternd erwarte ich einen Schlag auf den Kopf und dass ich zermalmt werde. Doch nichts von meiner Befürchtung erfüllt sich. Wir gleiten einfach durch die Decke hindurch, wie durch eine Nebelwand.

Was ist das denn für eine Verarsche? Die Halle hat gar keine Decke, die von Ornamenten geschmückt wird. Es ist nur eine Illusion und so gleiten wir mühelos hindurch, in einen anderen Bereich.

Die Bodenplatte schiebt uns durch eine Öffnung und rastet in einem gläsernen Boden ein.

Ängstlich trete ich auf das Glas.

„Keine Sorge. Das hält dich Federgewicht schon aus“, scherzt Thor und lässt mich, zu meinem Bedauern, wieder los.

„Was glitzert und flitzt denn hier durch den gläsernen Boden?“ Meine Augen huschen neugierig hin und her.

„Sternenstaub“, ertönt Odins knappe Antwort.

Ich sinke in die Knie und schiebe mir das nervige Haar hinters Ohr, um dieses Phänomen zu betrachten. „Es ist wunderschön.“

Thor zieht mich zurück auf die Beine. „Dann staune, was sich über dir befindet.“

Ich halte seine Hände und starre nach oben. „Wahnsinn! Wie tausende, schwebende Schneekugeln am leuchtenden Firmament, nur ohne den Schnee!“

Odin stellt seinen Speer an eine Halterung, die an der nachtschwarzen Wand befestigt ist, verschränkt die Arme hinter den Rücken und geht geschäftig, in diesem mystischen Raum ohne Möbel, auf und ab.

„Sag mir, Malina, wie tötet man einen Gott?“

Verwundert und überrumpelt von dieser Frage, lasse ich Thor los und trete einen Schritt zurück. Aufmerksam behalte ich die beiden norwegischen Götter im Blick. Odin sieht mich gespannt, ohne List in den Augen, an. Ich falte die Hände im Schoß.

„Nun … also … ähm … ich schätze mal … gar nicht?“, stottre ich unsicher.

Der Allvater schnappt sich seinen Speer und klopft viermal auf den Boden.

Eine Kugel, in deren Innerem Pyramiden zu sehen sind, senkt sich herab. Sie hält inne und schwebt lautlos vor meinen Augen. Das Bild verändert sich und Gesichter erscheinen. Zwei davon kommen mir sehr bekannt vor.

„Bastet und Hathor, die ägyptischen Göttinnen."

Odin nickt mir zur Bestätigung zu. Während sich weitere Gesichter ägyptischer Götter bilden, schweben zahlreiche andere Kugeln herab und zeigen die Gottheiten anderer Länder.

„Was ist mit ihnen? Warum zeigt Ihr mir die alle?"

Odin hebt meinen Arm und fühlt mit seinem Daumen über meine Götterträne. „Es gibt nur wenige, die diese Träne studiert haben. Es gibt kaum Aufzeichnungen darüber. Ich bin froh, dass ich einer der wenigen bin, der darüber Bescheid weiß. Meine Recherchen haben viel Zeit in Anspruch genommen. Allerdings gibt es ein Gerücht, das seit Jahrtausenden durch die Welten wandert."

Wachsam beobachte ich jede seiner Regungen und Tonlage.

„Was für ein Gerücht?", frage ich und sehe zu Thor, der schweigend zuhört.

Eine Kugel, die den Olymp zeigt, schwebt an mir vorbei.

„Malina, sobald bekannter wird, dass du eine Avyena bist, wirst du keine Ruhe mehr haben. Späher sind überall. Ob von guten Göttern oder von schlechten."

Verzweifelt ringe ich mit den Händen. „Was zum Geier habe ich denn für eine gewaltige Kraft? Wollen Hades, der Teufel und wie sie alle heißen, durch mich die Welt regieren?"

Odin deutet ein zynisches Lächeln an. „Nein. Ich habe bereits gesagt, dass wir über solche Lappalien wie Weltherrschaft längst hinaus sind. Die meisten Götter sind müde, Malina. Dem ewigen Leben überdrüssig."

Ich wage einen Schritt auf den Allvater zu, auf das Schlimmste gefasst. „Soll heißen?"

Er sieht mir direkt ins Gesicht und nimmt meinen Blick gefangen. „Du bist die Einzige, die Götter töten kann.“

Wie ein Faustschlag lassen mich seine Worte zurücktaumeln. Thor fängt mich im letzten Moment auf.

28

Harmloses Mädchen

Etwas kühlt mir die Stirn. Ich habe die Orientierung verloren und wache in einem seltsamen Kasten auf.

„Schhh, bleib noch liegen!“ Thor sieht mich besorgt an und tupft mir mit einem feuchten Tuch die Stirn ab.

„Was ist das hier?“

„Ein Bett mit Energiefeld, damit du wieder zu Kräften kommst.“

Hui, ist das schwammig! Ich werde gleich seekrank. Was soll das sein? Ein magisches Wasserbett mit Glitzernebel um mich herum?

Meine Hände tasten nach Halt, damit ich mich hinsetzen kann, allerdings schlagen die Erinnerungen unbarmherzig auf mich ein.

Mein Ausbilder, mittlerweile im pflanzlichen und göttlichen Bereich, drückt mich sanft zurück auf mein samtiges Kissen. „Schone dich! Du hast zu viel erlebt und bist zusammengebrochen.“

„So viel zum Thema übermenschliche Kräfte und todbringende Macht durch ein harmloses Mädchen.“ Mein Sarkasmus sprudelt über. Er schweigt und streichelt beruhigend meine Hand. Ich sehe ihn verzweifelt an. Tränen der Wut hindern mich daran, in seinen schönen Augen zu versinken.

„Thor? Ich will diese Macht nicht.“

„Ich weiß.“

„Was geschieht jetzt mit mir? Werden reihum Götter zu mir kommen, um mich mit ihren Suizidplänen zu konfrontieren? Das ist doch alles Irrsinn!“ Ich lache und selbst in meinen Ohren hört sich das Gelächter wirr an.

„Wir Götter können uns selbst heilen, aber nicht selbst töten. Auch untereinander können wir es nicht. Die schwerste Verletzung wird heilen, das kann aber dauern. Ewiges Leben kann verzweifeln, Malina. Der Wunsch, in Frieden gehen zu können, war noch nie so stark und präsent, wie in diesem Zeitalter.“

„Ich bin eine Sterbliche mit gerade mal achtzehn Jahren. Wie soll ich solch eine Verantwortung tragen? Wie kann ich solch eine Entscheidung treffen, welcher Gott für immer gehen soll? Ich werde nicht die Richterin für Gottheiten sein.“ Meine innere Hilflosigkeit schwappt über und meine Stimme wird zu einem Schreien.

„Das verstehst du falsch. Du tötest niemanden aus Boshaftigkeit. Du richtest nicht. Du würdest den Wunsch nach ewigem Frieden erfüllen“, stellt er unmissverständlich klar.

Ich lache gequält auf, doch das Geräusch gleicht eher dem Quieken eines Schweins auf der Schlachtbank. „Tut mir leid. Das bringe ich nicht übers Herz. Warum kann ich nicht die Gabe *Brot für die Welt herbeizaubern* haben? Nein. Ausgerechnet aus mir soll eine Mörderin werden.“

Mitfühlend blickt Thor mich an und hält meine Hand, die ich ihm nun brüsk entziehe. Mein Herz und Verstand ertragen momentan nichts Göttliches. Ich wende den Blick von ihm ab.

Habe ich mich jemals einsam gefühlt? Dass da noch eine Schippe drauf gelegt werden kann, habe ich nicht gewusst.

Der Donnergott erhebt sich von seinem goldenen Stuhl, der mit rotem Samt bezogen ist, und geht zur Tür.

„Schlaf, geheimnisvolle Malina. Das wird dir die Sichtweise klären. Wenn du mich brauchst, ruf mich in deinen Gedanken.“

Er ist schon beinahe verschwunden, da wispere ich ihm fragend zu: „Wünschst du dir auch den Tod?“ Die Furcht vor seiner Antwort schnürt mir die Luft ab und die Tränen kennen kein Halten mehr.

Thor überlegt länger als erwartet und schaut betreten zu Boden. „Ich will dich nicht belügen, Malina, und deshalb ist meine Antwort ja. Es gab viele Momente, da habe ich mir mein Ende herbeigesehnt.“ Er hebt den Blick und schaut mich traurig an. Nein. Traurig ist das falsche Wort. Sein Blick drückt das Leid von Jahrtausenden aus. Unvorstellbar für die Augen einer Achtzehnjährigen.

Tu es nicht, erinnere ich mich an Odins bedrückte Miene, die mehr sagte als tausend Worte.

Ich schnappe entsetzt nach Luft, da meinem Donnergott sein Todeswunsch unmissverständlich ins Gesicht gemeißelt scheint.

Du willst sterben. Deswegen kann es kein uns *geben.*

Ein verzweifelter Schrei hallt durch den Raum. Es dauert, bis ich registriere, dass ich diejenige bin, die heult und schreit. Ich schlage die Hände vors Gesicht. Vehement schüttle ich den Kopf. „Nein! Das kannst du nicht von mir verlangen! Niemals würde ich es über mich bringen, dich zu töten!“

„Mit der Kraft der Götterträne würde meine Seele in der Natur fortbestehen. Ich bitte dich nicht darum. Ich werde es von dir verlangen. Doch nun … keine Sorge …“ Thor schenkt mir ein aufgezwungenes Lächeln. „Gräm dich jetzt nicht! Dieser Wunsch wird in weite Ferne rücken, bis deine Familie in Sicherheit ist und keine Gefahren mehr bestehen. Ich werde dir noch eine Zeit lang auf die Nerven gehen.“

Er zwinkert mir zu und verlässt diesen Heilschlafraum.

Wie abgebrüht, verzweifelt und lebensmüde muss man sein, um so zu werden? Ich werfe ihm mein Herz zu Füßen und er will, dass ich seines zertrample … zerstöre?

Mein Innerstes zerspringt vor Trauer und Schmerz in Abermillionen Teile.

Ich muss tatsächlich wieder eingeschlafen sein. Mittlerweile ist alles dunkel draußen. Die Sterne leuchten und funkeln heller als in meiner Welt. Kaum zu glauben, der Mond hat einen Zwilling, der sich als zweite Sichel hinter ihm versteckt. Es sieht fantastisch und wunderschön aus. Neben den schweren Fenstervorhängen aus rotem Brokat leuchten verschnörkelte Petroleumlampen an der Wand. Jemand bewegt sich im Schatten und dreht mir den Rücken zu.

Ich stütze mich auf meine Ellbogen, um besser sehen zu können. Mein ungebetener Gast hält die Hände verschränkt auf seinen Rücken.

Oh bitte, nicht wieder Loki! Dem traue ich nicht über den Weg.

„Wer ist da?“ *Na prima! In Filmen hasse ich es, wenn diese Frage fällt, jetzt mache ich es selbst.*

„Verzeih mir bitte, wenn ich zu ruppig war. Dich zu erschrecken, lag mir fern.“

Odins markante Stimme erfüllt den Raum. Ein wenig erleichtert atme ich auf.

„Malina, ich glaube, ich habe mich falsch ausgedrückt. Du gehörst nicht zu den Göttern der Unterwelt. Noch nie gab es eine Reinkarnation vom Sonnengott Re, der Gott allen Lebens. Du kannst Leben erschaffen und es auch beenden. Die machtvolle Naturenergie der Götterträne ist dein Gefährte. Solch eine kraftvolle Verschmelzung ist einzigartig und verdoppelt deine Macht. *Du* bist einzigartig! Weder Gut noch Böse, sondern das Gleichgewicht allen Lebens."

Odin tritt zu mir ans Bett und neigt unverhofft sein Haupt vor mir. „Ich heiße dich in der Welt der Götter Willkommen, Malina."

Hätte dieses Bett mir nicht so eine Energie-Kur verpasst, wäre ich vermutlich schon wieder von den Socken.

Ich setze mich kopfschüttelnd auf und halte abwehrend die Hände vor meinen Körper. „Oh nein. Nein. Nein. Nein. Und nochmals nein! Allvater, Ihr wollt mir jetzt nicht wirklich erzählen … ich sei … eine Göttin? Das kann nur ein ziemlich schlechter Witz sein."

„Du hast das Zeichen des Re. Da gibt es keinen Irrtum. Zumal ich vermute … dass die Götterträne deine ägyptisch-göttliche Kraft geweckt haben mag."

„Und wie lange werde ich diese göttliche Power mit all ihrem Charme und der schillernden Aura haben?"

„Lebenslänglich. Es sei denn, du findest selbst einen Weg, um sie loszuwerden. Da bin ich allerdings überfragt."

Missmutig streiche ich über meinen Nacken. Meine Gedanken schlagen Saltos und es ist schwer, da Ordnung hineinzubringen. Die verschiedenen Gestalten der Unterwelt drängen sich vor mein inneres Auge.

„Als ich in Not war, hat mir die Götterträne auf einmal nicht geholfen. Wie konnte das passieren, wenn ich doch ach so mächtig sein soll?"

Odin macht eine wegwischende Handbewegung und der glitzernde Heilschlafzauber, der mich bisher umgeben hat, verschwindet. Galant reicht er mir seine Hand und hilft mir auf die Beine. „Gefühle, mein Kind. Du musst deine Emotionen in den Griff bekommen. Wahrscheinlich hast du dich selbst lahmgelegt."

„Was soll denn das heißen?", frage ich entgeistert.

„Deine Panik hat dich und die Götterträne paralysiert. Ihr wart beide blockiert. Du musst mit offenem Geist bei der Sache sein. Lernen mit der Kraft umzugehen."

Er reicht mir einen verzierten Trinkbecher aus Edelstahl. Kurz verziehe ich das Gesicht und drehe zügig den Becher, damit meine Lippen nicht Lokis eingraviertes Gesicht berühren. Da ist mir die Seite mit Thor lieber.

„Nimm einen Schluck Met und die Welt sieht gleich ganz anders aus. Versuche, negative Gefühle zu bannen. Lass nicht zu, dass Traurigkeit dich übermannt und beherrscht."

Das sagt mir der Richtige, der selbst überfordert und überwältigt dreinschaut.

Odin nimmt einen Trinkbecher von dem gläsernen Beistelltisch und gießt sich ebenfalls Met ein. Er nimmt einen großen Schluck. Unerwartet lächelt er in den Raum. Neugierig sehe ich ihn an und warte, ob er etwas sagen will.

„Vielleicht hat sich deine Götterträne auch einen kleinen Scherz erlaubt und dir absichtlich nicht geholfen, damit du Thor näher kennenlernst und hierher zu uns kommst."

„Ihr meint, die Träne hat ein eigenes Bewusstsein und … handelt?"

„Jedenfalls ist das nicht abwegig."

Nachdenklich schwenke ich meinen Met im Becher. „Die Träne hat tatsächlich schon einmal zu mir gesprochen."

Odin hebt interessiert und erstaunt den Blick. „Das ist in der Tat außergewöhnlich. Bedeutet für die Götterträne sicherlich eine enorme Kraftanstrengung, in der menschlichen Sprache zu kommunizieren."

Meine Finger umschließen das Medaillon. „Es ist nicht leicht, positive Gefühle zu empfinden, wenn einem das Wichtigste im Leben genommen wurde."

„Verständlich."

Er führt mich auf einen großen Balkon, von dem aus wir eine traumhafte Aussicht über die goldene Welt Asgards haben. Hinter mir erstrecken sich die zwölf Himmelsburgen. Alles glänzt und funkelt, dank Gold und Edelsteinen. Für meinen Geschmack alles zu prächtig. Ich sehe zu den leuchtenden Sternen.

Sind sie irgendwo dort oben? Werde ich jemals wieder mit ihnen vereint sein? Ich würde alles dafür geben, um meine Eltern noch einmal umarmen zu dürfen. Mamas unvergleichbaren Duft nach Seife, Nivea Creme und Parfum einzuatmen. Das Gefühl, wie sie mir über das Haar streichelt, ist mir mehr wert als das Haus und das ganze Geld, das sie mir hinterlassen haben. Ich möchte noch einmal Papas liebevolle Stimme hören, wenn er mich Bastet oder mein Kätzchen nennt. Das vernichtende Gefühl des Verlustes zerhackt mir das Herz.

„Allvater? Hätte ich sie retten können?" Ich blicke von den Sternen in Odins Gesicht. „Meine Eltern? Hätte ich ihren Tod verhindern können, wenn die Träne mich früher gefunden hätte?"

Odin atmet laut aus und verschränkt erneut die Arme auf dem Rücken. Die Frage bereitet ihm Unbehagen, aber dennoch, ich muss es wissen. „Vielleicht."

Sekundenlanges Schweigen.

„Allerdings denke ich, dass die Götterträne dich erst fand, als du in unendlicher Trauer warst. Dein Schmerz, der Verlust, deine Furcht und deine Tränen haben die Götterträne zu dir geführt."

Ich nicke und wische mir die stummen Tränen fort.

„Sieh, Malina, es ist ein äußerst schwieriges Thema. Den Tod aufhalten, ihn verhindern, was für Veränderungen würde das mit sich bringen? Würde die geliebte Person immer noch dieselbe sein? Oder würde der dunkle Sog des Todes, der ja auch vorgesehen war, den geretteten Menschen irgendwann in den Wahnsinn treiben? Der Körper würde spüren, dass etwas nicht stimmt. Dass etwas anders ist, als es sein sollte."

Darauf kann ich wirklich nichts erwidern.

Schweigend starre ich auf die Aussicht, die mich weder berühren noch trösten kann.

Gibt es hier eigentlich auch Felder? Hier und da ein paar Bäume, Berge mit Wasserfällen und prunkvolle Paläste, so weit das Auge reicht. Das Einzige, was mich wahrhaftig begeistern kann, ist der berühmte *Bifröst*, auch Regenbogenbrücke genannt.

„Nicht gerade das, was du gewohnt bist, nicht wahr?"

Typisch überheblicher Götterton. Ich zucke gleichgültig mit den Schultern. „Ganz ehrlich? Muss ich auch nicht. Das ist mir hier eine Spur zu … goldig."

Odin wirft mir einen verständnislosen Blick zu. Scheinbar kann er sich nichts anderes vorstellen als diesen Prunk. Ich stelle mir Thor als Kind vor, in einer goldenen Kinderrüstung auf einem weißen Pferd und hocherhobenem Schwert, über die Regenbogenbrücke reitend. Ich fasse ans Geländer und sehe in die Tiefe.

Wow!

Der Palast steht auf einem mächtigen Felsen, unter dem ein tosender Wasserfall seine Gischt verspritzt.

Sieht ja aus wie die Niagarafälle! Ok, jetzt bin ich beeindruckt.

Aus heiterem Himmel nimmt Odin meine Hand, streichelt über meinen Handrücken und besieht sich meine Haut.

„Meine Neurodermitis ist jetzt komplett weg. Liegt das an dem Heilschlaf?“, frage ich verwundert.

„Unter anderem. Warst du als Kind eigentlich oft krank, Malina?“

„Weiß nicht. Kann mich nicht erinnern.“

„Seit wann hast du die Neurodermitis? Seit dem Tod deiner Mutter?“

Ich entziehe ihm höflich die Hand und fühle über meine Haut. „Nein. Ich glaube … seit dem Tod von meinem Vater.“

„Und es wird wiederkehren.“

„Wie kommt Ihr darauf?“

„Wenn deine Seele leidet, spiegelt es sich auf deiner Haut wieder. Ansonsten warst du bisher, mit Sicherheit, stets gesund.“

Interessante Theorie.

Seufzend reibe ich mir die Arme. In den letzten Wochen hat sich so vieles verändert. Das ist schwer zu schlucken.

„Das klingt jetzt hart, dennoch solltest du wissen, dass deine gesamte Kraft erst erwacht ist, weil du so viel gelitten hast. Jedenfalls bin ich davon überzeugt. Wärst du ein wohlbehüteter Mensch geblieben, hätte es sein können, dass die göttliche Seele in dir für immer geruht hätte. Starke Emotionen, Schmerz und Kummer haben sie geweckt.“

Stumm wische ich mir die Tränen fort. Dann hätte ich meine Eltern lieber wieder als diese göttliche Kraft. Wenn ich könnte, würde ich das alles sofort eintauschen. Lieber ein erfülltes, menschliches Leben mit denen, die man liebt, als ein ewiges und einsames Leben mit überdimensionaler Kraft.

„Wo wohnt denn Thor?“, breche ich das langanhaltende Schweigen und wechsle so das Thema, um die trübe Stimmung zu durchbrechen.

„In seinem Palast *Bilskirnir,* einer der zwölf Himmelsburgen." Er weist zu seiner Rechten auf einen anderen Palast, der nicht minder prachtvoll ist.

Ein verschmitztes Lächeln huscht über meine Lippen. „Hätte ich selbst draufkommen können. Unschwer zu erkennen an den Schilden, Speeren und Hammersymbolen im Mauerwerk."

Mir entgeht Odins kummervoller Blick Richtung Thors Palast nicht. „Ihr seid nicht mit Thors Arbeit bei Rapsynta einverstanden. Was stört Euch so daran?"

„Pure Zeitverschwendung. Der Beschützer von *Midgard,* der Menschenwelt, züchtet Blümchen, anstatt sich um wesentliche Dinge zu kümmern."

„Wir machen weitaus wichtigere Aufgaben als Blumenzüchtung. Die Entwicklung neuer Sorten ist sehr wichtig für die Lebensmittelindustrie."

Thor erscheint auf seinem vorderen Balkon.

Hoppla!

Sein Erscheinen erweckt die Feen in meinem Bauch, die wie irre mit ihren Flügeln schlagen. Ich will ihm fröhlich zuwinken, besinne mich allerdings auf unser letztes Gespräch und verschränke die Hände auf dem Rücken. Zu allem Übel sieht er gerade immer noch nicht besser gelaunt aus. Sein versteinerter Blick lässt mich innerlich zusammenfahren. Thors Hammer *Mjölnir* zischt durch die Luft und landet griffsicher in seiner Hand.

„Nein!", entfährt mir ein Schrei, als er mit einem Satz auf seine Balkonbrüstung springt und sich mit schwingendem Hammer in die Tiefe stürzt.

Odin und ich prallen gegen das Geländer, um zu sehen, wo Thor abgeblieben ist. Erleichtert sehe ich ihn auf einem Felsen knien und auf das Wasser unter ihm starren.

„Was zum Teufel sollte die Aktion?" Mein Herz rast wie verrückt. *Wie kann er mich nur so erschrecken?*

Ich blicke zu Odin, doch der schweigt. Hinter seiner Stirn scheint es fieberhaft zu arbeiten.

Zu meinem Erstaunen erscheinen weitere Soldaten, die sich auf Felsen verteilen und zum Wasser starren.

Meine Götterträne leuchtet blau auf, was ich noch nie zuvor gesehen habe.

Wie auch? Das Tränchen war vorher immer in deinem Medaillon, Herzchen. Du konntest nie sehen, ob es die Farbe wechseln kann.

Meine innere Besserwisserin weiß wieder Bescheid.

Ich fasse Odin am Arm. „Allvater? Was, zum Geier, kommt da aus dem Wasser?"

„Poseidon."

„Poseidon?"

Meine Augen huschen zwischen den Fluten, Thor und Odin hin und her. Die Spitzen eines blauschimmernden Dreizacks erheben sich aus den Wellen. Die Mondzwillinge hüllen die Umgebung in ein mystisches Licht, wobei der zweite Mond wie eine Sichel hinter dem anderen hervorlugt.

Odin wendet sich zum Gehen und befehlt mir über die Schulter: „Komm!"

29

Zeus

Der Allvater nimmt auf seinem monströsen Thron *Hlidskialf* Platz und ich darf neben ihm auf einem - extra für mich bereitgestellten - goldenen Stuhl in Form einer Sonne sitzen.

Odin donnert das Ende seines Speers auf den Boden und das Doppelflügeltor öffnet sich. Poseidon tritt ein, gefolgt von Thor und den anderen Soldaten. Der griechische Gott des Meeres deutet eine grüßende Geste an.

„Allvater. Welch frostige Begrüßung."

Der Duft nach Algen und Meer weht mir entgegen. Seine Rüstung schimmert wie die Haut einer Regenbogenforelle. Sein dunkelbraunes, schulterlanges Haar besitzt einen Grünstich, ebenso sein längerer Vollbart.

Poseidons Blick streift mich neugierig. Unsicher zupfe ich mein blaues Empire-Kleid glatt. Der Dreizack zieht jedoch sogleich wieder meine volle Aufmerksamkeit auf sich. Rauschendes Wasser sprudelt in seiner gesamten göttlichen Waffe.

„Poseidon. Wie komme ich zu dieser seltenen Ehre?", ertönt Odins unüberhörbare Stimme.

Besagter Gott des Meeres zückt eine Schriftrolle aus seinem Kampfanzug, neigt respektvoll sein Haupt vor Odin, der es ihm gleichtut, und steigt die vier Stufen zu Odins Thron hinauf. Lächelnd überreicht er mir, anstatt dem Allvater, die Nachricht. Verdutzt nehme ich sie an.

Ich werfe Odin einen fragenden Blick zu, der wendet sich an Poseidon: „Lass mich raten: Meinem Gast wird eine Audienz bei Zeus gewährt. Bist du unter die Postboten gegangen? Für gewöhnlich ist das Hermes' Job."

Mit großen Augen löse ich das rote Bändchen und rolle die Nachricht auf. Nur mit einem Ohr höre ich der weiteren Unterredung zu: „Ich wollte mir das mysteriöse Mädchen mal anschauen, die mir als Tochter angedichtet wird und scheinbar über eine Wassergabe verfügt", erzählt Poseidon.

Mühelos kann ich die altgriechische Schrift lesen. Ich suche Thors Blick und rolle die Nachricht wieder zusammen. Erwartungsvoll sehen mich alle im Saal an.

„Ja. Eine Audienz", bestätige ich tonlos, weil ich nicht weiß, was ich davon halten soll.

Eine Audienz bei Zeus. Da wird der Hund in der Pfanne verrückt.

Während sich die Götter angeregt unterhalten, streichen meine Fingerspitzen über die Schriftrolle.

Ach, Bella Bettina! Wie sehr ich dich und Tommaso vermisse. Ich wäre jetzt lieber bei euch und würde bis zum Händekrampf Etiketten kleben. Was ich dringend brauche, ist Normalität.

„Möchtest du an die frische Luft?" Thor steht unverhofft vor mir und reißt mich aus meinen Gedanken. Ich schenke ihm ein schüchternes Lächeln. Scheinbar registrieren seine Fühler, dass ich gerne woanders sein möchte. Er nimmt meine Hand und wir verlassen gemeinsam Odins Thronsaal. Die Blicke der Anderen spüre ich deutlich im Rücken, aber ich weiß, dass ich niemandem Rechenschaft schuldig bin.

Mein Donnergott zieht meinen Arm unter seinen und bemüht sich, lässig aufzutreten, dabei kann ich seine Nervosität und sein vermutlich schlechtes Gewissen bezüglich seiner grausamen Forderung förmlich schmecken.

„Thor, ich bin immer noch die Gleiche. Die Azubine aus Deutschland. Nicht mehr und nicht weniger."

Grinsend schürzt er die Lippen. „Plus Sonnengöttin, mit der Kraft der Natur ausgestattet. Ja. Wirklich völlig normal. Da stimme ich dir zu." Spielerisch haue ich ihm auf die Schulter, ehe ich wieder ernster werde.

„Wie soll ich das Ganze verstehen und realisieren, wenn es mir doch so abstrakt vorkommt?"

Er reibt sich nachdenklich die Lippen. „Vielleicht brauchst du mehr Beweise für deine Gaben, damit du lernen kannst, sie zu akzeptieren. Möchtest du ins Wasser schauen?"

Ich blicke fragend Thor von der Seite an. „Wie meinst du denn das jetzt?" Mein Donnergott lächelt breit und führt mich in den Innenhof. Ranken wachsen am Mauerwerk hinauf, Steinsitzbänke laden zum Ausruhen ein. Auf vereinzelten kleinen Rasenflächen stehen Bäume, deren Blüten an Orchideen erinnern. Wir gehen auf eine Wand zu, an der Odins Kopf in drei Meter Höhe als Wasserspeier dient.

„Sieht ja gruselig aus, wie das Wasser aus seinem Mund schießt", bemerke ich und wir bleiben vor dem großen Teich stehen.

„Nimm eine Handvoll Wasser, tröpfle etwas von deinem Speichel darauf und schleudere es an die Wasserwand."

Skeptisch blicke ich ihn an. „Du meinst, ich soll mir in die Hand spucken?"

Thor zuckt die Schultern. „Wenn du es so unschön ausdrücken möchtest, bitte. Aber wenn du es tust, denk an etwas, das du gerne sehen möchtest."

Erwartungsvoll mache ich, was er gesagt hat. Ich schöpfe eine Handvoll Flüssigkeit, spucke darauf und schleudere es zu Odins offenem Steinmund. Im Flug formt sich mein Spuckewasser zu einer sprudelnden Kugel und vermischt sich beim Aufprall mit dem Wasserfall. Das herabrauschende Lebenselement misst etwa eine Breite von siebzig Zentimeter und schlagartig bilden sich schemenhafte Bilder.

„Ich werd' verrückt! Bella Bettina und Tommaso!" Fasziniert knie ich mich an die Teichbrüstung und lehne die Arme darauf. Thor stellt seinen Stiefel auf die Teichumrandung, lehnt sich auf sein Knie und sieht sich das Wasserspektakel mit mir an.

Mein Onkel und meine Tante sitzen gerade beim Mittagessen und Bettina starrt ständig griesgrämig auf ihr Handy.

Oh, ich habe es versäumt, Bella Bettina öfters zu schreiben! Sie tobt bestimmt wie eine Hyäne. Aber mal ehrlich, was soll in der SMS drinstehen? Zum Beispiel: „Hi, liebes Tantchen. Es ist viel passiert, seitdem ich in Norwegen bin. Du hattest Recht: Liebe auf dem ersten Blick gibt es wirklich. Ich habe mich nicht in irgendeinen niedlichen Typen aus einer Bar verguckt, nein, ich muss ja gleich aufs Ganze gehen und habe mich in einen waschechten Gott verknallt. Monströse Kreaturen, Tiere und Pflanzen aus der Unterwelt jagen mich und übrigens bin ich dann selbst noch zu einer ägyptischen Göttin befördert worden. Also, was sagt man dazu? Nicht schlecht für meine erste Norwegenreise oder?"

Na, die würde bei solch einer Nachricht Augen machen und mich hier höchstpersönlich abholen und in eine Nervenklinik stecken. Verdenken könnte ich es ihr nicht. Für mich selbst klingt das alles eine Nummer zu hoch und vor allem absurd.

Thor grinst über das ganze Gesicht. Schockiert schaue ich ihn an. „Fuck! Habe ich das jetzt laut gedacht? Ich meine, so, dass du es innerlich hören konntest?"

„Jedes Wort, meine Sonnengöttin." Er lässt vor Lachen seine Augen blitzen und zieht mich auf die Beine. Mir schlägt vor Scham das Herz bis in den Kopf. Ich habe alles ausgeplaudert! Jetzt weiß er sprichwörtlich, was ich fühle. Wie peinlich! An meinen Gaben muss ich dringend arbeiten und üben, damit ich das alles in den Griff bekomme.

Aber wie soll ich mich in seiner Nähe unter Kontrolle kriegen? Das ist Mission impossible. Denn er strahlt einen so starken Sexappeal und eine außergewöhnliche Schönheit aus, dass er der einzige Grund sein kann, warum Liebessongs und gefühlvolle Poesie überhaupt existieren.

Sanft nimmt Thor mein Gesicht in seine Hände und schaut mich zärtlich an. „Solch ein Mädchen, wie du, ist mir in fünftausend Jahren nicht begegnet."

Bevor er abrupt seine Laune wechseln kann, um den unnahbaren Donnergott zu spielen, - der sich um keinen Preis verlieben will – ziehe ich ihn an mich.

Ich schenke ihm einen unsterblichen Kuss, der eine Explosion in mir und hoffentlich auch in ihm entfacht, als würde jeder Zentimeter meines Körpers mit Feenflügeln gestreichelt. Erst jetzt wird mir so richtig klar, wie kussausgehungert ich bin. Sein kratziger Bart prickelt auf meiner Haut und sendet pochende Signale in meinen … ähm … Slip. Ich greife in sein Haar, das mich an Seide erinnert. Seine Zunge schmeckt göttlich und irgendwie fruchtig, als hätte er kurz zuvor einen Erdbeerlikör getrunken. Mit völliger Hingabe versinke ich in unserem Kuss und will am liebsten nichts anderes mehr machen.

Thor windet sich, drückt mich von sich und sieht mich teils zornig und teils flehend an. „Tu. Das. Nie. Wieder. Malina! Das ist mein Ernst. Hör auf nach Schwächen bei mir zu suchen!"

Ich sehe ihn herausfordernd an.

Eins steht fest, ich werde darum kämpfen, dass du deinen sehnlichsten Wunsch aufgibst.

30

Blättergeräusche

Thor stürmt nicht davon, obwohl ich fest damit gerechnet habe, stattdessen steht er mit geschlossenen Augen zwiegespalten … wie gebeutelt, aber auch sehnsüchtig vor mir, als könne er sich nicht von mir lösen. Alsbald entspannt sich jedoch sein Gesicht. Er atmet hörbar lauter. Thor scheint etwas zu genießen, was ich weder höre, sehe noch rieche. Als ob er einer Melodie lauschen würde.

Ich wage ein zaghaftes Lächeln: „Was machst du da?"

„Ich erfreue mich an deinem göttlichen Duft und an deinem Klang, der es mir schwer macht, wütend zu sein."

„Was denn für einen Klang? Sprich nicht ständig in Rätseln."

„Wenn ich in deiner Nähe bin, höre ich Meeresrauschen, das Plätschern eines Bächleins, das Rascheln von Blättern oder wie sich hohes Gras im Wind wiegt."

Perplex öffne ich den Mund, um ihn sogleich wieder zu schließen. Zuerst muss ich meine Gedanken ordnen, bevor ich Unsinn erzähle. Ich erinnere mich an unsere erste Begegnung. „Hast du mich anfangs an der Kantinentür deshalb so merkwürdig angeschaut?"

„Ja. Ich war mir zunächst nicht sicher, woher diese Klänge der Naturgeräusche stammten."

„Ich habe zu Ehren von Malina und Poseidon ein Fest verkünden lassen." Odin reißt uns erfolgreich aus unserem Gespräch und wir sehen ihn auf uns zukommen. Sein zufriedenes Lächeln überstrahlt seine gesamte Erscheinung.

Ein Fest in Asgard zu erleben, da muss ich mir etwas ganz Besonderes einfallen lassen, was meine Erscheinung betrifft. Ein Kleid aus den Schränken der Asinnen erscheint mir unpassend.

In einem Ankleidezimmer wird meine olivenfarbene Haut von den Badefrauen mit einer goldenen Creme eingerieben, passend zu meiner ägyptischen Herkunft. Ich lasse noch etwas Außergewöhnliches auf meine Haut malen, womit ich Thor überraschen möchte, falls mich mein geplantes Kleid im Stich lässt.

Cleopatra ähnlich werden meine Augen geschminkt.

Gerade will eine Badefrau an meine Haare, da halte ich sie zurück. „Warte mal. Ich möchte etwas ausprobieren."

Ich schließe die Augen, konzentriere mich auf eine Frisur, lasse meine Hände über mein Haar gleiten, ohne es zu berühren, und höre das überraschte Raunen der Badefrauen.

Im Spiegel sehe ich mir das Resultat an. Feine Goldfäden zieren mein Haar, dazu ein Stirnreif in Form der Uräusschlange, die ohne Schwanz, mit zwei Köpfen zu meiner Stirn verläuft. Kopf an Kopf halten sie die Sonnenscheibe zwischen ihren Mäulern. Zwar nicht das originale Re-Symbol, aber ich bin offen für Neues. Ich trete noch näher an den prunkvollen Spiegel heran.

Ist ja cool! Ich glaube, ich brauche nie mehr shoppen gehen.

„Wie ist dein Name?", wende ich mich an eine rothaarige Badefrau.

„Lykke, Herrin."

„Sag ruhig Malina zu mir. Kannst du mir einen Eimer warmes Wasser holen?" Lykke nickt eifrig und verschwindet.

Gespannt wartet die zweite Badefrau auf das, was kommt, und ich lächle ihr verheißungsvoll zu. Lykke erscheint mit dem Eimer und stellt ihn vor mir ab. Ich setze einen nackten Fuß ins Wasser, mache mit meiner rechten Hand eine heraufziehende Handbewegung und ein traumhaftes Kleid, mit einem Hauch von Türkis, umspült figurbetont meinen Oberkörper. Schulterschleier reichen wie eine Schleppe zu Boden. Mein Wasserkleid sprudelt und ist ständig in Bewegung, was am weiten Rock ganz besonders gut zur Geltung kommt. Es wirkt wie aus einer frischen Quelle entsprungen, macht aber nichts und niemanden nass. Glücklich lächelnd sehe ich in die entgeisterten Gesichter von Lykke und ihrer Freundin.

„Das ist wahrhaftig was für Poseidon", stellt Lykke atemlos fest.
Es klopft an der Tür und ich rausche mit meinem sprudeligen Kleid der Einzigartigkeit zur Tür.

Thor vergisst bei meinem Anblick offensichtlich das Atmen. Für seine Verhältnisse dauert es lange, bis der amüsierte Blick voller Schalk im Nacken zu ihm zurückkehrt. „Ah, jetzt begreife ich das Gerücht, dass du angeblich eine Tochter Poseidons sein sollst." Spitzbübisch grinst er mich an. „Du bringst die Welt der Götter ganz schön ins Schwitzen und vermischst die Kulturen."

„Aber es gefällt dir", stelle ich mit neu entdecktem Selbstvertrauen fest.

„Du bist bezaubernd und immer wieder für Überraschungen gut."

In seinem silbernen Gewand sieht mein Donnergott ebenfalls zum Dahinschmelzen aus. Hoffentlich behalte ich meine Contenance, sonst rauscht mir noch mein Kleid davon.

Unbeholfen bietet Thor mir seinen Arm an und deutet auf meine Wasserrobe. „Kann man da was kaputt machen?"

Errötend blicke ich ihn an. „Ich hoffe nicht, sonst stehe ich quasi nackt im Saal."

Ein Blitz zischt durch seine Augen.

Das heißt dann wohl, dass er mich gerne mal nackt sehen würde.

Ich lache in mich hinein und lasse mich von ihm zum Festsaal geleiten.

Für Odins Geschmack natürlich ein Augenöffner. Ein Wikingerschiff aus Holz dient als Buffetplattform und ist mit reichhaltigen Köstlichkeiten bestückt. Dienerinnen flitzen mit Silbertabletten umher, um alle Gäste mit Met zu versorgen.

Als Poseidon mich entdeckt, beginnen seine Haare zu schimmern und sein Dreizack sprudelt wie kochendes Wasser. Odin sieht mich zweimal an, um zu verstehen, was ich da für ein Kleid trage. Die ungeteilte Aufmerksamkeit, die man mir zukommen lässt, lässt mich dann doch an meiner Kleiderwahl zweifeln. Schließlich bin ich nie daran interessiert gewesen, das Augenmerk von allen zu sein.

„Da musst du jetzt durch", flüstert Thor mir zu, der offensichtlich mein Unwohlsein bemerkt und mich weiter in den Saal zieht.

„Verehrte Gäste, ich verkünde: Thor mit unserem Ehrengast, die Sonnengöttin Malina", ruft Odins Zeremonienmeister, der übertrieben herausgeputzt eher an den Hof von *Queen Elisabeth I* gepasst hätte.

Poseidon stellt seinen Kelch und Dreizack fort und kommt in einem blau schimmernden Gewand auf uns zu. „Darf ich bitten?" Er verneigt sich vor mir.

Puh, muss ich mich jetzt an so etwas gewöhnen?

Der Gott des Meeres nimmt meine Hände ohne eine Antwort abzuwarten und wirbelt mich über den polierten Parkettboden, der ein großes Abbild von Odin und Frigg zeigt. Meine blauen Samtschuhe trampeln auf Odins Gesicht herum, da ich nicht gerade die perfekte Tänzerin bin. Dank Poseidons exzellenter Führung fällt das glücklicherweise kaum auf.

„Also, Mädchen, wie heißt deine Mutter?"

Ein Schatten huscht über mein Gemüt. „Kristina Lettmann."

„Nie gehört. Wie alt bist du?"

„Achtzehn. Wird das ein Verhör?"

„Achtzehn? Ich habe gut ein Jahrhundert keine Sterbliche mehr verführt, also falle ich als dein Vater entschieden aus."

Ich rolle mit den Augen. „Logisch. Mein Vater war Danyal, ein Ägypter. Wäre das nun endlich geklärt? Hast du so viele Kinder verstreut, dass du nicht einmal alle kennst?", frage ich vorwurfsvoll.

„Männliche Götter sind Frauensammler, meine Liebe. Schau dir unseren Allvater an, auch kein unbeschriebenes Blatt."

Ein trauriges Gefühl jagt durch meinen Bauch und ich schaue zu Thor. „War Thor bisher auch solch ein Rockjäger?"

Poseidon führt unseren Tanz zu dem besagten Gott. „Das kannst du ihn selber fragen." Zügig legt er meine Hände in die des Donnergotts, verneigt sich kurz und kehrt zu seinem Met zurück.

„Du hast mit einem Gesicht getanzt wie ewig schlechtes Wetter", zieht Thor mich auf.

„Vielleicht habe ich mir meinen ersten Tanz mit dir gewünscht", entgegne ich, verblüfft über meine Kühnheit, und verschweige meine von Eifersucht geprägte Frage.

Er hebt sanft mein Kinn an. „Malina, ich habe Gesprächsfetzen mitbekommen. Natürlich hatte ich in meinen fünftausend Jahren mehrere Liaisons. Aber als ich mit Sif verheiratet war, war ich treu. Ich bin zwar Odins Sohn, aber nicht Odin selbst."

Wie gerne würde ich ihn jetzt vor all den Anwesenden inbrünstig küssen, trotz seines Verbots. Seine Augen sprechen von unterschiedlichen Emotionen, die mich überwältigen. Nicht zum ersten Mal wünsche ich mir, er möge die wachsenden positiven Gefühle, die offensichtlich in ihm heranwachsen, zulassen. Ihm liegt was an mir. Das spüre ich. Die Göttertráne verrät es mir gefühlsmäßig ebenfalls. Er kann es vertuschen, seine abweisende Mauer hochbauen und dutzende Male lügen. Seine wechselnde Miene, wenn er glaubt, ich sehe es nicht, verrät ihn dennoch.

Mein Kleid gefällt ihm. Ich gefalle ihm. Das sehe ich ihm an der Nasenspitze an. Dieser wunderschöne Moment lässt mich all die Hiobsbotschaften von Göttterermordungen und allumfassende Macht ein wenig vergessen.

Zufrieden schließe ich für ein paar Sekunden die Augen und konzentriere mich auf die Götterträne.

Schenk ihm Wärme, Trost und die Lust zu leben.

Thor umfasst zärtlich meine Wangen und sieht mich eindringlich an. „Versuchst du schon wieder, mich zu manipulieren?"

Ein Feuerwerk an Adrenalin schießt mir in den Bauch. Mit einem Mal pulsiert mein Kleid stärker. Thor schielt zu meinem Kleid hinab. „Ich verstehe nicht allzu viel von Kleidern, aber dieses hier lässt alle Asinnen vor Neid erblassen. Du siehst einfach fantastisch aus. Wie machst du das nur? Es erinnert mich an die glitzernde Flüssigkeit dieser Glitter-Lava-Lampen, kennst du die? Solch eine habe ich in grün in meiner Wohnung in Tromsö stehen."

Ich lächle meinem Kleid zu, das noch immer warm ist. „Beeinflussung von Wassermolekülen nehme ich an. Und ja, ich weiß, was du meinst. Meine Mama schenkte mir einst eine lila Glitter-Lava-Lampe. Die steht noch immer in meinem Zimmer."

„Die würde ich gerne mal sehen."

„Heißt das, du möchtest mich mal nach Deutschland begleiten?"

„Warum denn nicht? Allein schon deine Kinderfotos sind bestimmt ein Besuch wert."

Ich seufze. „Ein schöner Gedanke. Bevor ich mich in das große Abenteuer stürze, Zeus zu begegnen und ägyptische Götter zu besuchen, um denen ein wenig auf den Zahn zu fühlen, wäre etwas Normalität sehr zu begrüßen."

„Ich dachte, dies sei ein Fest zu Ehren von Poseidon und unserer spannenden Neuentdeckung und du nimmst sie alleine in Beschlag."

Loki.

„Warum nur schockiert mein Anblick jedes Mal dieses zierliche Wesen?" Loki mustert mich überheblich.

Thor klopft Loki provozierend auf die Schulter. „Dein ambivalenter Ruf eilt dir nun einmal voraus. Man weiß nie, woran man bei dir ist. Listiger Drahtzieher für etwas Gutes oder Schlechtes?"

„Hm, bei einem Tanz mit unserem Ehrengast kann ich doch bestimmt nichts falsch machen oder?"

Mutig trete ich auf ihn zu. „Wir werden sehen."

Loki grinst verschlagen und führt mich über das Parkett. „Jetzt überraschst du mich. Ich habe mit mehr Widerwillen gerechnet."

„Versuche erst gar nicht, mich zu durchschauen. Im Moment ändere ich andauernd meine Talente."

„Aber nur, weil du sie gerade entdeckst. Du weißt wahrscheinlich noch nicht einmal die Hälfte deiner Möglichkeiten."

„Ach, und du schon?"

Er grinst listig. „Vielleicht."

„Du lässt dir nicht gerne in die Karten schauen“, bemerke ich trocken und frage mich nicht zum ersten Mal, was ich von ihm halten soll und was er noch bezwecken könnte.

Lokis Lippen nähern sich meinem Ohr. „Wer tut das schon?“

Böse funkle ich ihn an. „Ich weiß, dass die Götter fürchterlich unter Langeweile leiden und geschwächt sind, da der Glaube an sie zunehmend verschwindet und euch das ewige Leben plagt, aber bitte, mach keine Dummheiten, ja? Ich habe kein Interesse daran, in irgendwelche Konflikte oder gar Kriege mit hineingezogen zu werden.“

„Und was willst du tun, wenn es vielleicht zu einer gewaltigen Fehde kommt, alleine deinetwegen?“

Ein instinktiver Teil von mir liest in seinen Gedanken. Vor Schreck reiße ich die Augen auf, vergesse zu tanzen und sehe Loki in die grünen Augen. Verwundert blickt er mich an.

Platsch!

Fuck! Mein Kleid!

Jetzt bekommen alle das zu sehen, was eigentlich nur für Thor gedacht war. Lokis fragender Blick wechselt zu Begierde. Ihm gefällt, was er sieht. Meine goldschimmernde Haut ist bloßgestellt und das Wasser rauscht als Pfütze um meine Füße. Glücklicherweise habe ich meine Nacktheit kaschiert. Ich trage ein aufgemaltes Oberteil aus Falkenfedern dazu einen kurzen Rock. Der einzige Stoff auf meiner Haut sind hauchdünne Schleier, die an einem goldenen Gürtel befestigt sind und meine Scham bedecken.

Loki streicht über meinen bemalten Bauch und verschmiert die Farbe.

„Ich bin wahrlich hingerissen.“ Sein lüsterner Blick würde mich am liebsten fressen. Seine Lippen nähern sich mir gefährlich.

Reflexartig verpasse ich ihm eine schallende Ohrfeige. Sein Kopf ruckt zur Seite und seine Wange färbt sich rot. Ein Glück für ihn, denn sonst hätte ihn Thors Hammer am Kopf getroffen, der an uns vorbei saust.

„Loki! Das ist mein Mädchen!“, ruft Thor aus, räuspert sich und fügt hinzu: „Schützling. Mein Schützling wollte ich sagen.“

Loki wirft ihm ein wölfisches Grinsen zu, das Thor kontert, indem gefährliche Blitze durch seine Augen sprühen.

Fix lasse ich meinen Körper wieder vom Wasser verhüllen, indem ich mit einer heraufziehenden Handbewegung das Wasser mental auffordere, an seinen Platz zurückzukehren. Wütend wende ich mich von Loki ab und stampfe zu Thor und Odin.

Bevor Odin etwas sagen kann, schneide ich ihm brüsk das Wort ab und zische: „Ich weiß Bescheid. Wann wolltest du mich denn in Kenntnis setzen?“ Ich warte keine Antwort ab, sondern widme mich zornig meinem Donnergott. „Ich gehe zurück nach Tromsö. Das ganze Göttergehabe und die vielen unausgesprochenen Worte zerren an meinen Nerven.“

Woher ich die ganze Kraft und den Mut hernehme, weiß ich nicht genau, aber es fühlt sich besser an, als monatelange Melancholie.

Ich verlasse die Party mit dem erdrückenden Wunsch, endlich wieder normale, ungöttliche Erde zu betreten.

31

Schreckliche Wahrheit

Die gelartige Masse in der *Bifröst*-Säule heißt mich Willkommen und wird mich durch die Regenbogenbrücke zurück nach Tromsö bringen.

Seufzend drehe ich mich zu Thor um und das schlechte Gewissen regt sich in mir. „Die müssen mich jetzt alle für ein launisches Biest halten. Tut mir leid, dass ich die Party vergeigt habe."

Mein Donnergott zupft seine Jeans zurecht und lächelt nachsichtig. „Niemand hält dich für launenhaft. Jeder weiß, wie hart es für eine geborene Sterbliche ist, eine göttliche Seele zu erhalten. Diese Konfrontation löst eine Explosion von unterschiedlichen Emotionen aus. Wir werden dir helfen, damit umzugehen. Du wirst leider lernen müssen, es zu akzeptieren und voll zu verinnerlichen. Ihr müsst eins werden, du und die göttliche Seele. Sobald du deine Gefühle kontrollieren kannst und deine Fähigkeiten beherrschst, wirst du dich wohler fühlen."

„Ach ja? So wie du deine Gefühle beherrschen kannst?", erwidere ich schnippisch.

Der Donnergott schweigt. Sein Kiefer mahlt.

„Thor? Es ist grausam, was ich in Lokis Gedanken las", wechsle ich ernst das Thema, um mein Gemüt zu beruhigen.

Er kommt näher, deutet eine Berührung an meinem Arm an, lässt seine Hand jedoch sinken. „Was hat er gedacht? Was führt er im Schilde?"

Ich schüttle den Kopf. „Er heckt nichts Böses aus. Zumindest hoffe ich das. Nein, es war der Gedanke, der mich so fertig macht. Meine Macht, Götter von ihrem ewigen Leben zu erlösen, birgt eine große Gefahr. Die dunklen Götter könnten versuchen, mich zu zwingen, die guten Götter auszulöschen. Das ganze Gleichgewicht würde kippen, wenn Odin, Zeus oder die anderen nicht mehr da wären. Odin plant, dass ich die dunklen Götter vernichte. Seine Absicht ist sicher ehrenhaft und gut, allerdings hätte ich seinen Plan gerne aus seinem Mund erfahren. Er war nicht hundertprozentig offen zu mir."

Thor fasst mir an die Schultern und sieht mich eindringlich an. „Er wollte dich mit dieser Idee bestimmt noch nicht konfrontieren. Du bist mächtig, Malina. Mächtiger als alle dunklen Götter zusammen. Nur deine Furcht lähmt dich und hält dich davon ab, deine Kraft wirklich zu erkennen und zu nutzen. Götter wie Seth oder Hades könnten dir eigentlich nichts anhaben."

„Und was ist mit dir? Können sie dir Schlimmes antun? Hast du deine krasse Narbe von solch einem Kampf?"

Er sieht auf die gezackte Narbe auf seinem rechten Arm. „Nein. Das war ein Wettstreit zwischen Zeus und mir. Schließlich kann er auch ziemlich gut mit Blitzen umgehen. Ich habe die Narbe freiwillig behalten. Die dunklen Götter könnten mich mit getrennten Gliedmaßen an eine Mauer ketten und jahrhundertelang quälen. Es wäre ein grausames Dasein. Ich könnte nicht sterben, aber mein Körper würde immer wieder Schmerzen erfahren."

Ich schmiege mich ängstlich, aufgrund seiner grausamen Enthüllung und seiner Ablehnung zum Trotz, an seine Brust. Die

Überforderung schnürt mir die Luft ab. „Ich bin noch nicht so weit", flüstere ich kraftlos und der Situation überdrüssig.

Thor streichelt sanft mein Haar. „Ich weiß. Ich bleibe bei dir und unterstützte dich, wo ich nur kann."

„Danke", hauche ich.

Wer könnte sich schon einen besseren Beschützer und Lehrmeister wünschen?

Mit Daumen und Zeigefinger hebt er mein Kinn leicht an. „Lassen wir das Thema der Göttterermordung erst einmal ruhen. Viel interessanter finde ich, was du unter deinem Wasserkleid getragen hast. War das etwa … Farbe?"

Ich grinse ihn verführerisch an. Thor reibt sich die schwitzende Stirn und schüttelt ungläubig den Kopf. „Du warst fast nackt und hast nichts anderes getragen als die aufgemalten Muster und diese wenigen Stofffetzen? Oh Mann! Dieses Kopfkino wird mich wohl noch länger beschäftigen. Du umgarnst mich mit einer lockenden Melodie, als würdest du von Sirenen abstammen. Du gefährliche Medusa und Pandora in einem machst es mir nicht gerade leicht, zu widerstehen. Wir sollten dich umtaufen in Göttin der Verführung."

„Oder Göttin der Unvorsichtigkeit", erklingt Odins missbilligende Stimme. Seufzend lasse ich von meinem Donnergott ab.

Wann dürfen wir endlich mal ungestört sein? Ohne dass jemand dagegen ankämpft.

„Thor! Ich halte es für unklug, die schützenden Mauern Asgards zu verlassen."

Mein Donnergott will gerade zur Antwort ansetzen, da presche ich dazwischen. Immerhin geht es hier um meine Zukunft, die ich selbst verteidigen kann.

„Ich entscheide immer noch alleine über mein Leben, Allvater. In Tromsö werde ich über alles in Ruhe nachdenken", entgegne ich unerbittlich.

Odins Auge zuckt verärgert. „Lass dir nicht zu viel Zeit damit! Hades und die anderen schlafen nicht. Sie könnten jetzt schon etwas Furchtbares planen. Gebt auf euch Acht!"

Thor schultert seinen Hammer. „Werden wir. Ich bleibe bei ihr."

Ohne Abschiedsworte dreht Odin sich zum Gehen um. „Ich hoffe, ihr werdet die Augen aufhalten und nicht nur ans Flirten und Küssen denken."

Das habe ich gehört! Und überhaupt, wenn wir mal zum Küssen kämen. Kommt ja ständig was dazwischen.

In einem derzeit unbenutzten Gewächshaus tauchen wir in Rapsynta wieder auf. Das Funkeln von den Regenbogenfarben des *Bifröst* löst sich von uns und mein Donnergott sieht sich vorsichtig um. Eine seltsame, düstere Aura ist zu fühlen, was Thor sogleich die Muskeln anspannen lässt.

„Eigentlich hat Odin Recht und wir sollten mit ihm über weitere Maßnahmen reden, anstatt hier zu sein, Malina."

„Wahrscheinlich. Aber ich brauche jetzt dringend Normalität, obwohl ich nicht weiß, wie ich es schaffen soll, dich wieder Kjell zu nennen."

Und das Küssen können wir uns hier auch schon wieder abschminken.

Thor verschluckt sich scheinbar an seinem eigenen Speichel und hustet los.

Ich schlage mir die Hand vor den Mund. „Ich denke am besten an gar nichts mehr", nuschle ich peinlich berührt.

Unverhofft greift er mir in den Nacken und schenkt mir einen zauberhaften und gleichzeitig stürmischen Kuss, dass es mir den Boden unter den Füßen wegzieht.

„Die Mittagspause ist in zwei Minuten um. Wir sollten gehen", bemerkt mein Gestaltwandler.

„Scheiß drauf! Mach das noch mal, sonst glaube ich nicht, dass mir dieser Wahnsinnskuss passiert ist."

Er lächelt und reibt seine Lippen über meinen Mund, presst meinen Körper an seinen und schenkt mir erneut einen göttlichen Kuss.

Blitz und Donner, hammermäßig geil! Danke, liebe Göttertränе. Seine positiven Gefühle gehen bestimmt auf dein Konto. Ich werde das Gefühl nicht los, dass die göttliche Liebe tausendfach intensiver ist als die menschliche.

Seine Erregung ist deutlich durch meine Jeans zu spüren. Schwer seufzend lässt er dennoch von mir ab. „Ich werde schwere Geschütze auffahren müssen, um dir nicht zu verfallen", sagt er verärgert, beißt mir in die Lippe und lässt dann von mir ab.

„Am besten gehe ich einige Minuten nach dir hier raus. Kommt nicht so gut, wenn wir zusammen gesehen werden. Immerhin bist du noch mein Schützling, egal, ob du über mehr Power verfügst als ich."

Ich küsse seine Nase und umarme ihn noch einmal. „Wie ich dein süßes Grinsen liebe. Kein Wunder, dass alle nach dir schmachten. Sag mal, hast du wirklich letztes Jahr Swetlana geküsst?"

Thor hält mich ein Stück von sich, um mir besser ins Gesicht schauen zu können. „Swetlana ... wer?"

„Swetlana Mai. Sie behauptet, ihr hattet letztes Jahr was miteinander gehabt." Er stöhnt genervt auf. „Mädchen und ihre unerfüllten Wünsche. Nein, ich hatte nichts mit ihr."

„War klar, dass sie sich nur wichtig tut und all die anderen kaufen ihr das auch noch ab", schimpfe ich kopfschüttelnd.

Thor stemmt die Hände in die Hüften. „Wegen solch einem Mist habe ich einen guten Job in einem erfolgreichen Forschungsinstitut in England verloren. Geblieben ist mir nur meine Wohnung, nahe Stonehenge in Amesbury. Solltest du mal Zuflucht suchen, von der Wohnung weiß niemand. Die Schlüssel sind magisch versteckt. Du wirst sie fühlen."

„Das klingt nach böser Vorahnung. Wird jedoch schwer mit dem Fluchtort ohne Adresse", ziehe ich ihn spielerisch auf.

Er sieht mich ernst an. „Ich will dich in Sicherheit wissen, falls mal was ist. Ich lebe schon lange genug, um das Know-how zu besitzen, dass stets etwas Unerwartetes passieren kann. Und glaube mir, du findest die Wohnung, auch ohne Adresse. Jetzt beeile dich, sonst dreht eure Ausbilderin durch."

Drei Stunden später wirft Lara ihre Chemie- und Bodenkundemappen auf unseren mickrigen Tisch im Zimmer und lässt sich stöhnend auf ihr Bett fallen. „Zwei Stunden Chemie und eine Stunde Bodenkunde bei der ollen Breitling. Grässlich! Trockener geht echt nicht mehr. Wie kann man das nur so runterleiern? Ich wette, Kjell würde dem ganzen Thema mehr Pepp und Spannung einheizen."

Wie wahr! Ich habe ihn schmerzlicher vermisst, als ich für möglich gehalten hätte. Selbst jetzt würde ich mich am liebsten heimlich davonstehlen, um seine Wohnung in Tromsö zu suchen.

„Ich brauche dringend eine heiße Dusche. Musst du noch mal aufs Klo, Lara? Es könnte länger dauern." Ich ziehe mir Pulli und Shirt über den Kopf, da zucke ich bei Laras erstauntem Quieken zusammen.

„Hola! Was ist denn mit deiner Haut passiert? Siehst ja aus wie *Anck-Su-Namun* aus *Die Mumie*. Bitte sag jetzt nicht, dass du zu einem ägyptischen Monster mutieren wirst!“

„Bestimmt nicht. Keine Sorge. Die Farbe ist noch von Asgard.“

„Asgard?!“, kreischt sie fassungslos dermaßen laut los, dass mir die Ohren klingeln.

„Wann, verflucht noch mal, warst du in Asgard?“

„Als du beim Mittagessen warst.“

Lara springt von ihrem Bett auf und zieht mich ins Bad. „Ok, Süße. Du hattest Recht, es wird eine längere Dusche, weil du mir alles haarklein erzählen musst.“

32

Date

Loki würde ich gerne über den Weg laufen. Ist er so heiß, wie ich ihn mir vorstelle?“

„Wenn du auf gerissene Typen mit wechselhaftem Charakter stehst, ja.“

Schwärmend fasst sich Lara ans Herz. „Oh Mann, was für Traumtypen du begegnest! Ich bin ja sowas von neidisch! Wahrscheinlich ist der Sohn des Teufels noch heißer als die Hölle erlaubt.“

Ich steige aus der Dusche und wickle mich in ein großes, weißes Tuch. „Von mir aus. Habe nicht vor, ihm zu begegnen.“

Lara zerrt plötzlich gehetzt ihr Handy aus der Rocktasche. „Shit, wie spät ist es? Ich habe ein Date mit Laurin.“

„Cool! Glückwunsch! Das freut mich riesig für dich. Soll ich dich schminken?“ Dazu sagt sie nicht nein und wirft sich in den erstbesten Stuhl. Ich klemme mir das Tuch unter die Achseln und mache mich ans Werk.

„Malina?“

„Hm?“, nuschle ich mit dem Kajalstift-Deckel zwischen den Lippen und wundere mich über den eigenartigen Blick von Lara.

„Hast du eigentlich eine Ahnung, wie schön du bist?“

Der Deckel klappert zu Boden und ich sehe meine Freundin entgeistert an. „Was geht denn jetzt bei dir ab? Du hast ein Date, willst umwerfend aussehen und machst mir Komplimente?" Ich zwinkere ihr amüsiert und gerührt zu.

„Ich meine es ernst. Du hast eine einzigartige, orientalische Schönheit, da kann ich nicht mithalten. Deine Aura hat wirklich etwas Göttliches. Wäre ich lesbisch, würde ich dich so lange um ein Date anbetteln, bis du genervt zusagst."

Lachend krame ich in meinem Kulturbeutel nach einem himbeerfarbenen Lipgloss. „Lara, bist du vor jedem Date so merkwürdig?"

„Schenk deiner Anmut mehr Beachtung. Du solltest dich so sehen, wie wir dich sehen. Vertraue dir mehr! Dann klappt es vielleicht besser mit deinem Glitzerstein."

Sprachlos sehe ich meine gottesfürchtige Freundin an. „Ich glaube, Psychologin oder Seelsorgerin hätten beruflich eher zu dir gepasst als die Ausbildung zur Pflanzentechnologin."

Sie schaut in den Spiegel und lächelt zufrieden. „Ja, mag sein. Hey, meine Augen hast du prima hinbekommen."

Ich lächle ihr im Spiegel zu. „Lara, ich liebe dich, weißt du das eigentlich? Und bei diesem besonderen Date, rate ich dir, endlich auf Bluse und altmodischen Rock zu verzichten. Aus dir machen wir eine heiße *Taylor Swift* in knackiger Jeans, Kniestiefel mit sexy T-Shirt – mit Ausschnitt - und offenen Haaren."

„Wie sollen wir das anstellen? Weder du noch ich haben solche Klamotten."

„Lass mich mal was ausprobieren." Ich schnappe mir eine von ihren Promizeitschriften, blättere sie eifrig durch und berühre die abgebildeten Klamotten, die ich mir für ihr Outfit vorstellen kann. Danach lasse ich meine Hände über ihre altmodische Kleidung gleiten, die sich im Nu verändert. Mit der rechten Hand fahre ich ihr noch mit einem Schwung durchs Haar. Der geflochtene Zopf löst sich mit einer fliegenden Bewegung auf und sie sieht heißer aus als jemals zuvor.

„Bei allen guten Geistern, Malina, das ist Hexerei und total verrückt! So traue ich mich doch nicht auf die Straße." Ich schupse sie zur Tür. „Oh, doch, das wirst du! Dein Style ist der Oberhammer."

Es klopft an der Tür. Unsere Köpfe schnellen im Gleichtakt in die Richtung. „Tja, jetzt gibt es kein Zurück mehr. Auf, auf und sperr deine enthaltsame Religion für ein paar Stunden in den Schrank!"

„Meine Mutter wird mir ja sowas von den Umgang mit dir verbieten, wenn ich nicht als Jungfrau heimkehre."

Ich scheuche sie weiter zur Tür und flüstere: „Liegt doch in deiner Hand, was du zulässt und was nicht."

„Hast du dir Laurin überhaupt mal richtig angesehen? Sollte er mich küssen, bin ich rettungslos verloren. Er hat eine Anziehungskraft, die mich jede Vernunft in den Wind schlagen lässt."

Mit ernstem Gesichtsausdruck setze ich mich auf den Stuhl, wippe mit dem übergeschlagenen Bein und tippe mir an die Lippe. „Ja, du hast Recht. Du solltest wirklich hierbleiben und das beste Date deines Lebens verpassen."

Lara zieht mir nervös ihre Handtasche über die Ohren. Es klopft erneut. „Jetzt lass ihn nicht so lange warten."

Angespannt strafft sie die Schultern und stolpert zur Tür. Laurin erkennt sie für den Bruchteil einer Sekunde nicht, doch dann huscht ein Lächeln über sein Gesicht. Ich kreuze die Arme vor der Brust und grinse ihn spitzbübisch an.

Definitiv ein Gesicht wie Jack Sparrow, allerdings zwanzig Jahre jünger.

„Viel Spaß euch beiden!"

„Danke. Den werden wir haben." Laurin zwinkert mir zu, nimmt Lara in Empfang und schließt die Tür hinter sich.

Ok, Lara ist beschäftigt. Dann wage ich jetzt ein paar Experimente.

Eine Schüssel besitzen wir in unserem Gästezimmer nicht, dann muss eben der Keramik-Übertopf der Zimmerpalme herhalten. Im Bad wasche ich den Topf aus und fülle frisches Wasser hinein. Lara hat doch bestimmt noch eine Kerze für ihre Gebetsstunde in der Schublade der Bettkommode.

Holz könnte ich auch gebrauchen, also flitze ich nach draußen und suche Fallholz unter den umstehenden Bäumen zusammen.
Ziersteine klaube ich auch noch auf. Zurück im Zimmer breite ich all meine gesammelten Errungenschaften auf dem Tisch aus und zünde die Kerze an. Mit der linken Hand schöpfe ich Wasser aus dem Übertopf und forme eine Kugel daraus und puste dagegen. Gleichzeitig stelle mir eine ganz bestimmte Person vor und die Kugel nimmt immer mehr Gestalt an.

Ich schnappe nach Luft und fasse an meine bebende Brust.

Es … hat wirklich funktioniert.

Mein Vater lächelt mir in Form einer Wassergestalt zu. Seine Gesichtszüge sind klar zu erkennen, obwohl das Wasser sprudelt und rauscht. Da darf Mami nicht fehlen, also forme ich eine zweite Wassergestalt. Beide lächeln mich an. Ein lauter Schluchzer entschlüpft mir und ich wische mir eine Träne fort.

Die Wassergestalten halten sich an den Händen.

Irgendwie kommt mir diese Szene bekannt vor.

Grübelnd blicke ich die Illusion meiner Eltern an.

Eine Erinnerung blitzt vor meinem inneren Auge auf.

Hand in Hand sahen sie mich stolz bei meiner Einschulung ins Gymnasium an. Diese Wassergestalten spiegeln meine Erinnerung wider.

„Ihr fehlt mir so sehr", flüstere ich in den Raum. Nur das Plätschern und Rauschen ist zu hören. Meine Eltern in Wasserform lächeln mich so herzlich an, dass ich ihnen am liebsten um den Hals gefallen wäre.

Bevor ich in Melancholie versinken kann, ziehe ich mir eine dritte und eine vierte Gestalt aus dem Wasser. Finstere Wesen mit wehendem Umhang und Fratzengesicht.

„Los! Greift mich an, ihr Monster!" Die Wasserillusion schwebt bedrohlich auf mich zu. Ich schnappe mir ein paar Äste und Zweige und werfe sie Richtung Angreifer. Noch mitten im Flug wird das Holz spitz wie ein Speer, fliegt durch eins der Fratzenungeheuer, lässt ihn wie eine Seifenblase zerplatzen und bohrt sich in die Wand dahinter. Die Ziersteine fliegen hinterher, formen sich im Flug zu einer Hammerwaffe und lassen das letzte Wasserbiest zerplatzen. Mit einer rückholenden Handbewegung fließt das Wasser wie selbstverständlich zurück in den Übertopf. Aus dem restlichen Fallholz lasse ich einen neuen Angreifer entstehen, dem ich ordentlich einheizen will. Vor der Kerzenflamme mache ich jedoch zunächst Halt.

Unsicher reibe ich mir die Hände. Im Kopf habe ich einen Plan ausgetüftelt, allerdings sind Theorie und Praxis oft nicht dasselbe.

Oje, soll ich es wirklich ausprobieren? Vor Feuer habe ich den höchsten Respekt.

„Konzentriere dich", flüstert mir eine vertrauensvolle und wohlklingende Stimme zu.

Alle Achtung! Glitzerstein, du hast lange geschwiegen.

Mutig richte ich meine Hand zur Kerze und nehme die Flamme auf meine Handfläche. Erleichtert atme ich auf. Es tut überhaupt nicht weh. Ein Kribbeln geht durch meinen Körper, als könnte ich die Macht der vier Naturelemente durch meine Adern fließen fühlen. Mein Blick fällt auf die Götterträne, deren Farbe von grün über blau zu gelb wechselt. Ich lasse die Flamme wie einen Baseball auf der Hand hüpfen und die glitzernde Götterträne leuchtet nun rubinrot.

Grundgütiger, Lara, du würdest jetzt Augen machen!

Mein hölzerner Angreifer kommt mit knackenden Schritten näher. In Kampfposition schicke ich ihm kleine Feuerbälle entgegen und lasse ihn in Flammen aufgehen.

Hoppla!

Die Gardine fängt ebenfalls Feuer.

Ist ja wieder mal typisch! Jetzt nicht wieder in Panik verfallen, Malina!

Die Stimme vom Glitzerstein ist mir lieber als meine innere Kritikerin.

Hastig ziehe ich mit einer Handbewegung das Wasser aus dem Übertopf und lösche alles, was brennt.

Herrje, wie soll ich dem Chef von Rapsynta diese Brandflecken an der Gardine und an der Wand erklären?

Nun gut, darüber mache ich mir später Gedanken. Solange Lara nicht da ist, sollte ich besser weiter üben, damit ich später niemanden dabei verletze.

Mir kommt ein neuer Einfall. Ich lasse erneut etwas Wasser aufsteigen, es in meiner Hand gefrieren und forme eine kleine Husky-Figur aus Eis. Zufrieden grinsend stelle ich mein Kunstwerk auf den Tisch.

Ein schneller Blick aus dem Fenster sagt mir, dass alles ruhig ist. Keine Menschenseele zu sehen. Ich öffne das Fenster und schicke mit dem Element Luft die Ziersteine und das Holz dorthin zurück, wo ich es herhabe. Zufrieden schließe ich das Fenster und lehne mich an die Fensterbank.

„Echt abgefahren! Ich komme mir vor wie *Elsa, die Eiskönigin*, nur mit dem Unterschied, dass ich mehr kann, als eventuell nur mit Eis zu zaubern."

Mit dem Ellbogen stoße ich versehentlich eine Vase mit verdorrten Chrysanthemen um. „Mist! Ich habe meine Lieblingsblumen nicht gegossen."

Meine Fingerspitzen berühren die Blüten. Erschrocken springe ich zurück und schaue auf meine Fingerkuppen.

„Nein, oder? Da kamen jetzt nicht wirklich Sonnenstrahlen raus." Ich mache wieder einen Schritt nach vorn. Zaghaft berühre ich die Blüten erneut. Die bunten Farben kehren zurück und die hängenden Köpfe richten sich wieder auf.

„What the Fuck! Donner und Blitz!"

Erneut blicke ich fassungslos auf meine Hände.

„Die Kraft des Re. Gott allen Lebens", flüstere ich mir selbst zu und denke an Thor und Odins Erzählungen.

Es ist spät und vom Bett aus betrachte ich die Wasserillusion meiner Eltern. Lara poltert herein. Ihre Haare sind zerzaust und verwuschelt, als hätte sie eine wilde Motorradspritztour erlebt.

Bevor ich sie warnen kann, läuft sie geradewegs in meine Wassergestalten.

Platsch!

Meine Illusion ist dahin und Lara klitschenass. Fluchend jault sie los: „Iiiieeehhh! Was ist das denn?"

Schmunzelnd hauche ich mir in die Hände und werfe ihr einen Schwall warme Luft zu, der sie wie einen Powerföhn halbwegs trocken macht. Entgeistert starrt sie mich an. Es dauert mindestens fünf Minuten, bis sie ihre Worte wiederfindet. Müde und geschafft wirft sie sich zu mir ins Bett.

„Malina, ich hasse dich! Dein Outfit ist an allem schuld! Und was war das gerade schon wieder für eine Hexerei?"

Neugierig lege ich mich auf den Bauch und stütze mein Gesicht auf der Handfläche ab. „Du meine Güte, was ist denn passiert?"

Sie schlägt sich die Hände vors Gesicht und wirkt, als würde die Welt untergehen. Mit einem Mal fängt sie an zu weinen. „Ich habe es getan. Ich habe … Ach, Fuck! Kacke! Scheiße!"

Tröstend lege ich ihr meine Hand auf die Schulter. „Was kann so schlimm sein, dass du so darunter leidest? War das Date nicht schön? Hast du ihm in den Drink gekotzt oder was?"

Lara sieht mich mit verschmiertem Kajal und Mascara an. „Ich habe mit Laurin geschlafen. Es ist … einfach passiert. Ich konnte nicht anders. Es war … wie ein Sog. Er hat eine Anziehungskraft … ich war machtlos."

Schmunzelnd schiebe ich ihr das Haar aus dem Gesicht. „Klingt ja, als wäre er der lustbringende Liebesgott höchstpersönlich."

Unbewusst verschmiert sie sich den Rest des Lipgloss. „Hältst du das für möglich? Er schien mir eher die lustvolle, dunkle Macht eines Erotikroman-Bad-Boys zu besitzen, von denen Swetlana immer so schwärmt", klagt sie.

Ich stehe auf, gehe ins Bad, mache einen Waschlappen nass und bringe ihn ihr. „Ganz ehrlich? Zurzeit halte ich alles für möglich."

Dankbar nimmt sie das nasse Tuch entgegen und kühlt sich das Gesicht. Müde wischt sie sich anschließend die Kosmetik von der

Haut. „Was mache ich jetzt bloß? Es war eine Todsünde! Ich sollte doch unberührt in die Ehe gehen und daran glaube ich noch immer! Meine Eltern werden ausflippen!"

„Jetzt lass diesen altmodischen Mist doch mal weg! Außerdem musst du es deinen Eltern nicht auf die Nase binden. Die geht dein Sexleben rein gar nichts an! Viel wichtiger ist, ob das die Erfüllung deiner Träume war?"

„Gott, Malina, es war der absolute Hammer! Laurin trieb mich in den Wahnsinn. Ich dachte immer, es wäre völlig übertrieben, dass Frauen beim Sex schreien, aber ich habe seine Wohnung regelrecht zusammengebrüllt."

„Und auf solch eine Erfahrung hättest du freiwillig verzichtet? Freu dich und heul nicht rum", jauchze ich fröhlich. Lara blickt auf den Waschlappen in ihren Händen. „Du magst ja Recht haben, aber ich bin nun mal so erzogen worden. Es ist für mich nicht leicht, all das über Bord zu werfen, wovon ich stets überzeugt gewesen bin."

„Ich finde, du solltest deine eigene Meinung bilden und so leben, wie du es für richtig hältst und nicht, wie eine Religion es dir vorschreibt."

„Ach Mann, meine Gefühle überfordern mich gerade tierisch! Ich bin platt und will nur noch ins Bett. Du kannst mir, während ich Zähne putze, von deiner Wasserzauberei berichten."

33

Schlechte Laune

„He, Schlafmütze! Wach endlich auf!“

Die Vorhänge werden aufgezogen und ich muss drei Mal hinschauen, um zu kapieren, dass es Lara ist, die mich weckt.

„Herrgott, Lara, was ist mit deinen Haaren passiert?“

„Hat mir Alina schwarz gefärbt. Shoppen waren wir auch schon, während du faul im Bett rumhingst.“

Ich reibe mir die Stirn und sehe auf meinen rosa Reisewecker. „Oha, schon elf Uhr! Haben wir gar keinen Unterricht?“

Lara packt ihre neuen Klamotten aus und verteilt sie auf ihrem Bett. „Wir haben Samstag, du Dummerchen.“ Ohne mich anzuschauen, leert sie ihre Tüten.

Ich kann mir nicht helfen, irgendwie erscheint sie mir anders. „Warum hast du mich nicht geweckt, um zusammen zu frühstücken?“

Lara stemmt ihre linke Hand in die Hüfte und sieht mich giftig an. „Ganz ehrlich? Ich muss auch mal was mit *normalen* Mädels machen. Kann meine Zeit nicht nur an Freaks wie dir vergeuden.“

Ups! Mit welchem Fuß ist sie denn aufgestanden?

„Lara, hast du schlechte Laune oder bist du sauer auf mich? Ich habe dich nicht gezwungen mit Laurin zu schlafen.“

„Weißt du … ich habe nachgedacht. Das mit dir ist mir eine Spur zu heftig. Ich hoffe, du wirst die Götterkraft wieder los, aber vorher kannst du die Wand heile zaubern. Die Löcher stammen doch bestimmt von dir."

Fassungslos sehe ich mir meine Freundin an. Sie trägt ihre Haare mit einem Mal offen. Schwarz gefärbt kann ich sie mir überhaupt nicht vorstellen und dennoch ist sie es wirklich. Den üblichen Rock hat sie durch eine dunkle Jeans eingetauscht. Das neue Shirt ist gänzlich schwarz, bis auf die Glitzerpailletten in Form eines Totenkopfs, der auf ihrer Brust thront. Mein Blick wandert an ihren Beinen hinab. Dunkelanthrazitfarbene Halbstiefel mit Kettendekoration am Schaft. Und sind das etwa schwarz-weiß lackierte Fingernägel? Irritiert suche ich ihren Blick.

„Was für einen plötzlichen Sinneswandel hast du gerade durchgemacht?", entschlüpft es mir.

„Wieso? Gefällt es dir nicht?"

Ich ziehe meine Decke bis ans Kinn. „Du bist auf einmal nicht mehr du. Als wäre die eigentliche Lara … weggesperrt worden. Du sprichst sogar anders."

Lara stopft ihre alten Röcke in die Einkaufstüten als wären sie Geschichte. „Du quatschst ja einen Müll! Ziehst du dich endlich an? Laurin kommt gleich."

„Seid ihr beide jetzt etwa ein Paar?", frage ich verstört.

Verliebt strahlt meine Freundin über das ganze Gesicht. „Ja, ist das zu fassen? Nie hätte ich mir träumen lassen, dass ich das Glück erhalte, solch einen Traumtyp meinen Freund nennen zu dürfen."

„Ähm … ja, aber wie soll das in Zukunft ablaufen? Wir sind nur insgesamt drei Wochen hier, wobei die zweite Woche schon bald anbricht."

Verstimmt wirft Lara ihre Tüten aufs Bett und sieht mich böse an. „Kannst du dich nicht einmal für mich freuen? Musst du gleich wieder alles ins Negative ziehen?“

Abwehrend hebe ich die Hände. „Hoppla, wer hat dich denn bloß heute gestochen? Ich will dir deine schöne Zeit mit Laurin doch gar nicht madig reden, aber … Hallo? Eine Fernbeziehung von etwa 2757,9 Kilometer ist eine gewaltige Fernbeziehung“

Lara trägt dunkelroten Lippenstift auf, stößt mich unsanft beiseite und stapft zur Tür. „Die Luft ist mir hier zu stickig. Sag Laurin, ich bin bei Swetlana.“

Bevor ich nur den Mund aufmachen kann, knallt die Tür ins Schloss und ich bleibe alleine zurück. Entgeistert starre ich auf die Tür. „Swetlana? Was ist denn hier kaputt?“

Es dauert, bis ich meine Klamotten anhabe. Das Gespräch mit Lara sorgt für zu viel Denkstoff. Mir ist, als wabere hier eine düstere Stimmung umher, die mir in sämtliche Glieder fährt.

Am besten suche ich nach dem Essen Thor auf. Vielleicht fühlt er das Gleiche und hat eine Antwort darauf. Mit Lara stimmt etwas ganz gehörig nicht. Ist sie gar von dunklen Mächten umgepolt worden?

Ich schließe den Reißverschluss meiner Winterstiefel, da klopft es an der Tür. „Hei, Malina.“

„Ach, Laurin, ja … ähm … Hi. Lara ist bei Swetlana.“

Anstatt zu gehen, kommt Laurin herein und schließt die Tür. „Ich schaue gleich nach ihr. Sie erzählte gestern, du seist in Asgard gewesen. Das hat mich wirklich umgehauen und gleichzeitig fasziniert. Hätte nie gedacht, dass es diese Welt echt gibt. Konntest du klären, was mit mir sein könnte?“

Schuldbewusst setze ich mich auf den Stuhl. „Nein. Leider nicht. Aber ich werde mich bemühen. Versprochen.“

Laurin setzt sich auf den anderen Stuhl. „Kannst du mich mal mitnehmen? Zu Odin, meine ich?“

„Ich weiß nicht, ob ich das darf. Lass mich erst nachfragen, ok?“ Er nickt und fährt sich unglaublich sexy mit der Hand durch sein Haar. Irgendetwas zieht mich zu ihm hin. Mühsam balle ich die Fäuste, um innerlich dagegen anzukämpfen, auf seinen Schoß zu hüpfen und ihn zu küssen.

Sein unergründlicher Blick ist hypnotisierend.

Ja, wir sollten schnellstens herausfinden, was es mit dir auf sich hat.

Ich räuspere mich und schlage ein Bein über das andere. „Also, du und Lara, was? Finde ich toll. Ihr seid ein hübsches Paar. Sie scheint für dich gerade eine komplette Generalüberholung zu durchleben.“

„Ich finde es schade, dass sie meint, sich ändern zu müssen. Dann ist sie ja nicht mehr die, die ich kennengelernt habe.“

„Ja, sie ist merkwürdig heute“, sage ich mehr zu mir selbst.

Laurin steht auf und hockt sich vor mich hin. „Malina, etwas stimmt nicht. Fühlst du das auch? Als würde etwas Schlechtes um uns herum wabern.“

„Du kannst das auch fühlen?“, frage ich hoffnungsvoll, mit einer Prise Vorsicht. „Also bin ich doch nicht völlig verrückt und bilde mir das ein?“

Er nimmt meine Hand vom Knie. „Nein, bist du nicht. Schon gleich, als ich aufgewacht bin, hat mich das seltsame Gefühl erwischt, wie eine leichte Ohrfeige. Und alle Menschen, denen ich begegnet bin, waren mies drauf.“

Abrupt stehe ich auf und Laurin tut es mir gleich. Seine Nähe verwirrt mich. Ich muss Abstand zwischen uns bringen.

„Hör auf damit, Laurin“, sage ich eine Spur zu verzweifelt.

Verständnislos sieht er mich an. „Womit denn?“

„Deine Aura zwingt mich, dich zu küssen", entfährt es mir offen und ehrlicher als beabsichtigt.

Er kommt näher und presst mich mit dem Rücken an die Wand. Seine Finger gleiten über meine Wange und dann zu meinen Lippen. „Ich glaube, diese ungeheure Anziehungskraft geht eher von dir aus, göttliche Malina." Laurin fasst mir an die Oberarme und küsst mich. Eine höllische Hitze schießt durch meine Venen, dass es mir den Boden unter den Füßen wegreißt.

„Malina, sieh mal, wen ich dir mitbring … Du verdammte Bitch! Reicht dir Kjell nicht?! Musst du dich jetzt noch an Laurin ranmachen?!" Lara stürzt sich wutentbrannt auf mich. Hinter ihr erscheint ein Husky.

Oh Gott! Thor und Lara haben den Kuss gesehen!

Lara verpasst mir eine gewaltige Ohrfeige, die meinen Kopf an die Wand knallen lässt. Sekundenlang tanzen Sterne vor meinen Augen.

Als mein Blick sich klärt, sehe ich nur noch, wie Lara mit Laurin im Schlepptau das Zimmer verlässt. Mein Donnergott, der Gestaltwandler, wirft mir einen traurigen Blick zu und verlässt mich ebenfalls.

„Tho … Kje … Husky!" *Verdammt, wie soll ich dich denn in der Öffentlichkeit nennen?!*

Ich renne zur Tür und pralle mit Zoey zusammen. „He, mach mal langsam, Malina! Du sollst zur Breitling. Scheint wichtig zu sein." Mit hängenden Schultern stopfe ich mir die Hände in die Jeanstaschen und trotte vom Gästehaus zum Hauptgebäude.

Schöne Scheiße! Wie komme ich denn aus diesem Missverständnis wieder raus? Ach, Fuck! Laurin, warum nur hast du das getan?

34

Schuld

Seufzend klopfe ich an die Bürotür von meiner Ausbilderin.

„Ja, bitte?“, ertönt ihre schrille Stimme. Mit einem schnellen Satz bin ich in ihrem Büro und lasse mich auf dem Stuhl nieder. Frau Breitling schenkt mir ein übertrieben breites Lächeln. „Malina, wie schön dich zu sehen. Wie geht es dir?“

„Gut.“ Selbst in meinen Ohren klingt die Lüge miserabel. Gefühle konnte ich noch nie gut verstecken. Impulsiv machen sie sich Luft und sind nur schwer zu stoppen. Allerdings wird mir gerade das ständig zum Verhängnis.

„Liebe Malina, mir ist etwas ungeheuer Wichtiges in meinem Privatleben dazwischengekommen und ich muss abreisen. Denkst du, du kommst eine Weile ohne mich hier klar?“

Ok, warum fragt sie das nicht vor all den anderen Mädchen? Betrifft schließlich uns alle.

„Ich denke schon.“

Frau Breitling faltet die Hände vor ihren Lippen. „Wird deine Familie diesen Umstand auch gutheißen? Letztendlich bist du in einem fremden Land.“

„Familie? Da ist doch kaum noch jemand. Außerdem bin ich achtzehn und kein Kind mehr. Warum sollten mein Onkel und meine Tante etwas dagegen haben?“ Ich verenge die Augen. Solch ein Tamtam hier für eine Lappalie.

„Ich hoffe, ich kann die beiden einmal kennenlernen."

Bei dem aufgesetzten Lächeln wird mir gleich echt schlecht. Wenn sie keine Lust mehr hat zu reden, kann sie mich doch entlassen.

„Wohl kaum. Die beiden leben in Italien. Bolgheri um genau zu sein. Sie betreiben dort eine Wein- und Olivenplantage."

„Das klingt ja höchst interessant. Bestimmt ein arbeitsreiches Leben für Herr und Frau Lettmann."

Ich runzle die Stirn. *„De Luca."*

„Wie war das?" Frau Breitling hört nicht auf, seltsam zu grinsen. Eine Alarmglocke beginnt in mir zu schrillen.

„Die heißen doch nicht Lettmann, sondern *de Luca*. Ich dachte, Sie wüssten das", flüstere ich und mir wird noch unwohler. Mein Arm, an dem die Göttertäne ruht, kribbelt. Mein Glitzerstein leuchtet rot auf und verströmt eine Hitze, dass es selbst durch mein lila Langarmshirt scheint.

„Was hast du denn für ein interessantes Schmuckstück unter deinem Ärmel? Das strahlt ja richtig."

Ich werfe meiner Ausbilderin einen ernsten Blick zu. „Sie können gar nicht wissen, dass es sich um ein Schmuckstück handelt."

Zack!

So schnell kann ich gar nicht gucken, wie ich eine Pranke am Hals habe, die einem mörderischen Werwolf Konkurrenz machen könnte. Die messerscharfen Krallen schätze ich auf zehn Zentimeter. Die Behaarung riecht nicht nur verbrannt, sondern sieht auch so aus. Frau Breitlings Augen glühen rot und verbrennen letzten Endes vor meinen Augen. Ihr Gesicht verzerrt sich zu einer monströsen Fratze. Ihre Kleidung reißt und schuppige, aschfahle Haut kommt zum Vorschein. Riesige Zähne schieben sich aus dem Maul. Ein fürchterlicher Gestank nach Schwefel breitet sich aus. Ich greife nach den Klauen an meinem Hals, die mir die Luft abschnüren.

Los, Malina, tu endlich was! Lähm dich nicht immer selbst! Die Göttin allen Lebens kann sich doch nicht ständig selbst Schachmatt setzen!

Meine innere Stimme hat meistens eine große Fresse, ist aber ebenfalls fortlaufend handlungsunfähig.

Mit der linken Hand schnappe ich mir alles, was der Schreibtisch zu bieten hat. Kugelschreiber, Schere, Bleistifte und Brieföffner bilden ein schönes Wurfgeschoss. Der Brieföffner landet in einem brennenden Auge. Die Schere ziert die Stirn. Die Bestie ist kurz abgelenkt, lockert, zu meinem Bedauern, jedoch nicht den Griff um meinen Hals.

Klirrendes Glas ertönt. Das Fratzen-Monster sieht zum Fenster. Ich mache es ihm gleich. Vor Erleichterung sackt mein Herz in die Hose.

Mein Donnergott, noch immer in der Gestalt eines Huskies, ist durchs Fenster gesprungen.

Gott, Thor, ich habe dich gar nicht verdient!

Hund und Monster greifen sich an und drohen sich zu zerfleischen. Die Huskyzähne graben sich in den Hals des aschfahlen Scheusals und dieses zerfällt abrupt in einen Haufen apfelgroßer Kellerasseln. Wir versuchen, so viele wie möglich zu zertrampeln, dennoch entwischen uns genügend Ungeziefer.

Anstatt sich zurückzuverwandeln, schnüffelt der Husky durch das Büro. Am größten Schrank des Raumes macht er halt und schlägt an. Ängstlich reibe ich mir die Arme und gehe unwillig zum Kiefernholzungetüm.

Oh Mann, bitte zeig mir nicht, was ich befürchte!

Mit nervöser Hand öffne ich die Schranktür.

In letzter Sekunde kann ich verhindern, dass ich schreie.

Bevor Frau Breitlings Körper auf mich stürzt, springt mein Husky in die Höhe, verwandelt sich in der Luft zurück in den Donnergott und fängt den Leichnam meiner Ausbilderin auf.

Verzweifelt schlage ich mir die Hände vor das Gesicht. „Das ist schrecklich! Thor, was sollen wir nur tun?"

Versteinert sieht er auf das verstümmelte Gesicht von Frau Breitling. „Was wir in solchen Fällen immer machen müssen. Sie bekommt in Asgard ein ordentliches Begräbnis und wird hier für immer als vermisst gelten."

Blut tropft aus unterschiedlichen Hals-, Brust- und Gesichtswunden auf den Boden.

„Ich bin es so leid, die Grausamkeiten der dunklen Götter aufzuräumen", murmelt Thor ermattet vor sich hin.

„Heißt das, dass viele vermisste Menschen auf das Konto der Unterwelt gehen? Und ihr euch um Schadensbegrenzung kümmern müsst? Das ist doch echt der Gipfel!"

„Odin wird jemanden schicken, um hier aufzuräumen. Wir müssen den Leichnam schleunigst fortschaffen. Ich habe die Tür magisch versiegelt, damit niemand ungebeten hereinplatzt."

Fassungslos sehe ich auf den leblosen Körper meiner Ausbilderin. „Sie ist meinetwegen gestorben. Sie hatte doch noch so viele Träume und trägt keinerlei Schuld." Ich kann die Tränen nicht mehr stoppen.

Es ist alles meine Schuld!

„Malina, hast du sie verstümmelt?", fragt Thor mit scharfem Ton.

„Nein … aber …"

„Kein aber!", schneidet er mir barsch das Wort ab. „Du trägst keine Schuld. Ich trage keine Schuld. Sie ist das Opfer von gelangweilten Göttern geworden, die sich einen Spaß daraus machen, dir weh zu tun. Sie wollen dich schwächen, wollen dich aushorchen!"

Unverhofft erscheint der bunte, glitzernde Glanz der Regenbogenbrücke aus Asgard. Zwei Soldaten treten aus der Masse. Einer nimmt Thor stumm die sterblichen Überreste meiner Ausbilderin ab, während der andere sich zügig daran macht, alles Verdächtige zu säubern. Das Ganze zieht wie ein Nebel an mir vorbei. Ich bin wie erstarrt.

Erst als Thor mir eindringlich die Hände auf die Schultern legt und mich schüttelt, erwache ich aus meiner Lethargie.

„Malina, ruf bitte deine Tante an!" Energisch geht er zum Schreibtisch und kommt mit dem Telefon zurück.

„Um Himmels Willen, meinst du, sie ist ebenfalls in Gefahr?"

„Odin lässt sie von einen Dutzend Soldaten beschützen. Trotzdem, ruf sie an."

Mit zittrigen Fingern wähle ich die Nummer, vertippe mich jedoch vor Angst mehrere Male.

„Sí. Bettina de Luca?"

Mir fällt ein Stein vom Herzen. „Hallo, Bettina. Hier ist Malina, wie geht es euch?"

„Malina, mein süßes Träubchen. Alles Bestens und bei dir?"

„Ähm, gut. Ich vermisse euch."

„Komm uns besuchen, dann musst du uns nicht mehr vermissen." Fragend sehe ich Thor an, halte die Hand auf die Sprechmuschel und sage leise: „Süßes Träubchen? So etwas sagt sie nicht zu mir."

Die gewaltigste Angst meines Lebens überschwemmt mein Innerstes. Wortlos nimmt mir Thor den Hörer ab und schaltet das Gespräch auf laut, damit ich zuhören kann. „Tantchen, was macht Onkel Thomas, der Workaholic?"

Erstaunt kann ich meinen Ohren nicht trauen. Thor spricht mit meiner Stimme.

„Ach, du kennst Thomas doch! Arbeit, Arbeit und nochmals Arbeit. Malina, wir könnten wirklich wieder deine Hilfe gebrauchen. Könnte Italien nicht dein Zuhause werden? Du brauchst keine andere Ausbildung. Von uns kannst du einen zukunftssicheren Betrieb übernehmen. Sei so lieb und besuch uns so schnell du kannst, ja?“ Ohne ein weiteres Wort beendet Thor das Gespräch.

„Deine Tante und dein Onkel sind vermutlich entführt worden.“

Thomas. Sie sagte Thomas anstatt Tommaso. Oh Gott, Bella Bettina, was haben sie mit dir gemacht? Wohin verschleppt?

„Malina, sie sind bestimmt nicht tot! Beruhige dich! Du musst unbedingt Ruhe bewahren, hörst du?“

„Woher willst du wissen, dass sie nicht tot sind?!“, schreie ich verzweifelt und kann die Tränen nicht mehr stoppen.

Thor legt sich den Zeigefinger auf die Lippen. „Schschhh! Bitte, bleib ruhig. Wir dürfen keine Aufmerksamkeit erregen. Wir brauchen deine gesamte Kraft, die kann sich aber nicht entfalten, wenn du dich vor Kummer verschließt. Wir werden einen Weg finden. Aber zuerst müssen wir hier weg.“

Ein brennender Schmerz breitet sich auf meinem Handrücken aus. Meine Neurodermitis ist schlagartig zurückgekehrt und wandert bereits meinen Arm hinauf.

Reiß dich zusammen, Malina! Die pessimistischen Gefühle richten mehr Schaden an, als du für möglich hältst.

Thor drückt mich an sich, streichelt mir mitfühlend über den Rücken und ruckartig befinden wir uns auf der Reise durch den *Bifröst* zurück nach Asgard.

35

Druckmittel

Jemand muss es doch der Familie sagen? Ich kann nicht glauben, dass Frau Breitlings Familie nie erfahren wird, was mit ihr geschehen ist. Wie soll ich solch ein Geheimnis für mich behalten?

Und was willst du ihren Verwandten erzählen? Hallo, meine Ausbilderin ist von einer Bestie aus der Unterwelt massakriert worden. Ihr Grab kann in Asgard besucht werden.

Ich gebe es auf, mich meiner inneren Stimme zu widersetzen. Selbst für mich hört sich das wie eine Freakshow an. Ich muss verstehen und einsehen, dass mir niemand glauben würde. Zumal ich die Welt der Götter nicht preisgeben darf. Lara und Laurin wissen schon viel zu viel. Ich kann nur beten, dass den beiden nicht auch noch was passiert. Obwohl Odin mein Umfeld beschützen lässt, ist es ungewiss, was mit Bettina und Tommaso geschehen ist.

Mit gesenktem Blick verfolge ich die Beisetzung der Urne von Frau Breitling. Das Tal der Toten in Asgard ist erschreckend groß. Ich habe sogar Namen von Vermissten, die in den letzten Jahren im Fernsehen genannt wurden, auf Grabsteinen erkannt. Verstohlen wische ich mir die Tränen fort. Egal, was Odin und Thor sagen, ich fühle mich unendlich schuldig. Wie viele Menschen, die mir nahestehen, muss ich noch zu Grabe tragen?

Thor erscheint neben mir. Sanft legt er tröstend einen Arm auf meinen Rücken. Zwei Asinnen in schimmernden, marineblauen Kleidern singen ein norwegisches Trauerlied, das von einem kurzen und arbeitsreichen Leben erzählt. Und egal, was geschieht, die Liebe bleibt. Das Lied und die außergewöhnlichen Stimmen der Sängerinnen schenken Hoffnung. Ehrfürchtig lausche ich, bis das Lied endet. Thor schweigt und seine Miene wirkt unnahbar, als stünde er nur aus Pflichtgefühl neben mir.

Soldaten schaufeln Erde in das Loch und besiegeln das Ende von Frau Breitling.

Was soll ich bloß tun? Was zu ihm sagen? Dieses Begräbnis geht schließlich auch nicht spurlos an ihm vorbei.

Ich rufe mir seinen Satz in Erinnerung, dass er es leid ist, die Gräueltaten der Unterwelt bereinigen zu müssen. Mein Blick gleitet über die zahlreichen Gräber.

So viele! Du hast so unendlich viele zu Grabe getragen.

Das Ausmaß seines Leids über das ewige Leben und wie viel Grausamkeiten, Schmerz und Tod er mit ansehen und selbst spüren musste, wird mir deutlicher bewusst als jemals zuvor. Dagegen ist der Schmerz in meinem Leben ein Bruchteil, nicht mal ein Tausendstel von dem, was er alles ertragen musste. Mitfühlend sehe ich ihn verstohlen an. Seine Lippen sind zu einem harten Strich zusammengepresst, während er zusieht, wie die Erde auf Frau Breitlings Sarg prasselt.

Als das Loch bedeckt ist, reicht er mir schweigend einen Strauß weißer Lilien. Mit gesenktem Kopf lege ich die Blumen auf dem Grab nieder.

Ich würde gerne noch etwas sagen, doch meine Lippen bringen kein Wort heraus. Viel zu unwirklich erscheint mir das Ganze. Vor wenigen Stunden hat sie noch unterrichtet und nun stehe ich … ich stehe vor ihrer letzten Ruhestätte. Niemand weiß, was mit ihr geschehen ist und wo sie ist, bis auf die Götter Asgards und deren Soldaten und einige wenige des Volkes. Ich beiße so heftig auf die Unterlippe, dass ich Blut schmecke.

Wie soll ich mit diesem Wissen Normalität bei meinen Kollegen und Kolleginnen vorheucheln?

Zermürbt und hoffnungslos sinke ich in die Knie und greife in die feuchte Erde. Meine Hände wühlen und kneten verzweifelt das Erdreich, als könne ich so alles rückgängig machen. Ich möchte augenblicklich alles, was ich erlebt habe, zurückdrehen. Mein Vater soll gesund zuhause auf der Couch sitzen. Ich möchte meiner Mutter dabei zusehen, wie sie sich an der kunstvollen Dekoration von Torten probiert. Der Träger der Göttertræne soll die Waffe niemals gezückt haben und in Frieden leben. Der Asche-Typ soll mir nicht diesen verflucht heißen Kuss aufdrücken und unbändige Furcht einjagen.

Jemand greift unter meine Achseln, zieht mich hoch und stellt mich auf die tauben Beine. Ich schwanke. Thor drückt mich an sich und dirigiert mich fort von dem Friedhof der Vermissten.

Mit geballten Fäusten erzittere ich, da ich eisern versuche, die Schluchzer und Tränen hinunterzuschlucken und zurückzuhalten.

Er stützt mich weiter auf dem etwa vier Kilometer weiten Weg zurück zur Hauptstadt und gibt mir einen Kuss auf die Schläfe.

Natürlich küsst er nur meine Schläfe. Er denkt, ich hätte mit Laurin herumgeknutscht. Sicherlich zweifelt er nun an meinen aufrichtigen Gefühlen zu ihm. Das dünne Band, das er wagen wollte zu knüpfen, zerreißt in seinen Einzelteilen. Die Götterträne hat sich selbst übertroffen, um Thors Empfindungen positiv zu leiten. Ich werde ihn wieder verlieren. Wie kann ich das aufhalten? Wie kann ich ihm beweisen, dass Laurin mich unerwartet geküsst hat?

Die Götterträne leuchtet Türkis auf. Instinktiv bleibe ich stehen und lege ihm unverhofft meine Hand an die Wange. Erschrocken weiten sich seine Augen, da ein mächtig kribbelndes Gefühl von meiner Hand auf ihn übergeht. Ich schließe die Lider und zeige ihm meine Erinnerung des fatalen Kusses. Seine Gesichtszüge werden milder.

Zärtlich nimmt er meine Hand von seiner Wange. „Ich danke dir, Malina, für diesen tiefen Einblick in dein Innerstes. Verzeih mir, dass ich an dir gezweifelt habe! Ein Teil von mir hat es auch gar nicht geglaubt, weil ich dich nie so eingeschätzt habe. Doch der eifersüchtige Schweinehund in mir hat dir allzu schnell zugetraut, dass du dich dem Nächstbesten an den Hals wirfst. Die dunkle Aura, die über Rapsynta schwebte, tat noch ihr Übriges."

Ich lächle ihn nur an und schmiege mich an seine Brust. Ein schwerer Stein fällt mir vom Herzen, weil er mir endlich glaubt.

Thors Hand gleitet beruhigend über meinen Rücken. „Dieser Laurin hat etwas Eigenartiges an sich. Wir sollten ihn mal näher unter die Lupe nehmen."

„Er besitzt eine seltsame Anziehungskraft und ist gezeichnet von der Unterwelt."

„Dann sollten wir vorsichtig sein. Götter aus der Unterwelt können sich ebenso tarnen und verdeckt leben, wie ich es getan habe."

Ich suche Thors Blick. „Du meinst, Laurin könnte einer von den Bösen sein? Schwer vorstellbar nach allem, was ich über ihn weiß."

Thor legt mir eindringlich die Hände auf die Schultern und sieht mich intensiv an. „Das größte Talent der Götter und Handlanger aus der Unterwelt ist es, uns hinters Licht zu führen, zu täuschen und ins offene Messer laufen zu lassen. Vergiss das nie!"

Loki erscheint auf einem schwarzen Hengst und zieht unsere Aufmerksamkeit auf sich. „Thor! Malina! Ihr solltet zurück nach *Valaskjalf* kommen. Odin wartet im Thronsaal auf euch."

Mein Donnergott tritt einen Schritt vor. „Du bist bereits aus Italien zurück?"

Hellhörig geworden sehe ich von Thor zu Loki. „Italien? Hast du nach meinen Verwandten gesucht?"

Loki wendet sein Pferd. „Lasst uns das nicht hier besprechen." Er prescht davon.

„Ok, Malina, wird Zeit, dass du Fliegen lernst."

„Ich soll … was?"

Thors Körper versprüht Blitze. Seine funkensprühende Hand schwebt über meine Götterträne, als wolle er der funkelnden Träne Energie zukommen lassen. Hochkonzentriert blickt er auf mein Kleinod. „Zeig ihr, wie man fliegt!", haucht er meinem Glitzerstein zu, dann verschwindet er als Blitz in der Luft.

Ich visiere diesen ungewöhnlichen Wunsch an und spreche zu meiner Götterträne. Perplex sehe ich, wie meine Hand sich in Wasserdunst auflöst. Mein Körper verschwindet, dennoch fühle ich mich unverändert. Als Wasserdunst folge ich Thor in Odins Palast, allerdings bin ich in meiner körperlosen Gestalt so schnell, dass ich die wunderschöne Aussicht auf die Landschaft unter mir kaum genießen kann.

Fasziniert verwandle ich mich, im Thronsaal vor den beeindruckten Männern, die vor Odins Thron stehen, zurück. Überrascht sehe ich auf meine Arme, die langsam wieder sichtbar werden.

Das sollte ich echt mal wiederholen.

„Du lernst schnell, Malina“, sagt Odin zufrieden.

Ich gehe nicht darauf ein, sondern wende mich an Loki: „Was ist mit meiner Tante und meinem Onkel?“

„Ach, jetzt bin ich auf einmal interessant für dich?“, beschwert sich der ambivalente Gott mit einem zynischen Grinsen.

„Lass das Geplänkel, Loki! Für so etwas haben wir keine Zeit. Berichte!“ Odins Autorität ist unanfechtbar. Scheinbar demütig hebt Loki die Hände, aber diese Haltung kaufe ich ihm nicht ab.

„Kurz und schmerzlos: Unsere Soldaten sind tot. Versteckt im Weinkeller, allerdings in einer Parallelwelt. Die Schutzbefohlenen sind verschwunden. Keine Nachricht der Entführer.“

Keine Tränen! Die werden Bella Bettina und Tommaso jetzt garantiert nicht helfen. Ich muss mich zusammenreißen.

Mit geballten Kräften ramme ich die Fingernägel in die Handinnenflächen, damit mich der Schmerz daran hindert wie ein Häufchen Elend im Boden zu versinken. Der Drang, zu schreien und zu heulen, droht mich zu übermannen. Meine schlimmsten Befürchtungen sind wahr geworden.

Müde und zerknirscht lässt Odin sich auf seinen Thron fallen, ohne seinen goldenen Speer aus der Hand zu lassen.

„Da muss viel schwarze Magie am Werk gewesen sein. Es heißt schon was, meine stärksten Soldaten töten zu können“, sagt Odin mehr zu seinem Speer, als zu uns.

„Hast du sie geborgen und mitgebracht?“, wendet Odin sich an Loki.

„Selbstverständlich, Allvater.“

„Wie geht es nun weiter?“, meldet Thor sich zu Wort.

Odin reibt sich den glänzenden Stahl seines Speers an die Stirn und seufzt. „Wir können nicht mal eben so in die Unterwelt marschieren, um Malinas Familie da heraus zu holen. Da kommt man nur mit Einladung rein."

„Oder mit einem plötzlichen Sog in Hades' oder Seth' Welt. Zumal wir nicht einmal wissen, in welche Ebene die Verschleppten gekommen sind", ergänzt Loki Odins Satz.

Ich trete einen Schritt an den Allvater heran. „Was soll das heißen? Dass die Unterwelt tatsächlich mehrere Abteilungen besitzt?"

Loki grinst mich wölfisch an. „Oh ja. Die Ebene des Hades. Die Welt des Seth und dann die berühmt berüchtigte Hölle mit dem Teufel."

Ich verschränke die Arme vor der Brust und werfe Loki einen ungehaltenen Blick zu. „Bei dir weiß ich nie, ob du jetzt scherzt oder ob du es ernst meinst."

Odin stützt sich auf seinen Speer und erhebt sich. „Den Teufel gibt es wirklich, Malina, nur sieht er anders aus, als du vermutest."

Grundgütiger! In was bin ich nur hineingeraten?

Thor dreht seinen Hammer, wie ein Cowboy seinen Revolver. „Die Entführung deiner Familie kann nur einen Grund haben, nämlich aus dir einen Spielball der dunklen Ränkeschmiede zu machen. Sie werden dich zwingen, die Götter beiseite zu schaffen, die ihnen im Wege stehen."

„Das habe ich befürchtet, aber ich weiß nicht einmal, wie ich Götter ermorden kann, also vergeudet die Unterwelt ihre Zeit."

„Zeit ist nicht das Problem. Davon haben die Götter bekanntlich reichlich. Deine Familie jedoch nicht", bemerkt Loki, als würde er von einem langweiligen Kochrezept erzählen und begutachtet dabei seine Fingernägel.

„Dir scheint das Ganze ja völlig egal zu sein!", gifte ich ihn an. Er täuscht ein Gähnen vor. „Ich lebe schon zu lange, da kann mich nichts mehr schocken."

Mit blitzschneller Handbewegung zischt *Mjölnir* auf Loki zu und schwebt bedrohlich nah vor seiner Nase herum.

„Entschuldige, Thor, ich musste mir mal eben deinen Hammer ausleihen." Ich werfe dem perplexen Donnergott einen besänftigenden Blick zu und widme mich Loki erneut.

„Was ist denn, wenn dein Name auf der Abschussliste der Unterwelt-Götter steht, Loki? Findest du das Ganze dann auch noch lustig oder gar langweilig?"

Für ganze drei Sekunden spiegelt sich Bestürzung auf Lokis Gesicht, doch er hat sich schnell wieder im Griff.

„Das ist unglaublich, Malina! Mjölnir gehorcht nur Thor. Deine Kraft ist sagenhaft, dass dir das mühelos gelungen ist", wechselt Odin das Thema und ich sehe deutlich, wie es hinter seiner Stirn arbeitet.

„Solltest du tatsächlich in die Unterwelt gesogen werden, musst du vorbereitet sein. Ich schlage vor, dass du beizeiten Zeus und Bastet aufsuchst. Die ägyptischen Götter verstehen mehr über das Reich der Toten, als irgendjemand sonst. Die griechischen Götter sind die sportlichsten, kennen sich mit Ausdauer und verschiedenen Kampftechniken aus. Ein olympisches Camp wäre jetzt genau das Richtige."

36

Arm in Arm

Vor Sorge um meine geliebte Tante und meinen Onkel, schlichtweg meine einzige Familie, würde ich alles tun, um sie zu retten. Und hierin liegt garantiert das Problem. Nun sind alle Götter in Gefahr. Hades, Seth, der Teufel, wer auch immer Bella Bettina und Tommaso entführen ließ, kann mich jetzt für seine Zwecke erpressen.

Ich gerate immer mehr in den Strudel der Götterwelt, dabei sollte ich lieber ein gewöhnliches, heranwachsendes Mädchen sein, das die Ausbildung beenden will und Arm in Arm verliebt mit dem Freund durch die Straßen schlendert.

Stattdessen werde ich zu Zeus höchstpersönlich geschickt, um mich besser vor der Unterwelt wappnen zu können. Und mein Freund … zukünftiger Freund - sobald er restlos seine Gefühle zulässt - ist kein gewöhnlicher Typ. Sein Charme und seine Anziehungskraft gehen wortwörtlich wie ein Blitz ins Herz.

Gedankenverloren folge ich Thor zum *Bifröst*. Erst als ich gegen ihn pralle, kehre ich in die Wirklichkeit zurück.

Liebevoll hebt er mein Kinn an. Sein Blick schenkt mir Zuversicht. „Es wird alles gut werden, Malina. Wir kriegen das hin! Hab keine Angst. Wir finden deine Familie und mischen die Unterwelt mal richtig auf."

Ich wage ein Lächeln. „Von einem Extrem ins Nächste und nicht einmal die Chance, uns gegenseitig richtig kennenzulernen."

Thor streichelt meine Wangen und schiebt dann mein Haar hinters Ohr. „Irgendwann werden wir ganz für uns alleine Zeit finden. Allerdings … Malina … ich will ehrlich zu dir sein. Auch wenn du talentiert darin bist, mich in deinen Bann zu ziehen … an meinem Wunsch nach Frieden hat sich dennoch nichts geändert."

Verlass dich darauf, ich werde alles versuchen, um dir deinen Todeswunsch zu nehmen!

Mein Blitz- und Donnergott schenkt mir einen knisternden, wehmütigen und traurigen Kuss.

Ich verdränge seine Worte und gebe mich ganz seiner Nähe hin. Sanft zieht er mich in seinen Arm und wir gleiten in die gelartige Regenbogenmasse. Ich schmiege mich an seine Brust und sehe ihn fragend an. „Geht es jetzt wirklich zum Olymp?"

„Nein. Zeus residiert noch in seiner Winterresidenz. Ende März kehrt er zum Olymp zurück."

„Und wohin reisen wir nun?", frage ich angenehm überrascht.

„Es geht nach Ronda."

„Ronda? Wo ist denn das? Nie gehört."

Thor presst sich an mich, was mir ein Prickeln im Unterleib beschert. „In Spanien. Etwa hundertzehn Kilometer von der andalusischen Provinz Málaga entfernt. Eine schöne, malerisch gestaltete Kleinstadt. Der Ort wird dir gefallen."

„Na dann, auf ins nächste Abenteuer!"

Die Regenbogenbrücke spuckt uns auf einem seltsamen und vor allem schmalen Metallsteg, der uns vor dem Wasser einer Schlucht schützt, aus.

„Was zur Hölle … Wo sind wir denn hier gelandet?“, frage ich Thor und klammre mich ängstlich an ihm fest.

„Beim geheimen Ausgang der Wassermine des Palastes *Casa del Rey Moro*. Das vor dir ist die Schlucht *El Tajo* mit dem Fluss *El Mercadillo*.“

Süß, wie er die spanischen Bezeichnungen ausspricht.

Ich schaue mich fasziniert um. Das Wasser mit seinem blau-grünen Farbton liegt still vor mir. Der mächtige Fels der Schlucht umzingelt uns, was bei der gegenwärtigen Situation beengend wirkt.

Hoffentlich lösen sich nicht irgendwelche Steinmonster aus dem Felsen oder ein Loch tut sich im Fluss auf, um uns zu verschlucken.

Jetzt geht meine Fantasie aber wirklich mit mir durch.

„Ein griechischer Gott, der seine Ferien in einer spanischen Altstadt verbringt. Klingt irgendwie unglaubwürdig.“ Meine Mühen, meine innere Unruhe mit Small Talk zu bekämpfen, besänftigen meinen nervösen Bauch leider nicht.

„Warum findest du Zeus‘ Urlaub unglaubwürdig? Wir können ungezwungen unsere Zeit an Orten verbringen, die uns vorschweben. Komm, ich führe dich durch die Wendeltreppe, die dort in den Stein geschlagen worden ist, da kannst du dir die Waffen- und Brunnenkammern anschauen.“

Bevor mein wahr gewordener Traumtyp in den Rundbogeneingang tritt, der in den feuchten Turm mit Wendeltreppe führt, überkommt mich eine Sehnsucht, die ich so noch nie gekannt habe und ich versperre ihm den Weg.

„Thor? Bitte halt mich fest“, bitte ich mit erstickter Stimme. Mein Donnergott kommt stumm meiner verzweifelten Bitte nach, schenkt mir seine Nähe und streichelt abwechselnd mein Haar und meinen Rücken. Sein unwiderstehlicher Duft aus Leder, Sandelholz und

Duschgel verwöhnt meine Nase. Nach einigen Minuten fühle ich, wie er seinen Kopf an meinen schmiegt. Ich seufze und entspanne mich allmählich.

„Ich wünschte, nichts von all dem wäre passiert. Viel lieber würde ich mit dir Hand in Hand durch meine Heimat, eine kleine Kurstadt, spazieren und auf dem Sofa lümmeln, mit viel Popcorn, Cola-Bier und *Resident Evil*-Filmen."

„Klingt verlockend. Bestimmt machen wir das mal."

Der Krieger in ihm beendet die Umarmung und sieht mich ernst an. „Wir sollten keine Zeit mehr verlieren. Uns kann jederzeit etwas zustoßen. Ich weiß nicht, ob ich dir in der Unterwelt eine große Hilfe bin. Wenn wir Pech haben, verliere ich dort meine göttliche Kraft. Es ist alles ungewiss."

Ich bekomme nur ein Nicken zustande und folge Thor in den Turm, der gut getarnt von den Felsen kaum wie ein solcher aussieht. Der modrig-feuchte Geruch empfängt uns und irritiert kann ich die Stufen erkennen, obwohl kein künstliches Licht leuchtet.

„Ist es weit?", frage ich und erklimme hinter ihm die Wendeltreppe.

„Die Mine erstreckt sich über einen Höhenunterschied von etwa sechzig Metern."

Ich schnaufe demotiviert hinter meinem Donnergott her, der scheinbar mühelos zwei bis drei Stufen auf einmal nimmt. Eine Kammer tut sich auf.

„Woher kommt das Licht?", frage ich und sehe mich um. Thor weist mit der Hand über seinen Kopf. „Raffiniertes Lichtsystem im Gewölbe. Unterschiedlich verteilte Fenster, die in den Fels gehauen wurden. Wir sind jetzt in der Brunnenkammer."

„Wow! Das Gewölbe, das alte Gestein und die Rundbögen sind beeindruckend."

Touristen tummeln um uns herum.

Hoppla! Thor ist in seiner ledernen Kampfrüstung und seinem roten Umhang viel zu auffällig. Warum hat er keine Jeans angezogen?

„What the Fuck?!", rufe ich mit einem Mal entsetzt aus und zeige auf eine blonde Touristin. „Die … die ist gerade mitten durch mich hindurch gegangen. Das ist … aber nicht normal."

Thor lacht mich laut aus und hat Mühe sich wieder einzukriegen.

Beleidigt stemme ich meine Hände in die Hüften. „Schön, dass es dich so amüsiert. Was zur Hölle ist hier los?"

Mein Donnergott verpasst mir einen Nasenstüber. „Wir sind in einer Parallelwelt, meine süße Kriegerin."

„Wann hattest du denn vor, mir davon zu berichten?"

Er zuckt entschuldigend mit den Schultern. „Ich hatte angenommen, dass deine Erfahrungen mit den römischen Göttern im *Forum Romanum* dir gezeigt haben, wie die Götter auf der Erde leben. Entschuldige bitte."

„Scheinbar denke ich noch nicht weit genug ..."

Mein Donnergott führt mich hinaus und mein Blick fällt auf einen Palast mit ausgedehnter Brunnenanlage, zwei Türmen und hängenden Gärten. Die Keramikkunst und überdachten Säulengänge mit den liebevoll bepflanzten Beeten laden zu romantischen Spaziergängen ein. Die Schönheit dieses Ortes könnte mich glatt den Grund für mein Kommen vergessen lassen. Ein spanischer Palast an einer Schlucht, Zeus hat wahrlich einen interessanten Geschmack.

Ich horche auf. „Was ist das für ein johlender Lärm?"

Mein göttlicher Gestaltwandler horcht ebenfalls auf und schüttelt letztendlich resigniert den Kopf.

„Keine Soldaten, die den Eingang bewachen?“, bemerke ich verwundert.

Thor schiebt donnernd die doppelflügelige Tür auf, die an die Wand kracht, und ein Schwall Alkoholgeruch strömt uns entgegen. „Die sind garantiert betrunken.“

Höre ich da Verärgerung in seiner Stimme?

„Oh Mann, was geht denn hier ab?“, frage ich und hüpfe über ein Dutzend Teller mit Speiseresten, an denen sich Hunde laben. Knochen, umgeworfene Stühle, schnarchende Männer und halbnackte Frauen liegen auf Fellen oder auf dem bloßen Marmorboden herum und scheinen ihren Rausch auszuschlafen. Umgekippte Harfen und verschmutzte Tische mit umgeworfenen Trinkgefäßen stehlen der Schönheit des Raumes die Show. An den bemalten Wänden, die von dem ruhmreichen Leben der griechischen Götter erzählen, kleben Fruchtreste.

„Tja, das nenne ich mal eine abgeschmierte Party“, bemerke ich knapp und stemme die Hände in die Hüften. Thors Blick sucht düster den Raum ab. Die nackten Brüste der Frauen interessieren ihn zum Glück nicht das Geringste. Die letzten wachgebliebenen Soldaten prosten sich grölend zu.

Zielstrebig geht Thor auf einen Mann zu, der in einem antik aussehenden Holzsessel, bedeckt mit Fellen in Schieflage sitzt und schnarcht. Heftig tritt er ihm vors Schienbein.

„Zeus! Los! Aufwachen!“

Funken sprühen und knistern in dem kurzen Haar des angesprochenen Mannes. Blinzelnd setzt er sich gerade hin und reibt sich über das Gesicht. „Thor?“

Der genannte Gott packt Zeus am Gewand. Die Wut lässt Blitze an Thors Hände knistern. „Ich könnte dir einen Blitz in den Arsch jagen für deine ständigen Saufgelage! Findest du nicht, dass es Wichtigeres gibt, als Partys?"

Der angebliche Zeus reißt sich los, räkelt sich in seinem Sessel und greift zum nächsten Trinkgefäß. „Wie soll ich sonst die Ewigkeit ertragen?"

Ich trete naserümpfend an Thors Seite. „Das soll Zeus sein? Der geölte Blitz persönlich? Den habe ich mir aber pompöser und mit Bart und Lockenpracht vorgestellt."

Zeus fährt sich mit der Hand durch sein kurzes, dunkelbraunes Haar. „Brauchte mal eine Veränderung."

„Du versteckst ja hübsch deine Narbe, die du von unserem Wettkampf davongetragen hast", stellt Thor angriffslustig fest. Zeus' linke Augenbraue zuckt und für den Bruchteil einer Sekunde leuchtet eine Narbe in Form eines Blitzes über der linken Gesichtshälfte auf. Sein Blick wandert auf den Inhalt seines Trinkgefäßes, ehe er diesen leert und achtlos in den Raum wirft. Dann quält er sich aus seinem Sessel und verfährt mit der Prozedur an weiteren Trinkbechern.

„Was ist nun mit deiner gewünschten Audienz, Eure Saufheit?", stichelt Thor.

Der Angesprochene senkt den Blick. „Du beschämst mich. Konntest du nicht Bescheid geben, dass ihr kommt?"

Mit dem Fuß schiebt Thor einige Schnapsleichen beiseite, um Zeus besser folgen zu können. „Wir haben es momentan ziemlich eilig."

„Gebt mir ein paar Minuten. Genießt solange die Terrasse. Speisen und Getränke werden euch sofort gebracht."

Nachsichtig nimmt mich mein Donnergott schweigend am Arm und führt mich aus dem Chaos hinaus in die Gärten.

„Die Ewigkeit scheint vielen wirklich zu schaffen zu machen", flüstere ich bestürzt. Thor nickt nur und sieht gedankenverloren zu den Oleander- und Myrtensträucher.

Betroffen greife ich nach seiner Hand. „Thor, ich kann nicht glauben, dass der Tod eure einzige Lösung ist!"

Himmel hilf! Was ist, wenn Thors Wunsch nach Erlösung immer stärker sein wird als ein Leben mit mir? Wer weiß schon, wie solch eine Götterseele tickt?

Ich lasse ihn los. Ich glaube, es trifft ihn arg, wie Zeus sich gehen lässt. Meine Finger streichen über die Götterträne. Adrenalin strömt durch meinen Bauch. Als würde eine unsichtbare Macht meine Arme heben, beginnt mein Körper mit einem Mal zu leuchten. Ein goldener Glanz legt sich auf meine Haut. Ich schließe die Augen und denke an das reine, pure, vollkommene Leben. Strahlend wie die Sonne, drehe ich Thor zu mir herum, lege meine leuchtenden Hände an seine Wangen, führe ihn zum Kuss an meine Lippen und schenke ihm Wärme. Einen Kuss voller Liebe und Zuversicht. Dabei sende ich ihm die beruhigendsten und schönsten Naturklänge zu. Mit meinem Kuss hauche ich ihm den Willen nach Leben ein. Mit all meiner Kraft werde ich für ihn nicht die Göttin des Todes sein, sondern die Göttin, die Leben schenkt.

Sehnsuchtsvoll presst er sich an mich und lässt sich von meinem göttlichen Glanz einhüllen.

37

Stierkampfarena

„Was hast du mit mir gemacht? Ich fühle mich so … Als hätte ich eine Wunderkur puren Glücks und Lebensfreude erhalten. Von den positiven Gedanken ganz zu schweigen.“ Ich zucke grinsend mit den Schultern und erfreue mich über die leuchtenden Fäden, die sich durch sein Haar schlängeln und langsam in der Luft verpuffen.

Zärtlich verschränke ich meine Finger mit seinen und erhasche gerade noch den Anblick, wie seine Venen schimmern, als ob goldenes Blut hindurchflösse.

„Vielleicht ist das die Lösung. Wenn ich jedem suizidgefährdeten Gott Lebenswille einhauche, ist das furchtbare Thema der Göttermordung eventuell vom Tisch.“

„Komme ich etwa zu spät?“ Thor will mich soeben lächelnd küssen, da lenkt ihn die mir wohlbekannte Stimme des berühmtesten Tunichtguts ab.

Gibt es auch mal einen Tag, wo Loki keinen schönen Moment ruiniert?

Missmutig sehe ich ihn auf uns zu kommen. Sein graziler Körper steckt in einem schwarzen Lederanzug. Eine Küchenmagd nähert sich ebenfalls mit einem Korb Obst. Loki schnappt sich einen Apfel und wirft ihn spielerisch einige Male in die Luft, ehe er ihn wieder auffängt. Weitere Bedienungen bringen uns Getränke, Brotkörbchen mit duftendem Brot, sowie Käse- und Wurstplatten.

„Wofür kommst du zu spät?“, hake ich mit schmalen Augen nach.

Loki grinst sein breites, listiges Loki-Lächeln und steckt sich genüsslich mehrere Trauben in den Mund. „Na, für das Training! Ich freue mich schon darauf, dich in Aktion zu sehen. Den ganzen Weg hierhin habe ich mich gefragt, wie schnell ich dich wohl in den Dreck befördere oder ob ich ordentlich Schläge einkassieren werde."

Verspielt lässt er den Apfel auf seiner Schulter herum rollen, bis er abwärts über seinen Arm in seine Hand kullert.

„Hat dir niemand beigebracht, dass man nicht mit Essen spielt?", frage ich finster.

Amüsiert grinst Loki mich an und beißt genüsslich in sein Obst. „Was bist du? Meine Gouvernante? "

Mein Donnergott verschluckt sich schmunzelnd an seinem Brot. „Deine Lady ist mir gegenüber stets unhöflich, Thor, und zudem voller Vorurteile. Was können wir da nur machen?"

Mein ehemaliger Ausbilder klopft sich auf die Brust und hustet. Zügig trinkt er einen Schluck Met und räuspert sich, um seine Lachanfälle zu kaschieren. „Tja, leg dich ins Zeug, Loki, und überzeug die mächtigste Göttin aller Götter davon, dass es sich lohnt, mit dir befreundet zu sein."

„Ich habe genug Freunde. Danke", murmle ich und stecke mir schnell ein Stück Käse in den Mund. Den Pollenflug von Esche, Hasel und Erle zu beobachten, finde ich spannender, als das süffisante Grinsen von Loki dauernd vor Augen zu haben.

Mal ganz ehrlich, was hast du gegen ihn? Er hat dir nichts getan, beschwert sich meine innere Stimme.

Vielleicht habe ich Angst, dass er noch etwas Schlimmes tut.

Meine Gedanken wandern zu Bella Bettina und Onkel Tommaso.

Wo seid ihr? Habt ihr Schmerzen? Müsst ihr Hunger leiden?

„Mit solchen Fragen im Köpfchen, wirst du nicht rational in der Unterwelt handeln können", bemerkt Thor mit einem vorsichtigen Tonfall. Ich sehe ihn nicht an, nicke nur und entferne mich von den Männern.

Der Pollenflug zieht mich in seinen Bann. Die Pollen fliegen gleichmäßig, wie kleine Feen. Ich strecke die Hand aus. Ein Windhauch weht mir das Haar aus dem Gesicht und der Blütenstaub umgarnt mich. Ein angenehmes Kitzeln wandert über meine Haut. Hingerissen sehe ich dem tanzenden Schauspiel zu. Die hauchfeinen Haare der Flugschirme von Pusteblumen gesellen sich dazu und schwirren um mich herum. Ein Blick auf meinen Armreif verrät mir, was ich bereits ahne: Meine Götterträne leuchtet smaragdgrün. Grün steht bestimmt für Flora und Fauna. Wenn mein Glitzerstein Blau leuchtet, nutze ich die Wasserkraft. Dunkel wie ein Onyx, spiegelt der Stein wohl meine Traurigkeit und Hass wider. Rot steht für Flammen. Höchst interessant. Ich drehe mich um meine eigene Achse und ein herrliches Kleid aus Schirmchen von Pusteblumen ziert meinen Körper.

Jemand zupft mir Pollen aus dem Haar. Lächelnd verschränke ich meine Finger mit Thors und drehe mich zu ihm um.

„Ich wusste gar nicht, dass du so auf Tuchfühlung mit mir gehen wolltest."

Erschrocken lasse ich Lokis Finger los und schaue ihn böse an. „Das wollte ich ganz bestimmt nicht! Warum zupfst du an meinen Haaren herum?"

Er kommt meinem Gesicht gefährlich nahe. „Habe es für eine gute Idee gehalten, dein schönes Haar von dem Blütenzeugs zu befreien." Dann sieht er an mir herab.

„Ganz schön overdressed, findest du nicht? Ich dachte, du bist mit der Unterwelt im Krieg und willst dich darauf vorbereiten. Oder planst du lieber eine Modenshow? Ich finde, wir haben momentan ganz andere Probleme."

Mit einer wegwischenden Handbewegung wird aus dem Pollenkleid ein heller Kampfanzug und ein Dutzend kleiner Nadeln schweben bedrohlich vor seiner Nase herum.

„Da gebe ich dir ausnahmsweise mal Recht. Und wie du siehst, bin ich dazu in der Lage, aus der Schönheit der Natur auch etwas Gefährliches entstehen zu lassen. Was sagst du dazu?"

„Nicht schlecht. Ich freue mich auf das Training in der Arena", säuselt Loki mir zu und verpasst mir einen Kuss auf die Wange. Ich bin kurz davor, ihm eine zu scheuern, da hält mir jemand die Hand fest.

„Und ich erst." Zeus taucht neben mir auf, lässt lächelnd meine Hand los und klopft mir und Loki versöhnlich auf die Schulter.

„Vertragt euch!" Zeus sieht zu Thor hinüber und schüttelt den Kopf. „Warum esst ihr im Stehen? Ich habe doch genügend Sitzgelegenheiten."

„Warst du eine Runde im Jungbrunnen schwimmen? Du siehst fantastisch aus, Zeus." Ehrliches Lob schwingt in Thors Stimme mit. Abrupt formt Thor einen Blitz und greift Zeus damit an, doch dieser formt das Gleiche und sie prallen aneinander ab. Anerkennend sieht Thor über seinen funkensprühenden Blitz in Zeus' Gesicht.

„Von deiner Schnelligkeit hast du wohl auch noch nichts verloren."

„Warum sollte ich?", sagt Zeus kämpferisch.

Die beiden Donnergötter lassen voneinander ab und die Blitze verpuffen in ihren Händen.

„Lasst uns endlich zur Arena gehen", wirft Loki ein und der Kampfwille leuchtet in seinen Augen.

„Irgendwie fühle ich mich betrogen", flüstere ich Thor zu.

„Warum?", fragt er und schwingt spielerisch *Mjölnir*.

„In einer spanischen Stierkampfarena von griechischen Göttern trainiert zu werden anstatt in einer griechischen Arena."

Thor lacht und deutet auf die schmucklose, weiße Außenansicht der Arena. „Die *Plaza de Toros de Ronda* ist der perfekte Ort, das verspreche ich dir. Und keine Angst, Touristen kommen uns nicht in die Quere. Wir sind ja in der Parallelwelt."

Zeus öffnet das doppelflügelige, schmiedeeiserne Rundbogentor und macht eine einladende Geste. „Willkommen in Ronda, meine Lieben! Eine der schönsten und ältesten Arenen ihrer Art. Erbaut aus Sandstein. Platz für sechstausend Zuschauer. Natürlich kreisrunde Bauart und die zwei Galerien besitzen eine geschossartige Anordnung. Eigentlich schade, dass wir kein Publikum beim Training haben werden."

„Warum denn nicht, Zeus? Lass uns doch einfach sichtbar werden", meint Loki grinsend, verschränkt die Arme vor der Brust und sieht mich herausfordernd an.

„Für dich ist alles der reinste Spaß oder? An die Konsequenzen denkst du wohl nicht", bemerke ich düster.

„Thor, bist du sicher, dass Malina die Gabe von Re geerbt hat und nicht die von Justitia oder von Maat, der ägyptischen Göttin der Weltordnung, Wahrheit und Gerechtigkeit?"

„Klar, dass ich für dich nur einen Moralapostel darstelle." Loki antwortet mir erst gar nicht, sondern greift mich waffenlos an. Es dauert nur wenige Sekunden und siegessicher befördert er mich in den Sand. Überheblich baut er sich grinsend vor mir auf.

„Lass sehen, wie schlagfertig du ohne Waffen und Magie bist", fordert er mich heraus. Ich rapple mich wieder auf, ducke mich vor seiner Faust und Loki gerät von dem Schwung ins Straucheln.

„Sei vorsichtig, Malina! Loki ist nicht zimperlich. Er wird dich blutig schlagen, egal ob Frau oder nicht, da macht er keinen Unterschied. Sei taktisch klüger und ihm immer einen Schritt voraus", rät Thor mir.

„Du hast leicht reden! Ihr seid seit Jahrtausenden Spitzenkämpfer und bestens im Training."

Immer mehr Krieger, in griechischen, römischen und ägyptischen Rüstungen, erscheinen wie durch Zauberhand, um ebenfalls zu trainieren.

Mühsam erinnere ich mich an den Karate- und Selbstverteidigungsunterricht aus meiner Kindheit.

Nur wenige Schläge meinerseits treffen Loki. Ich stecke weitaus mehr Treffer ein und sammle fleißig Staub und Prellungen.

Mit der Zeit fühle ich mich total zerschunden und wische mir das Blut von den Lippen. Loki breitet einladend die Arme aus.

„Ist das alles? So willst du in der Unterwelt bestehen?", stichelt er und seine intensiv grünen Augen leuchten mich an.

Zähneknirschend spucke ich Blut in den Sand. In meiner Wut erhebt sich der Sand um mich herum, formt sich zu einer Faust und rast auf Loki zu. Der lässt die Sandfaust unbeeindruckt in der Luft verpuffen und kommt bedrohlich auf mich zu.

„Du mogelst! Wer sagt dir, dass deine Magie in der Unterwelt funktioniert? Niemand weiß das! Selbst die ägyptischen Götter wissen es nicht, weil Re es nie versucht hat. Also wirst du dich mit deinen blanken Fäusten verteidigen müssen."

Das Adrenalin jagt durch meine Venen und mein Herz pocht mir bis zum Hals. Loki will erneut zum Angriff ansetzen, als Thor dazwischen geht. „Loki, hör auf sie fertig zu machen! Du sollst sie trainieren, ihr Kampftechniken beibringen und sie nicht ins Krankenlager befördern!"

Loki wirft mir einen geringschätzigen Blick zu und geht wortlos zu einer Gruppe griechischer Götter.

Sanft streichelt Thor mir über die Wange. „Alles ok?"

„Ja. Lass uns weiter machen", beharre ich.

Thor zeigt mir einige Schlagabfolgen und wir üben gemeinsam, bis ich sie verinnerlicht habe. Zeus gesellt sich zu uns und ich lerne die unterschiedlichsten Kampftechniken, so dass ich mir vorkomme, als wäre ich gleichzeitig in einem Karate-, Taekwondo-, Kickbox- und Jiu-Jitsu-Camp.

Ares, der Gott des Krieges, ist ebenfalls von unschätzbarem Wert.

Außer Atem nehme ich von Thor einen Trinkschlauch mit Wasser entgegen und leere ihn gierig. „Du liebe Güte, wie lange trainieren wir eigentlich schon?"

„Drei Tage", antwortet Zeus leichthin.

„Drei! Tage?! Wie ist das möglich? Die Sonne ging nicht einmal unter!"

„Du musst lernen, dass Zeit in der Götterwelt anders aufgefasst werden kann. Hier kommt es dir wie Stunden vor, aber in der Menschenwelt sind bereits drei Tage verstrichen. Ich gebe zu, wir manipulieren auch schon mal an der Zeit."

„Hm, wirklich beeindruckend. Als ich in Asgard war, waren in der Menschenwelt nur Sekunden verstrichen", bemerke ich fasziniert.

„Asgard ist ein Universum für sich und nicht mit meiner Parallelwelt vergleichbar. Nun denn, du hast viel und gut gelernt. Du verinnerlichst die Lehren wirklich schnell, mein Kompliment. Du bist die geborene Göttin."

Ein Lob von Zeus. Ist ja der Wahnsinn!

Loki klatscht sich in die Hände. „Da du so fleißig geübt hast, wirst du mit mir bestimmt noch mal ein Tänzchen wagen!"

Deine Überheblichkeit treibe ich dir schon noch aus!

Erstaunlich kampflustig und überhaupt nicht schlapp stelle ich mich Loki ein zweites Mal.

Er schnappt sich einen Speer aus einer Halterung und wirft ihn mir zu. Problemlos fange ich die Waffe auf. Er nimmt sich einen weiteren und umfasst das Holz mit beiden Händen.

Aha. Er will Stockkampf betreiben. Nun gut. Auf geht´s!

Wir preschen aufeinander. Loki hält kurz inne und sieht mir böse grinsend fest in die Augen. „Du wirst verlieren."

Süffisant lächle ich zurück. „Wir werden sehen!"

Die anderen Kampfgötter bilden einen großen Kreis um uns herum und sehen dem Spektakel gebannt zu.

Ich setze alle Tricks ein, die ich gelernt habe. Loki ist dennoch wendiger, listiger und brutaler. Er hatte Recht, ich werde verlieren.

„Das ist eine Übung! Warum kämpfst du so unfair?!", brülle ich ihn wütend an.

Loki kreuzt die Speere. „Ein Vorgeschmack auf die Unterwelt. Oder glaubst du, die werden dich mit Samthandschuhen anfassen?!"

Wo er Recht hat, hat er Recht.

Wenn ich hier fertig bin, bekommt meine innere Stimme den Todesstoß mit dem Speer!

Verbissen schlage ich weiter auf Loki ein. Er haut mir amüsiert auf die Finger. Zieht mir die Füße weg, sodass ich immer wieder im Staub lande. Meine Wut wächst.

„Malina! Konzentrier dich! Verliere nicht die Beherrschung!“, ruft Thor mir warnend zu.

Lokis Schläge werden immer gemeiner. Alles tut mir weh. Wie kann ich mich nur so verkloppen lassen?

Als die Schmerzen unerträglich werden, beginne ich zu leuchten.

Verrecke du elendige Schlange von einem Gott!

Es passiert alles so schnell, dass ich zunächst nicht begreife, was ich anrichte. Ich versetze Loki einen heftigen Schlag und gleißendes Licht zischt aus meinen Händen und trifft Loki mitten in die Brust. Seine Augen verlieren den göttlichen Glanz und er sackt in sich zusammen.

Ich schreie auf. Alle anderen tun es mir gleich.

Panisch blicke ich auf den sterbenden Gott. Goldige Staubpartikel entweichen aus seinem Mund gen Himmel.

„Oh mein Gott! Was habe ich getan?! Ich habe ihn umgebracht!“ Hilfesuchend blicke ich um mich. „Thor! Bitte! Hilf mir! Ich habe ihn getötet! Das wollte ich nicht!“

Ich breche in Tränen aus und falle auf die Knie. Verzweifelt rüttle ich an Lokis Schultern. „Loki! Verdammt, wach auf! Los, komm schon!“

Das Entsetzen und die unheimliche Stille um mich herum treiben mich in den schieren Wahnsinn. Die nackte Angst krallt sich in mein Herz, wie eine messerscharfe Hand von Freddy Krüger.

Wie von Sinnen versuche ich den Goldstaub, der noch immer seinen Mund verlässt, mit den bloßen Händen einzusammeln.

„Es gelingt mir nicht“, schreie ich und benetze Lokis Gesicht mit meinen Tränen.

„Oh Gott, bitte, helft mir! So helft mir doch!“

Thor löst sich als Einziger aus seiner Erstarrung und springt an meine Seite, fühlt über Lokis Brust und berührt mich sanft am Oberarm. „Bleib ruhig, Malina! Du kannst ihn noch retten. Konzentriere dich!“

Ich bin außer mir. Die Hysterie in mir will sich nicht bändigen lassen. „Du hast leicht reden! Wie kannst du nur so ruhig bleiben? Ich kriege hier gerade eine Panikattacke!“

Thor greift mir an die Schulter. „Besinnlichkeit ist der Schlüssel zur Kontrolle deiner göttlichen Kraft! Ich weiß, du schaffst das! Glaube an dich. Glaube daran, dass du ihn ins Leben zurückholen kannst!“

Ich beginne aus jeder Pore zu leuchten und lege Loki die Hände auf die Wangen.

„Es funktioniert nicht!“ Meine Panik steigt ins Unermessliche. Lokis göttliche Glitzerfunken wandern weiter gen Himmel. Seine Haut wird grau.

„Versuche es mit … mit …“, Thor sieht mich gequält an. Ich schüttle vehement den Kopf, weil ich ahne, was er mir sagen will oder vielmehr vorschlagen muss. „Schenk Loki den Kuss … des Lebens.“

Verdammt! Ich habe es befürchtet!

„Was?! Ich küss den doch nicht!“

„Malina, dir bleibt nicht mehr viel Zeit! Bitte versuche es!“

Ich schließe meine Augen, atme ganz tief ein und sammle all meine Willenskraft.

Entschlossen sauge ich den entweichenden Götterglanz in mich auf, lege meine Lippen auf die von Loki und hauche das pure Leben wieder zurück in seinen Mund. Meine Sonnenstrahlen umhüllen ihn wie flüssiges Gold und reparieren all seine Wunden. Mit leicht geöffneten Lippen beende ich den göttlichen Kuss und spüre, wie er einen tiefen Atemzug nimmt. Ich öffne die Augen und sehe, wie seine Haut von grau zu einer gesünder aussehenden Farbe wechselt.

Es klappt!

Erleichterung ist gar kein Ausdruck, für das, was in mir tobt.

Lokis Lider flattern. Viel zu nah bin ich noch über ihn gebeugt und werde gewahr, wie seine Anziehungskraft versucht, mich zu einem erneuten Kuss zu locken. Oder ist es gar eine Kraft in mir? Werde ich fremdgesteuert? Warum will ein Teil von mir ihn küssen? Er öffnet die Augen. Ich spüre seinen Körper, seinen Atem und sein geheimnisvoller Blick hält mich gefangen.

Verdammte scheiße! Was passiert hier gerade?

Thors Räuspern lässt mich zusammenzucken.

38

Gefährliche Dusche

Nun wissen alle Bescheid, wie bedrohlich ich bin. Vor allem, wenn ich meine Gefühle nicht unter Kontrolle habe. Ein unbedachter Gedanke, ein Wutausbruch von mir kann so schnell Leben beenden. Ich habe mittlerweile Angst vor mir selbst und davor, dass ich erneut jemandem etwas Schlimmes antun könnte.

Ich lehne meine Stirn an die kühlen Marmorfliesen und lasse das Wasser der Dusche kalt über meinen Körper rinnen.

Ich hatte die Wahl zwischen einem antiken türkischen oder römischen Bad. Meine Entscheidung fiel auf eine Dusche des einundzwanzigsten Jahrhunderts. Zeus' Palast hat genügend in seinem Repertoire.

Lokis Anblick, wie das Leben ihn verließ, wird mich sicher den Rest meines Daseins verfolgen. Auch wenn er mir auf die Nerven geht und ich, zugegeben, Vorurteile gegenüber ihm habe, wünsche ich ihm nicht den Tod.

Sein Blick, als er mich nach der Belebung ansah, hat sich tief in meine Seele gebohrt. Dieser merkwürdige Blick, eine Mischung, nein, eine innere Zerrissenheit. Ein Bedauern, als wollte er gar nicht wiederkehren und Erleichterung zugleich, dass ich ihn gerettet habe. Aufgewühlt fühle ich über meine Lippen.

Ehrlich? Ich werde nicht schlau aus den ganzen Göttern. Einerseits wollen sie nicht mehr, haben das ewige Leben satt und andererseits halten sie dennoch daran fest und können nicht loslassen. Wissen die überhaupt noch, was sie wollen? Ich kann ihnen diese gewaltige Entscheidung doch nicht abnehmen!

Und dann ist da der Gedanke von Zeus, der mich heimsuchte wie ein Faustschlag: „Ihre unkontrollierten Gefühle werden sie zum Scheitern bringen. Die Unterwelt wird sie schlucken wie ein kleines Häppchen. Ich hoffe, sie bekommt sich in den Griff, sonst wird sie leiden, wie es die Welt noch nicht gesehen hat."

Ich schlage mit der Faust auf die Fliesen, dass es knackt.

Oh Bella Bettina, halte durch! Ich werde mich zusammenreißen und einen Weg finden, um euch zu helfen!

Allmählich zittere ich unter der kalten Dusche und drehe den Hebel der Armatur auf warmes Wasser. Meine Muskeln entspannen sich. Die Dunstschwaden hüllen mich ein. Werden immer heißer. Wie ist das möglich? Die Wassertemperatur bleibt konstant. Der Dunst färbt sich grau. Von grau zu schwarz. Wirbelt in der Dusche herum, bis ich quasi von einem Mini-Tornado eingekesselt werde. Ich schlage verängstigt die Arme um meinen Leib.

Das ist jetzt aber nicht normal.

Der Wirbel hebt mich hoch. Meine Füße zappeln verzweifelt, um Boden zu finden. Die Hitze wird unerträglich. Ein Schlund tut sich abrupt auf und ich falle einen dunklen Abgrund hinunter.

Bevor ich aufschlage, gleite ich, wie von Zauberhand gesteuert, auf einem Onyx glänzenden Boden.

Verängstigt hebe ich den Blick. Umgeben von Flammen kann ich nichts anderes erkennen. Die Hitze raubt mir den Atem und meine Nacktheit wird mir nur zu deutlich bewusst.

Sitzend versuche ich, mit Armen und Beinen zu bedecken, was ich bedecken kann.

Scheiße! Bitte lass das nicht eine Parallelwelt der teuflischen Dimension sein! Ein Teil der … Unterwelt.

Schutzloser könnte ich kaum sein. Wie feige müssen diese Dämonen sein, wenn sie ihre Widersacherin ohne ein Stück Stoff auf der Haut bei sich antanzen lassen?

„Willkommen, kleine Mara“, ertönt eine züngelnd-knisternde Stimme. Ich sehe mich um. Niemand ist erschienen. Nur der Kreis aus hohen Flammen leistet mir Gesellschaft.

„Malina“, erwidere ich und vergewissere mich hastig um, ob die Flammen eine andere Gestalt annehmen.

„Mara. Malina. Re-Ma-Namun oder was auch immer sie aus dir machen werden. Namen sind bedeutungslos.“

„Seid Ihr nur eine Stimme? Andernfalls kann ich Euch ja gar nicht ernst nehmen.“

„Du stirbst vor Angst! Dein Herz ist lauter als die Schreie der unglücklichen Seelen. Hockst splitterfasernackt in meinem Feuergefängnis und bedeckst notdürftig deinen flachen Busen vor mir, was nicht nötig ist. Ich habe mehr nackte Frauen gesehen als dein Vorstellungsvermögen erfassen kann. Erstaunlich, was du dennoch für eine große Klappe an den Tag legst. Es war mühsam, dich aus Zeus' Welt hierher zu holen. Ich leugne nicht, dass mich diese Tat geschwächt hat, aber ich konnte nicht widerstehen, Res Erbe zu sehen. Die Sonnengöttin, die angeblich über Leben und Tod bestimmen kann.“

„Nicht sonderlich klug von dir, deine Schwäche preiszugeben“, bemerke ich spitz und überspiele weiterhin meine Furcht.

Ein Flammengesicht mit schreiverzerrtem Ausdruck löst sich aus dem Feuer und rast auf mich zu. Ich weiche verängstigt zurück.

„Was kannst du schon mit diesem Wissen anfangen? Rein gar nichts! Hier unten bist du, gelinde gesagt, eine Fliege im Spinnennetz“, speit mir das Feuergesicht seine Hitze entgegen.

Ich blicke auf meine Götterträne, die rot leuchtet. Mit einem Arm bedecke ich meine Brüste. Meine Beine pressen die Scham zusammen. Hinter mir glüht und versengt mir die Hitze den Rücken, gleichwohl stützte ich die rechte Hand auf den glänzenden Boden und konzentriere mich auf die Flammen, was mir die Hitze erträglicher macht. Mein Zeigefinger zieht unauffällig die Flammen wie einen Faden zu mir heran. Ein Sprung und eine fließende Handbewegung über meinen Körper reichen aus und ich stehe nicht länger entblößt vor diesem Dämon. Ein Feuergewand züngelt über meine Haut, ohne mich zu verbrennen. Mit fasziniertem Ausdruck rückt das Flammengesicht ein Stück von mir ab.

„Du bist erfinderisch, das muss ich dir lassen, junge Göttin.“

Das höre ich nicht zum ersten Mal.

Ich balle die Hände zu Fäusten und sehe ihn mit mörderischer Wut in den Augen an. „Wo ist meine Familie?“

Das Flammengesicht grinst und verpufft mit einem Mal.

„Oh, denen geht es gut. Vorläufig! Sie schlafen einen traumlosen Schlaf und kommen zum Einsatz, sobald ich sie benötige.“ Die Stimme erklingt hinter mir. Ein Mann tritt aus den Flammen. Sein dunkles Gewand mit Umhang schimmert dunkelblau, während er sich auf mich zu bewegt. Sein Gesicht bleibt zur Hälfte im Schatten. Langes schwarzes Haar mit flimmerndem Rotstich reicht ihm bis zu den Schultern. Die energisch aufeinandergepressten Lippen werden von einem *Oberlippen- und Kinnbart* geziert. Einen sogenannten Balbo-Bart, wie ihn mein Vater mochte.

Verwundert drehe ich mich vollends zu ihm um.

„Was hast du erwartet? Hörner, Hufe und einen Schwanz? Oder vielleicht einen gefallenen Erzengel?“ Er lacht mich aus.

„Mir ist nicht nach plaudern zu Mute, also wer seid Ihr?“

„Wie höflich du bist.“ Lauernd umrundet er mich.

Wütend forme ich blitzschnell eine Feuerschlinge, mit der ich seinen Hals zuschnüre. „Ok, Arschloch! Wer oder was bist du? Seth oder gar der Teufel?“

„Also, wenn du unbedingt einen Namen benötigst, ich bevorzuge den Namen Urian anstatt Teufel“, beantwortet er lässig meine Frage, als ob ihn meine Schlinge überhaupt nicht interessiere. Sein wölfisches Grinsen verheißt nichts Gutes. Ich sollte auf alles gefasst sein.

Wie einen Hund an der Leine zerre ich ihn mit einer Hand näher, forme mit der linken Hand einen Feuerball und werfe ihm einen drohenden Blick zu. „Sag, was du zu sagen hast und lass mich und meine Familie augenblicklich frei!“

Gefährlich lachend löst er problemlos die Schlinge um seinen Hals, zerstört mit einem Fingerschnipsen meinen Feuerball und schüttelt bedauernd den Kopf. „Du willst Böses mit Bösem bekämpfen? Ach Mädchen, du hast noch viel zu lernen.“

Der eigenartige Schatten, der die Hälfte seines Gesichts bisher verhüllt hat, löst sich auf. Ich hole tief Luft. „Mit solch einer Schönheit hast du in der Unterwelt nicht gerechnet, habe ich Recht?“

„Spar dir deine Arroganz, Urion oder Urian, wie auch immer du heißt! Nicht alles, was schön ist, ist gleichzeitig gut. Und nicht alles, was hässlich ist, ist schlecht. Vielleicht spielst du mir auch nur einen Streich und bist in Wahrheit scheußlich wie die Nacht. Ich denke, ich sollte nichts von dem glauben, was du sagst oder zeigst.“

In seinen dunklen Augen blitzen Pupillen in Form von Kerzenflammen. Es überrascht mich, wie hübsch ich diese ungewöhnlichen Augen finde.

Lass dich nicht manipulieren! Garantiert ist nichts echt an ihm. Alles Lügen. Alles nur Show.

Eine Seltenheit, dass ich meiner inneren Stimme nicht widersprechen mag.

„Interessierst du dich nicht brennend dafür, was ich mit dir vorhabe?"

„Warum solltest du mir das verraten?"

„Möglicherweise habe ich nichts zu verlieren. Du hingegen schon. Du würdest alles für deine Liebsten tun. Mir ist jede Art und Form von Leben egal."

„Und wie wird man so lebensverachtend?"

„So viel Zeit habe ich jetzt nicht, um dir meine göttliche Lebensgeschichte zu erzählen."

Urian geht um mich herum und starrt auf mein feuriges Gewand. „Also dieses Kleid macht mich sprachlos. So heiß hat bisher noch keine Frau ausgesehen. Ich sollte meine Damenwelt auch mal so ausstaffieren. Not macht tatsächlich erfinderisch."

Ich stemme meine Hände in die brennenden Hüften. „Du lenkst vom Thema ab."

Süffisant lächelnd schiebt Urian mir das Haar von der Brust, berührt dabei kurz meinen Hals und meine Schulter und platziert ein prickelndes Gefühl auf meiner Haut.

Bloß nicht darauf reagieren.

„Ich werde dich zu meiner Frau machen und die Weltherrschaft an mich nehmen", verkündet der Teufel großspurig.

Mein ungehaltener Seitenblick schüchtert ihn in keinster Weise ein. „Bullshit!"

„Mit dir an meiner Seite wäre ich mächtiger als jemals zuvor. Das kannst du nicht leugnen."

„Trotzdem: Bullshit! Warum solltest du Interesse an einer Ehe haben? Weltherrschaft? Darüber bist du längst hinaus und das Thema ist dir gleichgültig geworden. Zumal du genug Einfluss auf die Menschenwelt und die Natur hast."

„Du klingst schon wie Odin", bemerkt er gelangweilt.

Besser ich sage ihm nicht, dass es Odins Worte sind.

Urian beendet seinen Spaziergang um mich herum und sieht mich lange, schweigend und durchdringend an.

Mit aller Kraft halte ich dem Blickkontakt stand und senke nicht ein einziges Mal den Kopf.

„Na schön. Du hast Recht. Das leidige Thema: Vernichtung der Menschheit oder Weltherrschaft ist ermüdend. Ich verfolge viel spannendere Ziele."

„Und die wären?"

„Das erfährst du früh genug", sagt er süffisant, dreht sich abrupt um und verschwindet in den Flammen. „Versuche erst gar nicht meine Gedanken zu lesen, Süße, ich merke das und schmeiße dich hinaus, wie du gerade unschwer gemerkt hast." Seine Stimme verhallt und ich stehe wieder nackt unter der Dusche in Zeus' Palast.

39

Offenbarung

Kaum habe ich ein Höschen und ein Shirt übergestreift, als Soldaten ins Bad stürmen und den Raum sichern. Zeus betritt nach ihnen das Bad, dicht gefolgt von Thor.

„Malina? Alles in Ordnung mit dir?", fragt Zeus aufgebracht.

Zügig schlüpfe ich in eine Hose, allerdings sind die Männer viel zu beschäftigt damit, den Raum abzusuchen, als auf meine Blöße zu starren. Mit schnellem Blick vergewissert Thor sich, dass es mir gut geht, formt einen runden Blitz und wirft ihn in die Luft. Funkensprühend zischt er an uns vorbei. In der Dusche macht er halt und verwandelt sich in eine blau-flimmernde Leinwand. Mein Erlebnis mit Urian spielt sich wie ein Film ab, dem alle gebannt zuschauen.

Ich schlage mir kurz die Hände vor die Augen und möchte, dass sich die Erde erneut auftut und mich verschluckt.

Gott, wie peinlich! Müssen mich jetzt alle nackt unter der Dusche auf dieser erstaunlichen Leinwand sehen? Gut, dass der Schaum halbwegs was bedeckt.

Thor verschränkt die Arme vor der Brust und presst die Lippen aufeinander.

„Wie habt ihr das angestellt?", frage ich, um die Männer von meiner Nacktheit auf der Leinwand abzulenken.

Zeus gebietet mir zu schweigen und verfolgt mein Erlebnis bis zum Schluss. Im Anschluss daran wenden sich die beiden Donnergötter mir wieder zu.

„Urian hat Spuren hinterlassen, daher konnten wir dein Erlebnis einfangen", erklärt Thor.

„Was denn für Spuren?"

„Sieh mit göttlichen Augen hin, Malina", fordert Zeus mich auf. „Du musst dich von deinem sterblichen Dasein lösen und lernen, wie eine Göttin zu denken, zu fühlen und zu leben."

Ich sehe mich angestrengt um, bis mir etwas Ungewöhnliches auffällt.

„Schwarze Glitzerfunken", wispere ich. Thor und Zeus nicken.

„Wie konnte er mich problemlos in die Unterwelt ziehen?", frage ich frustriert und fühle mich wie eine Versagerin.

„Hat er gar nicht."

Perplex sehe ich Thor an. „Was sagst du da? Ich war doch dort!", bekräftige ich meine Aussage.

Zeus tritt auf mich zu und legt mir väterlich die Hände auf die Schultern. „Nein, Malina, warst du nicht! Es war eine Illusion. Urian hat sich nur in einer Illusion mit dir getroffen. Er spielt mit dir. Lass dich nicht von seinem Engelsgesicht täuschen."

„Er ist eine falsche Schlange. Glaube ihm kein Wort", warnt mein Blitz- und Donnergott mich.

„Das hatte ich nicht vor." Ich wische mir eine Träne fort und komme mir nutzlos vor.

„War dann die Behauptung, dass Bella Bettina und Tommaso sich in einem traumlosen Schlaf befinden, ebenfalls gelogen?"

Thor drückt mich seufzend an sich und streichelt mein Haar. „Das können wir dir leider nicht beantworten." Seine Stimme klingt so geknickt wie Zeus' Miene aussieht.

Aufmunternd hebt der Mann, dem mein Herz gehört, mit Daumen und Zeigefinger mein Kinn an und küsst mich auf die Nasenspitze.

„Aber mit einer Sache hatte Urian Recht", verkündet Thor und grinst schelmisch.

Ich lehne meine Stirn an seine und schließe ermattet die Augen. „Und das wäre?", will ich halbherzig wissen.

Er schenkt mir einen überwältigenden Kuss und sagt an meinen Lippen: „Dass du in dem Feuergewand wirklich heiß ausgesehen hast."

„Na, die züngelnde Modenshow hätte ich ebenfalls allzu gerne gesehen. Leider bin ich größtenteils damit beschäftigt gewesen, meinen Körper wieder in die Gänge zu kriegen, nachdem mir eine Möchtegern-Göttin die Seele raus gepustet hat!"

Wir drehen uns zu Loki um, der finster dreinblickend in der Tür zum Bad steht.

„Hüte lieber deine Zunge, Loki. Es sei denn, du möchtest endgültig ausgeknipst werden", bemerkt Zeus mit Schadenfreude in der Stimme.

Loki reibt sich die Brust. „Danke. Ich verzichte! Wahrscheinlich leide ich für den Rest meines Lebens an Herzrhythmusstörungen."

Schuldbewusst sehe ich ihn an und presse mich Kraft suchend an Thor. „Es tut mir wirklich aufrichtig leid, Loki."

Er nickt mir nur zu und krempelt sich die Ärmel hoch. „Also, wo stehen wir?"

- Ende Teil 1 -

Götterliste aus Band 1

Norwegische Götter

Odin: Allvater oder Göttervater genannt. Oberhaupt der nordischen Götter, Vater von Thor und für seine Weisheit bekannt. Er wird als Kriegs- und Totengott bezeichnet.

Thor: bekannt als der Donnergott und einer der wichtigsten nordischen Götter.

Loki: eine ambivalente und facettenreiche Persönlichkeit. Listenreich, pragmatischer Trickser, der hinterhältig, klug und durchtrieben als Drahtzieher die Fäden im Hintergrund zieht.

Heimdall: Wächtergott.

Griechische Götter

Zeus: Göttervater und Oberhaupt der griechischen Götter.

Ares: Sohn des Zeus. Gott für entsetzliche Kriege und Massaker.

Poseidon: Bruder des Zeus und Gott des Meeres.

Hera: Geburtsgöttin, bewacht die eheliche Sexualität und schützt die Ehe.

Römische Götter

Jupiter: Oberhaupt der römischen Götter und kann mit Zeus verglichen werden.

Juno: Wird mit Hera gleichgesetzt. Juno ist die Gattin von Jupiter. Göttin der Fürsorge, Geburt und Ehe.

Merkur: Gott der Diebe, des Handels und wie der griechische Gott Hermes ein Götterbote.

Apollo: Hat viele Wesenszüge. Er ist der Gott der Musik, Dichtkunst, Heilung, des Lichts, der sittlichen Reinigung und des Gesangs.

Neptun: Schutzherr der Seefahrer, Gott über Flaute, Sturm und des fließenden Wassers.

Venus: Göttin der Sinneslust, der Schönheit und Liebe.

Minerva: Hat viele Facetten. Göttin der Weisheit, des Krieges, der Heilung, des Mondes, des Handwerks und des Gewerbes.

Justitia: Göttin der Gerechtigkeit.

Vesta: Göttin von Heim und Herd sowie des heiligen Feuers.

Concordia: personifiziert Tugenden, wie Treue, Glück, Keuschheit, Hoffnung, Gerechtigkeit, Ehre, Frieden, Tugend und Freiheit. Diese Göttin fördert Einheit und Eintracht.

Ägyptische Götter

Bastet: Katzengöttin. Schützt vor grausamen Mächten.

Hathor: Himmelsgöttin und allumfassende Muttergottheit. Zudem Göttin der Musik, Kunst, des Friedens, des Tanzes, der Schönheit und der Liebe, sowie Totengöttin.

Isis: Göttin der Wiedergeburt, der Geburt, der Magie und Totengöttin.

Sonnengott Ra/ Re: der wichtigste und stärkste Gott allen Lebens. Als Sonne kann er Leben geben.

Osiris: Gott des Jenseits und der Wiedergeburt.

Horus: Himmelsgott.

Maat: Göttin der Gerechtigkeit und Wahrheit.

Sachmet: Göttin der Heilung und Krankheiten. Bringt aber zudem Verderben.

Thot: Gott der Schreiber und Gelehrten, des Kalenders und der Zeitrechnung.

Amun: Windgott.

Anubis: Gott der Mumifizierung und der Totenriten.

Nut: Mutter der Gestirne, symbolisiert das Firmament, eine Himmelsgöttin.

Götter der Unterwelt

Seth: Er bringt Vernichtung, das Böse und Stürme.

Hades: Bruder des Zeus. Gott der Toten und somit Herrscher der Unterwelt.

Sachmet: Göttin der Heilung, der Krankheiten. Bringt Verderben und ist zwischen Götterwelt und Unterwelt hin- und hergerissen.

Urian: der Teufel

Danksagung

Unendliches Dankeschön: Jill Dolisy und Aaron Petry vom Federtraum Verlag. Dank euch darf diese göttliche Geschichte das Licht der Bücherwelt erblicken.

Merci beaucoup: Für die lieben Bloggerinnen, die so toll von diesem Projekt berichten. Ganz viele Küsse dafür.

Herzlichen Dank: Sabrina Hellweger. Du hast dieses Projekt testgelesen und es somit noch einzigartiger gemacht. Gott, bin ich froh, dich an meiner Schreibseite zu haben! Ich freue mich schon riesig auf deine zukünftigen Bücher.

Muchas gracias: Chloe May für das unglaublichste, schönste und aufregendste Cover aller Zeiten!

Thank you very much: Anna Höppener. Trotz riesigem Zeitmangel hast du so super testgelesen. Fühl dich ganz lieb gedrückt.

Grazie mille: Nadine Marga. Lieben Dank für das Testlesen und deine aufmunternden Mails und deine Kraft. Ich muss unbedingt mal bei dir im Studio Fotos machen.

1000 Dank: An meine treuen Leserinnen & Leser. Eure Begeisterung macht mich sprachlos. Danke für all die schönen Mails und Rezensionen.♡

An alle *Götterträne*-Fans:

Im Frühjahr 2020 geht es weiter mit Band 2 der Götterträńen-Dilogie!

Wir lesen uns!

Federtraum
VERLAG

Träume aus Eurer Feder